CORAZÓN

Edmondo de Amicis

toExcel

San Jose New York Lincoln Shanghai

ALBA

Corazón

This edition republished by arrangement with toExcel Press,
an imprint of iUniverse.com, Inc.

For information address:
iUniverse.com, Inc.
620 North 48th Street
Suite 201
Lincoln, NE 68504-3467
www.iuniverse.com

ISBN: 1-58348-827-8

OCTUBRE

El primer día de clase

Lunes 17

Hoy, primer día de clase. ¡Pasaron como un sueño los tres meses de vacaciones en el campo! Esta mañana mi madre me llevó al colegio Baretti para que me inscribieran en el tercer curso de la primaria: yo me acordaba del campo e iba de mala gana. Todas las calles pululaban de chicos; las dos tiendas de librería y papelería estaban abarrotadas de padres y madres que compraban carteras, carpetas y cuadernos, y ante la escuela se apiñaba tanta gente que el bedel y el guardia urbano a duras penas conseguían mantener despejada la puerta. Cuando estuve cerca, sentí que me tocaban un hombro; era mi maestro de segundo, siempre tan alegre, con sus cabellos rojizos revueltos, que me dijo: «¿Entonces, Enrico, nos separamos para siempre?» Bien que lo sabía yo, y, sin embargo, esas palabras me apenaron. Entramos a duras penas. Señoras, caballeros, mujeres humildes, obreros, oficiales, abuelas, sirvientas, todos con algún chico de la mano y la cartilla de las notas en la otra, llenaban la entrada y las escaleras, creando un murmullo parecido al de una entrada al teatro. Me gustó volver a ver ese gran salón de la planta baja, con las puertas de las

7

siete aulas, donde pasé casi todas mis jornadas durante tres años. Había una multitud, las maestras iban y venían. Mi maestra de primero superior me saludó desde la puerta del aula y me dijo: «Este año vas al piso de arriba, Enrico: ¡ya ni siquiera voy a verte pasar!» Y me miró con tristeza. El director estaba rodeado de mujeres, todas agitadas porque ya no había plazas para sus hijos, y me pareció que tenía la barba un poco más canosa que el año pasado. Encontré que algunos chicos estaban más altos, más gruesos. En la planta baja, donde ya se había efectuado la distribución, había niños de primero inferior que no querían ir a clase y se plantaban como borriquillos; era necesario arrastrarlos dentro a la fuerza; y algunos se escapaban por entre los bancos; otros, al ver a sus padres alejarse, se echaban a llorar y aquéllos tenían que volver atrás para consolarlos o llevárselos de vuelta, mientras las maestras se desesperaban. A mi hermano pequeño lo pusieron en la clase de la maestra Delcati; a mí en la del maestro Perboni, arriba, en la primera planta. A las diez todos estábamos en clase: cincuenta y cuatro; sólo quince o dieciséis de mis compañeros de segundo, entre los cuales estaba Derossi, el que obtiene siempre el primer premio. ¡Qué pequeña y triste me pareció la escuela, recordando los bosques y montañas donde pasé el verano! También me acordaba de mi maestro de segundo, que siempre se reía con nosotros, tan bueno; y tan pequeño que parecía un compañero más, con sus cabellos rojizos revueltos. Nuestro maestro es alto, sin barba, de cabellos grises y largos, y tiene una arruga vertical en la frente; su voz es grave y nos mira a todos fijamente, uno tras otro, como para leer en nuestro interior. Y nunca ríe. Yo decía para mis adentros: «Ya llegó el primer día. Nueve meses aún. ¡Cuántos deberes, cuántos exámenes mensuales, cuántas tareas!» Sentía realmente la necesidad de ver a mi madre a la salida, y a la carrera fui a besarle la mano. Me dijo:

«¡Ánimo, Enrico! Estudiaremos juntos.» Y regresé a casa contento. Pero no tengo ya a mi maestro, con su sonrisa bondadosa y alegre, y la escuela ya no me parece tan hermosa como antes.

Nuestro maestro

Martes 18

También mi nuevo maestro me gusta, después de lo de esta mañana. Mientras entrábamos, estando él ya sentado en su sitio, de vez en cuando se asomaba a la puerta del aula alguno de sus alumnos del año pasado, para saludarlo; se asomaban, al pasar, y le decían: «Buenos días, señor maestro. Buenos días, señor Perboni.» Algunos entraban, le tocaban la mano y salían corriendo. Se notaba que le tenían cariño y que hubieran querido volver a estar con él. Les contestaba: «Buenos días», y estrechaba las manos que le tendían; pero no miraba a ninguno; ante cada saludo se mantenía serio, con su arruga recta en la frente, vuelto hacia la ventana, y miraba el tejado de la casa de enfrente; y esos saludos, en vez de alegrarlo, parecían hacerlo sufrir. Luego nos miraba a nosotros con atención, uno tras otro. Mientras dictaba se puso a pasear entre los bancos, y al ver que un chico tenía la cara toda colorada y llena de ronchas dejó de dictar, le cogió el rostro entre las manos y lo miró; después le preguntó qué tenía y le pasó una mano por la frente para ver si tenía fiebre. Mientras tanto, a sus espaldas, un chico se puso de pie sobre el banco mientras gesticulaba como un títere. Él se volvió repentinamente: el chico se sentó de golpe y se quedó inmóvil, con la cabeza gacha, esperando el castigo. El maestro le apoyó una

mano sobre la cabeza y le dijo: «No vuelvas a hacerlo.»
Nada más. Volvió al escritorio y concluyó el dictado.
Concluido el dictado, nos miró un momento en silencio;
luego, lentamente, con su voz grave pero bondadosa,
dijo: «Escuchadme. Hemos de pasar un año juntos.
Hagamos lo posible por pasarlo bien. Estudiad y sed
buenos. Yo no tengo familia. Mi familia sois vosotros.
Hasta el año pasado tenía a mi madre: se ha muerto. Me
he quedado solo. En el mundo sólo os tengo a vosotros:
ya no tengo otro cariño, ni otra preocupación. Vosotros
tenéis que ser mis hijos. Yo os quiero, y es preciso que
vosotros me queráis. No quiero tener que castigar a
nadie. Demostradme que sois chicos de buen corazón;
nuestra clase será una familia y vosotros seréis mi consuelo y mi orgullo. No os pido una promesa de palabra;
estoy seguro de que en vuestro corazón ya me habéis
dicho que sí. Y os lo agradezco.» En ese momento entró
el bedel para anunciar el *finis,* la conclusión de la clase.
Salimos todos de tras de los bancos muy callados. El
chico que se había puesto de pie en el banco se acercó al
maestro y le dijo con voz temblorosa: «Señor maestro,
perdóneme.» El maestro lo besó en la frente y le dijo:
«Ve, hijo mío.»

Una desgracia

Viernes 21

El año empezó con una desgracia. Esta mañana, mientras iba al colegio, yo le repetía a mi padre aquellas palabras del maestro, cuando vimos la calle llena de gente
que se apretujaba ante la puerta del colegio. En seguida
mi padre dijo: «¡Alguna desgracia! ¡Mal empieza el año!»

Entrar nos costó trabajo. El salón estaba repleto de padres y chicos, a quienes los maestros no lograban conducir a clase, y todos miraban hacia el despacho del director; se oía comentar: «¡Pobre chico! ¡Pobre Robetti!» Por encima de las cabezas, en el fondo del salón lleno de gente, se divisaban el casco de un guardia urbano y la calva cabeza del director; entró luego un caballero con sombrero de copa y todos comentaron: «Es el médico.» Mi padre le preguntó a un maestro: «¿Qué ha ocurrido?» «Le pasó la rueda sobre el pie», respuso. «Le ha roto el pie», dijo otro. Era un chico de segundo, que, mientras iba a la escuela por la *via* Dora Grossa, viendo que un niño de primero inferior, tras escurrirse de la mano de su madre, se había caído en medio de la calzada a pocos pasos de un tranvía que se le estaba echando encima, valientemente había acudido, lo había cogido y puesto a salvo; pero al no darse prisa en retirar el pie, la rueda del tranvía le había pasado por encima. Es hijo de un capitán de artillería. Mientras nos contaban esto, una señora entró como enloquecida en la sala, hendiendo la muchedumbre. Era la madre de Robetti, a la que habían dado aviso; otra señora salió a su encuentro y le echó los brazos al cuello, sollozando: era la madre del niño salvado. Ambas se abalanzaron hacia el despacho, y se oyó un grito desesperado: «¡Oh, mi Giulio! ¡Hijo mío!» En ese momento un coche se detuvo ante la puerta y poco después apareció el director con el chico en brazos, que tenía la cabeza reclinada sobre su hombro, el rostro blanco y los ojos cerrados. El director se detuvo un momento, pálido, y levantó un poco al muchacho con ambos brazos para que todos lo vieran. Y entonces maestros, maestras, padres y chicos susurraron al unísono: «¡Bien, Robetti! ¡Muy bien, pobre chico!», y le arrojaban besos; las maestras y chicos que estaban más cerca le besaron las manos y los brazos. El abrió los ojos; dijo: «¡Mi cartera!» La madre del niño salvado se la mostró con lágrimas en los ojos y dijo: «Yo te la llevo, ángel mío, yo te la llevo.» Y al mismo tiempo sostenía a la madre del herido, que se cubría el rostro con las manos. Salieron, acomodaron al muchacho en el coche, que en seguida partió. Entonces todos entramos en el colegio, en silencio.

El calabrés

Sábado 22

Ayer por la tarde, mientras el maestro nos daba noticias del pobre Robetti, que deberá andar con muletas largo tiempo, el director entró con un nuevo alumno: un chico de cara muy morena, cabellos negros, ojos grandes y negros, cejas tupidas y unidas sobre la nariz; estaba todo vestido de color oscuro, con un cinturón de tafilete negro. El director, tras haber dicho algo al oído del maestro, se marchó dejando a su lado el chico, que nos miraba como atemorizado con sus ojazos negros. Entonces el maestro lo cogió de la mano y dijo dirigiéndose a la clase: «Debéis alegraros. Hoy ingresa al colegio un pequeño italiano que ha nacido en Reggio di Calabria, a más de quinientas millas de aquí. Tratad bien a vuestro hermano que ha venido de tan lejos. Ha nacido en una tierra gloriosa que ha dado a Italia hombres ilustres, y que le da vigorosos trabajadores y bravos soldados; una de las más bellas tierras de nuestra patria, con grandes bosques y grandes montañas, habitada por un pueblo lleno de ingenio y valentía. Dadle vuestro cariño, para que no sienta estar tan lejos de la ciudad en que ha nacido; demostradle que un chico italiano, en cualquier escuela italiana en que ponga pie, encuentra

12

hermanos suyos.» Dicho esto, se puso en pie e indicó sobre el mapa de Italia colgado en la pared el sitio en que se halla Reggio di Calabria. Luego llamó con voz fuerte: «¡Ernesto Derossi!», el que siempre consigue el primer premio. Derossi se puso en pie. «Ven aquí», dijo el maestro. Derossi salió de tras el pupitre y se puso junto al escritorio, frente al calabrés. «Como primero de la clase —le dijo el maestro—, dale un abrazo de bienvenida, en nombre de todos, al nuevo compañero; el abrazo de los hijos de Piamonte al hijo de Calabria.» Derossi abrazó al calabrés, diciendo con su voz clara: «¡Bienvenido!», y el chico lo besó con calor en ambas mejillas. Todos aplaudieron. «¡Silencio! —gritó el maestro—. ¡No se aplaude en clase!» Pero se notaba que estaba contento. También el calabrés estaba contento. El maestro le asignó su sitio y lo acompañó hasta el pupitre. Luego añadió: «Recordad bien lo que os digo. Para que esto pudiese ocurrir, para que un chico calabrés se encuentre en Torino como en su casa, y un chico de Torino esté como en su casa en Reggio di Calabria, nuestro país luchó a lo largo de cincuenta años y treinta mil italianos murieron. Vosotros tenéis que respetaros y amaros unos a otros; y ojo de aquel de entre vosotros que se atreva a ofender a este compañero porque no haya nacido en nuestra provincia, pues se volvería indigno de volver a levantar la mirada del suelo cuando pasa una bandera tricolor.» Apenas el calabrés ocupó su sitio, los vecinos le regalaron unas plumas, un cromo; y otro chico, desde el último pupitre, le envió un sello de Suiza.

Mis compañeros

El chico que le regaló el sello al calabrés es el que más me gusta de·todos. Se llama Garrone, es el más grande del curso, tiene casi catorce años, la cabeza grande, los hombros anchos; es bueno, se le nota cuando sonríe; me da la impresión de estar siempre pensando, como un hombre. Ahora ya conozco a muchos de mis compañeros. Hay otro que también me gusta, se llama Coretti, viste un jersey color chocolate y lleva un gorro de piel de gato: está siempre alegre, es hijo de un vendedor de leña que ha sido soldado en la guerra de 1866, en la formación en cuadro del príncipe Umberto y dicen que tiene tres medallas. Otro es el pequeño Nelli, un pobre jorobadito, endeble y de rostro demacrado. Hay otro muy bien vestido que siempre se está quitando las pelusas de la ropa: se llama Votini. En el pupitre que está delante del mío hay un chico al que apodan «albañilito» porque su padre es albañil; tiene la cara redonda como una manzana y la nariz como una bolita. Posee una habilidad especial, sabe hacer *morro de liebre:* todos le piden que imite el morro de liebre y se ríen; lleva una pequeña boina que se mete en el bolsillo apelotonada como un pañuelo. Junto al albañilito está Garoffi, un tipo alto y flaco, de nariz ganchuda y ojos muy pequeños, que siempre está comerciando con plumas, cromos y cajas de cerillas, y que se escribe la lección en las uñas para·leerla a hurtadillas. Hay también un señorito, Carlo Nobis, muy altanero al parecer, que está entre dos chicos que me caen simpáticos: el hijo de un herrero, embutido en una chaqueta que le llega hasta las rodillas, tan paliducho que parece enfermo y siempre con aire asustado, nunca sonriente; y un pelirrojo que tiene un brazo muerto y lo lleva colgado del cuello: su padre se ha marchado a América y su madre va por las calles vendiendo hortalizas. También es un tipo interesante mi vecino de la izquierda, Stardi, pequeño y macizo, sin cuello, un gruñón que no habla con nadie y parece que entiende poco, pero que presta atención al maestro sin pestañear, con la frente arrugada y los dientes apretados; y si le dicen algo mientras el maestro está hablando, la primera y la segunda vez no dice nada, a la tercera suelta un puntapié. Y a su lado hay un descarado de expresión maligna, uno que se llama Franti y ya ha sido expulsado de otro colegio. Hay también dos hermanos, vestidos igual y parecidos como dos gotas de agua, ambos con un sombrero de estilo calabrés, con una pluma de faisán. Pero el más guapo de todos, el más inteligente, el que también este año será seguramente el mejor, es Derossi; y el maestro, que ya se ha dado cuenta, siempre lo interroga. Pero yo le tengo cariño a Precossi, el hijo del herrero, ese que lleva una chaqueta demasiado larga y parece un enfermo; dicen que su padre le pega; es muy tímido, y cada vez que se dirige a alguien o lo toca, dice: «Perdón», y mira con ojos buenos y tristes. Pero Garrone es el más grande y el más bondadoso.

Un gesto generoso

Miércoles 26

Y precisamente esta mañana Garrone mostró quién es. Cuando entré al colegio (un poco tarde porque me había entretenido la maestra de primero superior para preguntarme a qué hora podía venir de visita a casa) el maestro todavía no estaba, y tres o cuatro chicos molestaban al pobre Crossi, el pelirrojo que tiene un brazo muerto y cuya madre vende hortalizas. Lo toqueteaban con las reglas, le tiraban a la cara cáscara de castañas, lo llamaban tullido y monstruo imitando su brazo colgado del cuello. Y él, solo al final del pupitre, pálido, aguantaba todo mirando ora a uno, ora a otro, con ojos suplicantes, para que lo dejasen en paz. Pero, a medida que los otros se mofaban cada vez más, empezó a temblar y enrojecer de rabia. De pronto Franti, ese descarado, se subió a un banco y, fingiendo llevar unos cestos colgados de los brazos, caricaturizó a la madre de Crossi cuando venía a buscarlo a la puerta del colegio (porque ahora está enferma). Muchos se rieron a carcajadas. Entonces Crossi perdió la paciencia, cogió un tintero y se lo arrojó a la cabeza con todas sus fuerzas; pero Franti se agachó prestamente y el tintero le fue a dar en el pecho al maestro, que en ese momento entraba.

Todos corrieron a sus sitios y se callaron, asustados.

El maestro, pálido, subió a la tarima de su escritorio y con la voz alterada preguntó:

—¿Quién ha sido?

Nadie contestó.

El maestro volvió a gritar, levantando aún más la voz:

—¿Quién?

Entonces Garrone, apiadado del pobre Crossi, se levantó de golpe y dijo resueltamente:

—¡He sido yo!

El maestro lo miró, miró a los asombrados escolares, y luego, con voz serena, dijo:

—No has sido tú.

Y tras un instante:

—El culpable no será castigado. ¡Que se ponga en pie!

Crossi se puso en pie y dijo, llorando:

—Me pegaban y me insultaban, yo perdí la cabeza y tiré...

16

—Siéntate —dijo el maestro—. Que se pongan en pie los que lo han provocado.

Se levantaron cuatro, con las cabezas gachas.

—Vosotros —dijo el maestro—, habéis insultado a un compañero que no os provocaba, os habéis mofado de una desdicha y habéis golpeado a un débil que no puede defenderse. Habéis cometido uno de los actos más vergonzosos, más bajos, con que pueda mancharse un ser humano. ¡Cobardes!

Dicho esto, bajó hacia los pupitres, puso una mano bajo la barbilla de Garrone, que tenía el rostro inclinado, lo miró fijamente en los ojos y le dijo:

—Tú eres un alma noble.

Garrone, aprovechando la ocasión, murmuró no sé qué palabras al oído del maestro; y éste, volviéndose hacia los cuatro culpables, les dijo bruscamente:

—Os perdono.

Mi maestra de primero superior

Jueves 27

Mi maestra mantuvo su promesa y vino hoy a casa: en ese momento yo estaba por salir con mi madre para llevar algo de ropa a una pobre mujer cuyo caso había mencionado la *Gazetta*. Hacía un año que no venía por casa. Todos la festejamos. Es la misma de siempre, pequeña, con su velo verde alrededor del rostro, vestida con sencillez y mal peinada, ya que no tiene tiempo para acicalarse; pero un poco más pálida que el año pasado, con una que otra cana, y siempre tosiendo. Mi madre le preguntó: «¿Cómo anda esa salud, querida maestra? ¡Usted no se cuida lo suficiente!» Y ella: «Nada, no importa», con su sonrisa alegre y melancólica a un tiempo. «Habla usted demasiado alto —agregó mi madre—, se fatiga demasiado con sus chicos.» Y es cierto; siempre se oye su voz; me acuerdo de cuando iba a su clase; habla siempre, habla para que no se distraigan los chicos, y no se queda sentada ni un momento. Yo estaba más que seguro de que vendría, porque no se olvida nunca de sus alumnos; recuerda largos años sus nombres; los días en que hay examen mensual, se apresura a preguntar al director qué clasificación han obtenido; los espera a la salida y les pide que le muestren sus trabajos para ver si han progresado; y vienen a visitarla muchos que ya están en el gimnasio y llevan pantalones largos y reloj. Hoy volvía casi sin aliento de la pinacoteca, donde había llevado a sus chicos, como en los años anteriores, ya que cada jueves los conducía a algún museo y les explicaba todo. Pobre maestra, ha adelgazado más aún. Pero se la ve siempre vivaz y se acalora mucho cuando habla de su escuela. Quiso volver a ver la cama en que me vio muy enfermo dos años atrás y que ahora es de mi hermano; la miró largo rato y no podía decir palabra. Tuvo que marcharse en seguida para ir a visitar a un chico de su clase, hijo de un sillero, que está enfermo con sarampión; y, además, tenía un montón de hojas por corregir, toda una tarde de trabajo, e incluso que dar una clase particular de aritmética a una tendera, antes de la noche. «Y bien, Enrico —me dijo al marcharse—, ¿todavía quieres a tu maestra, ahora que resuelves problemas difíciles y redactas composiciones largas?» Me dio un beso y todavía añadió desde la escalera: «No te olvides de mí, ¿sabes, Enrico?» ¡Oh, mi querida maestra! Nunca, nunca te olvidaré. Incluso cuando sea grande, seguiré recordandoté e iré a verte entre tus muchachos; y cada vez que pase junto a una escuela y oiga la voz de una maestra, me parecerá estar escuchando tu voz y recordaré los dos años que pasé en tu clase, donde tantas cosas aprendí, donde tantas veces te vi enferma y cansada, pero siempre activa, siempre indulgente, angustiada si alguno cogía un mal vicio en la forma de escribir, temblando cuando los inspectores nos interrogaban, feliz cuando hacíamos un buen papel, siempre buena y cariñosa como una madre. Nunca, nunca me olvidaré de ti, mi querida maestra.

En una buhardilla

Viernes 28

Ayer por la tarde, junto con mi madre y mi hermana Silvia, fuimos a llevarles ropas a la mujer pobre mencionada en el periódico; yo llevé el paquete, Silvia tenía el diario con las iniciales del nombre y la dirección. Subimos hasta llegar al pie del tejado de un edificio alto, hasta un largo pasillo que tenía muchas puertas. Mi madre llamó a la última; nos abrió una mujer todavía joven, rubia y macilenta, que inmediatamente me pareció haber visto ya otras veces, con ese mismo pañuelo azul en la cabeza. «¿Es usted la del periódico, tal y tal?», preguntó mi madre. «Sí, señora: soy yo.» «Bien, le hemos traído un poco de ropa.» Y la mujer se deshacía en agradecimientos y bendiciones. Mientras tanto, en un rincón del cuarto desnudo vi a un chico, de espaldas a nosotros, arrodillado ante una silla; parecía estar escribiendo. Y efectivamente escribía, con el papel sobre la silla y el tintero en el suelo. ¿Cómo podía escribir así, en la oscuridad? Mientras me preguntaba esto para mis adentros, de golpe reconozco el pelo rojizo y la chaqueta de fustán de Crossi, el hijo de la verdulera, el que tiene un brazo muerto. Se lo dije a mi madre en voz baja, mientras la mujer guardaba la ropa. «¡Calla! —repuso mi madre—. Puede que le dé vergüenza ver cómo le das una limosna a su mamá; no lo llames.» Pero en ese momento Crossi se volvió: yo me quedé cortado; él sonrió, y entonces mi madre me empujó para que acudiese a abrazarlo. Yo lo abracé, él se puso en pie y me cogió de la mano. «Aquí me ve —decía en ese momento su madre a la mía—, sola con este chico, mi marido en América desde hace seis años, yo para colmo enferma, que no puedo ir por ahí con la verdura y ganarme cuatro cuartos. Ni siquiera nos ha quedado una mesita para mi pobre Luigino, que pueda trabajar. Cuando tenía montado un puesto abajo, en el portal, por lo menos podía escribir sobre el mostrador: ahora me lo han quitado. Ni siquiera un poco de luz para estudiar sin estropearse la vista. Y gracias que puedo enviarlo al colegio porque el ayuntamiento le da los libros y las libretas. ¡Pobre Luigino, que estudiaría de tan buena gana! ¡Pobre de mí!» Mi madre le dio todo lo que tenía en el monedero, besó al chico y casi lloraba cuando salimos. Y tenía toda la razón al decirme: «¡Mira cómo tiene que estudiar ese pobre chico, y tú, que tienes todas las comodidades, encuentras que el estudio es duro! ¡Oh!, Enrico mío, tiene más mérito su trabajo de un día que el tuyo de un año. ¡Es a chicos como ése a quienes deberían darles los primeros premios!»

El colegio

Viernes 28

Sí, querido Enrico: encuentras que el estudio es duro, como dice tu madre. Aún no te veo ir al colegio con el ánimo resuelto y el rostro alegre, como yo quisiera. Todavía te resistes. Pero, escúchame: detente a pensar en qué mísera y despreciable cosa sería tu jornada si no fueses al colegio. Después de una semana, pedirías de rodillas regresar a clase, roído por el tedio y la vergüenza, asqueado de tus juegos y de tu existencia. Todos, todos estudian hoy en día, Enrico mío. Piensa en los obreros que van a un colegio nocturno tras toda la jornada de fatigas; en las mujeres, en las muchachas humildes que van a clase los domingos después de haber trabajado toda la semana; en los soldados que echan mano de libros y cuadernos cuando vuelven de su instrucción agotados; e incluso los presos aprenden a leer y a escribir. Piensa, cuando sales por la mañana, que en ese mismo instante, en tu misma ciudad, otros treinta mil chicos van como tú a encerrarse en un aula durante tres horas para estudiar. Pero, ¿qué digo? Piensa en los innumerables muchachos que, más o menos a esa hora, van al colegio en todos los países; imagínatelos avanzando por las callejas de las tranquilas aldeas, por las calles de las rumorosas ciudades, a orillas de mares y lagos, unos bajo un sol ardiente, otros entre nieblas, en barcas por los países surcados de canales, a caballo por las grandes llanuras, en trineo sobre las nieves, por valles y colinas, a través de bosques y torrentes, subiendo por los senderos solitarios de las montañas, solos, en parejas, en grupos, en largas filas, todos con sus libros bajo el brazo, vestidos de mil maneras, hablando mil idiomas, desde los últimos colegios de Rusia casi perdidos entre los hielos hasta los últimos colegios de Arabia a la sombra de las palmeras, millones y millones, todos aprendiendo de cien maneras distintas las mismas cosas; imagina este vastísimo pulular de chicos de cien pueblos, este inmenso movimiento del que formas parte, y piensa: «Si este movimiento cesara, la Humanidad volvería a caer en la barbarie; este movimiento es el progreso, la esperanza, la gloria del mundo.» Ánimo, por tanto, pequeño soldado del inmenso ejército. Los libros son tus armas, tu clase es tu compañía, el campo de batalla es la tierra entera, y la victoria es la civilización humana. No seas un soldado cobarde, Enrico mío.

Tu Padre

EL PEQUEÑO PATRIOTA PADUANO
(Cuento mensual)

No seré un *soldado cobarde,* no; pero al colegio iría de mucha mejor gana si el maestro nos diera cada día un cuento como el de esta mañana. Dijo que todos los meses nos dará uno: nos lo dará escrito, y siempre será el relato de un acto bello y auténtico llevado a cabo por un muchacho. Este se titula *El pequeño patriota paduano.* Helo aquí: un vapor francés partió de Barcelona, ciudad de España, hacia Génova, y había a bordo franceses, italianos, españoles, suizos. Entre los pasajeros había un muchacho de once años, mal vestido, solo, que se mantenía siempre apartado como un animal salvaje, mirando a todo el mundo con torva expresión. Y buenas razones tenía para mirar así a todo el mundo. Dos años antes, su padre y su madre, campesinos de la comarca de Padua, se lo habían vendido al jefe de un grupo de saltimbanquis, quien, tras haberle enseñado su número a fuerza de puñetazos, patadas y ayunos, lo había llevado a través de Francia y España pegándole siempre y no saciándole el hambre jamás. Llegado a Barcelona, no pudiendo ya soportar las palizas y el hambre, reducido a un estado lastimoso, había huido de su atormentador y pedido protección al Cónsul de Italia, quien, apiadado, lo embarcó en ese vapor con una carta para el jefe de policía de Génova, que se encargaría de enviarlo nuevamente con sus padres, esos padres que lo habían vendido como a un animal. El pobre chico estaba enfermo y maltrecho. Le habían asignado una litera de segunda clase. Todos lo miraban; algunos lo interrogaban; pero él no contestaba y parecía odiar y despreciar a todos: a tal extremo lo habían agriado y resentido las privaciones y los golpes. Sin embargo, tres viajeros, a fuerza de insistir en sus preguntas, hicieron que se fuese de la lengua. Con pocas y rudas palabras, mezcla de véneto, español y francés, el chico contó su historia. No eran italianos esos tres pasajeros, pero comprendieron; en parte por compasión, en parte excitados por el vino, le dieron algún dinero, bromeando y azuzándole para que contase más cosas. Y, habiendo entrado en el salón algunas señoras en ese momento, los tres, para exhibirse, le volvieron a dar dinero, gritando: «¡Toma esto! ¡Toma eso otro!», y hacían resonar las monedas sobre la mesa. El chico guardó todo en el bolsillo, dando las gracias a media voz con un gesto huraño, pero con una mirada que por primera vez era sonriente y afectuosa. Luego trepó a su litera, corrió la cortina y se quedó aquietado, pensando en sus asuntos. Con ese dinero podía saborear a bordo algún buen bocado, tras dos años de pan escaso; podía comprar una chaqueta, apenas desembarcado en Génova, después de andar dos años cubierto de harapos; y también podía, llevando el dinero a casa, hacerse acoger por su padre y su madre de una manera un poco más humana que en caso de llegar con los bolsillos vacíos. Ese dinero era una pequeña fortuna para él. En todo esto pensaba, acurrucado tras la cortina de su litera, mientras los tres viajeros conversaban, sentados a la mesa en el salón de la segunda clase. Bebían y discurrían sobre sus viajes y los países que habían visto y, entre una y otra charla, dieron en hablar de Italia. Uno empezó a quejarse de los hoteles, otro de los ferrocarriles; después, acalorándose todos ellos, empezaron a censurarlo todo. Uno habría preferido ir a Laponia; otro decía no haber encontrado en Italia más que estafadores y bandoleros; el tercero, que los empleados italianos no saben leer. «Un pueblo ignorante», repitió el primero. «Sucio», añadió el segundo. «La...», exclamó el tercero; y quería decir ladrón, pero no pudo concluir la palabra: una lluvia de cuartos y demás monedas se derramó sobre sus cabezas y hombros, rebotando sobre la mesa y por el suelo con un estrépito infernal. Los tres se pusieron en pie furiosos, mirando hacia arriba, y todavía recibieron un puñado de monedas en plena cara. «Guardaos vuestro dinero —dijo con desprecio el muchacho, asomándose desde su litera—; yo no acepto la limosna de quienes insultan a mi país.»

El deshollinador

1 de noviembre

Ayer por la tarde fui a la Sección femenina, que está junto a la nuestra, para dar el cuento del chico paduano a la maestra de Silvia, que deseaba tenerlo. Hay setecientas chicas. Cuando llegué empezaban a salir, contentas por las vacaciones de Todos los Santos y del Día de Difuntos; y contemplé esta hermosa escena. Frente al portal de la escuela, en la acera de enfrente, con un brazo apoyado contra la pared y la frente sobre el brazo, había un deshollinador: muy pequeño, el rostro todo negro, con su saco y su raspador, lloraba a lágrima viva entre sollozos. Dos o tres chicas de la escuela se le acercaron y le preguntaron: «¿Qué te pasa, por qué lloras así?» Pero él no contestó y seguía llorando. «Venga, di qué te pasa, por qué lloras», insistían las chicas. Entonces él apartó el rostro del brazo, un rostro de niño, y llorando dijo que había estado en varias casas limpiando y que había ganado treinta *soldi,* pero los había extraviado, se le habían escurrido por el descosido de un bolsillo —y mostraba el descosido—, y ahora no se atrevía a regresar a casa sin el dinero. «El amo me pega», dijo sollozando; y volvió a abandonar el rostro sobre el brazo, como desesperado. Las niñas se quedaron mirándolo, muy serias. Mientras tanto, otras chicas se habían acercado, grandes y pequeñas, humildes y elegantes, con sus carteras bajo el brazo; y una algo mayor, que tenía una pluma azul en el sombrerito, sacó de su bolsillo dos *soldi* y dijo: «Yo no tengo más que esto: hagamos una colecta.» «También yo tengo dos *soldi*», dijo otra, vestida de rojo. «Entre todas, bien podemos reunir treinta.» Y entonces empezaron a llamarse unas a otras: «¡Amalia! ¡Luigia! ¡Annina! ¡Un *soldi!* ¿Quién tiene monedas? ¡A ver el dinero!» Varias tenían algún dinero para comprar flores, o libretas, y lo entregaron; otras, más pequeñas, dieron sus céntimos; la de la pluma azul iba recogiendo todo y contaba en voz alta: «¡Ocho, diez, quince!» Pero no bastaba. Entonces apareció una más grande, que parecía una maestrita, y dio media lira, y todas la festejaban. Todavía faltaban cinco *soldi*. «Ahora saldrán las de cuarto, que tienen», dijo una. Llegaron las del cuarto curso y las monedas llovieron. Todas se arremolinaban. Y era hermoso ver a ese pobre deshollinador en medio de aquellos vestiditos multicolores, entre aquel revoloteo de plumas, de cintas, de rizos. Los treinta *soldi* ya se habían reunido y seguían llegando más: las más pequeñas, que no tenían dinero, se abrían paso entre las mayores ofreciendo sus ramilletes de flores, por dar algo. De pronto llegó la portera gritando: «¡La señora directora!» Las chicas huyeron en todas direcciones como una bandada de gorriones. Entonces pudo verse al pequeño deshollinador solo, en medio de la calle, secándose los ojos con los puños llenos de monedas, contento. Y en los ojales de la chaqueta, en los bolsillos, en el sombrero, tenía ramilletes de flores; y también en el suelo había flores, a sus pies.

El Día de Difuntos

Este día está consagrado a la memoria de los muertos. ¿Sabes, Enrico, a qué muertos deberíais dedicar un pensamiento en este día, vosotros los muchachos? A los que murieron por vosotros, por los muchachos, por los niños. ¡Cuántos han muerto, y cuántos mueren en todo momento! ¿Has pensado alguna vez en cuántos padres agotaron su vida trabajando, en cuántas madres bajaron a la tumba antes de tiempo, consumidas por las privaciones que se impusieron para sustentar a sus hijos? ¿Sabes cuántos hombres se han clavado un cuchillo en el corazón ante la angustia de ver a sus hijos en la miseria, y cuántas mujeres se han ahogado, o murieron de dolor, o enloquecieron por haber perdido un hijo? Dedica un pensamiento a esos muertos en este día, Enrico. Piensa en las muchas maestras que han muerto jóvenes, agotadas por las fatigas del colegio, por amor a los niños, de quienes no tuvieron ánimo para alejarse; piensa en los médicos que murieron de enfermedades contagiosas que habían desafiado valientemente por curar a los niños; piensa en todos aquellos que en los naufragios, en los incendios, en las carestías, en una circunstancia de supremo peligro, cedieron a la infancia el último mendrugo, la última tabla de salvación, la última cuerda para huir de las llamas, y expiraron contentos de su sacrificio, que preservaba la vida de un pequeño inocente. Son innumerables, Enrico, estos muertos: cada cementerio encierra centenares de estas santas criaturas, que, si pudiesen levantarse de la tumba por un instante, gritarían el nombre de un niño, aquel por quien sacrificaron los placeres de la juventud, la paz de la vejez, los afectos, la inteligencia, la vida: madres de veinte años, hombres en plenitud de sus fuerzas, viejas octogenarias, jovencitos —heroicos y oscuros mártires por la infancia—, tan grandes y dignos de amor, que no produce la tierra tantas flores cuantas deberíamos ofrendar a sus sepulturas. «¡Tanto se os ama, oh niños! Piensa hoy en esos muertos con gratitud, y serás más

bueno y cariñoso con quienes te quieren y se afanan por ti, querido
hijo mío, ¡afortunado tú, que en el Día de Difuntos todavía no tie-
nes que llorar a ninguno!»

Tu Madre

NOVIEMBRE

Mi amigo Garrone

Viernes 4

No fueron más que dos días de vacaciones y me pareció haber estado mucho tiempo sin ver a Garrone. Cuanto más lo conozco, más lo quiero; y lo mismo les pasa a todos los demás, salvo a los prepotentes, que no se entienden con él porque no les permite prepotencias. Cada vez que uno más grande está por pegarle a uno pequeño, el pequeño grita: «¡Garrone!», y el grande se queda quieto. Su padre es maquinista de ferrocarril; él empezó tarde el colegio porque estuvo dos años enfermo. Es el más alto y fuerte de la clase, levanta un pupitre con una mano, siempre está comiendo, es bueno. Cualquier cosa que le pidan, lápiz, goma de borrar, papel, sacapuntas, lo presta o lo da; y no habla ni ríe en clase: siempre se queda quieto en el asiento, demasiado estrecho para él, con la espalda curvada y la cabezota metida entre los hombros; y cuando lo miro, me sonríe con la mirada como para decirme: «¿Qué hay, Enrico: somos amigos?» Me hace gracia verlo, tan grande y macizo, con la chaqueta, los pantalones, las mangas, todo demasiado estrecho y demasiado corto, un sombrero que no le encaja en la cabeza, la cabeza rapada, los zapatones recios, y una corbata siempre retorcida como una cuerda. Querido Garrone, basta mirarlo una vez a la cara para cobrarle cariño. Todos los más pequeños quisieran ser sus vecinos de pupitre. Conoce bien la aritmética. Lleva los libros apilados, atados con una correa de cuero rojo. Tiene un cuchillo de empuñadura de nácar que encontró en la plaza de armas el año pasado y un día se cortó un dedo hasta el hueso, pero en casa no dijo nada para no asustar a sus padres. En son de broma se le puede decir cualquier cosa, pero ¡ay si le dicen «no es cierto» cuando afirma algo!: entonces echa fuego por los ojos y martillea unos puñetazos como para partir el pupitre. El sábado por la mañana dio un *soldo* a un chico de primero superior que estaba llorando en medio de la calle porque le habían quitado el que tenía y ya no podía comprar el cuaderno. Hace tres días que está trabajando en una carta de ocho páginas, adornada a pluma en los bordes, para el santo de su madre, que a menudo viene a buscarlo y es alta y maciza como él, y simpática. El maestro lo mira siempre y, cada vez que pasa por su lado, le palmotea la nuca como a un buen torito manso. Yo le tengo cariño. Me siento contento cuando estrecho su mano grande, que parece la de un hombre. Estoy seguro de que arriesgaría la vida por salvar a un compañero, de que se dejaría matar por defenderlo: se ve claramente en sus ojos. Y aunque siempre parece estar rezongando con su vozarrón, es una voz que viene de un corazón noble, se nota.

El carbonero y el señor

Lunes 7

Con toda seguridad, Garrone nunca hubiera pronunciado la palabra que le dijo Carlo Nobis a Betti ayer por la mañana. Carlo Nobis es un soberbio, porque su padre es un gran señor: un señor alto, con la barba toda negra, muy serio, que casi todos los días acompaña a su hijo. Ayer por la mañana Nobis riñó con Betti, uno de los más pequeños, hijo de un carbonero, y no sabiendo qué contestarle, porque no llevaba razón, le dijo en voz alta: «Tu padre es un andrajoso.» Betti enrojeció hasta la raíz de los cabellos y no dijo nada, pero los ojos se le llenaron de lágrimas; y, de regreso a casa, le contó todo a su padre. Y he aquí que el carbonero, un hombre pequeño todo él negro, se presenta con el chico de la mano a la hora de la lección, después de comer, para quejarse ante el maestro. Mientras se quejaba ante el maestro, y todos estaban callados, el padre de Nobis, que, como de costumbre, le estaba quitando la capa a su hijo en el umbral del aula, al oír pronunciar su nombre entró y pidió explicaciones.

—Se trata de este obrero —repuso el maestro—, que ha venido a quejarse porque su hijo Carlo le dijo al chico de él: tu padre es un andrajoso.

El padre de Nobis arrugó el entrecejo y se ruborizó un poco. Luego le preguntó a su hijo:

—¿Has dicho eso?

El hijo, de pie en medio de la clase, con la cabeza gacha ante el pequeño Betti, no contestó.

Entonces su padre lo cogió de un brazo y lo empujó más adelante, frente a Betti, que casi se tocaban, y le dijo:

—Pídele disculpas.

El carbonero quiso interponerse, diciendo:

—No, no.

Pero el señor no le hizo caso y le repitió a su hijo:

—Pídele disculpas. Repite mis palabras. Yo te pido disculpas por la palabra injuriosa, insensata, innoble, que dije contra tu padre, a quien el mío se honra en estrechar la mano.

El carbonero tuvo un gesto resuelto, como si quisiera

decir: no quiero. El señor no le hizo caso, y su hijo repitió muy lentamente, sin levantar la mirada del suelo:

—Yo te pido disculpas... por la palabra injuriosa... insensata... innoble, que dije contra tu padre, a quien el mío... se honra en estrechar la mano.

Entonces el señor le tendió la mano al carbonero, que se la estrechó con fuerza, y luego, en seguida, con un empujón echo a su chico entre los brazos de Carlo Nobis.

—Hágame el favor de sentarlos juntos —dijo el señor al maestro—. El maestro puso a Betti en el banco de Nobis. Cuando estuvieron en su sitio, el padre de Nobis saludó y se marchó.

El carbonero se quedó unos instantes pensativo, mirando a los dos chicos ahora juntos; luego se acercó al banco y miró fijamente a Nobis con expresión de cariño y de pesar, como si quisiera decirle algo; pero no dijo nada; tan sólo le rozó la frente con sus rudos dedos. Después se encaminó hacia la puerta y, volviéndose una vez más a mirarlo, salió.

—Recordad bien lo que habéis visto, muchachos —dijo el maestro—, que ésta ha sido la lección más bella del año.

La maestra de mi hermano

Jueves 10

El hijo del carbonero ha sido alumno de la maestra Delcati, que vino hoy a casa para visitar a mi hermano enfermo; nos hizo reír cuando nos contó que la mamá de ese chico, dos años atrás, le llevó a su casa un montón de carbón en el delantal para agradecerle la medalla otorgada a su hijo; y se obstinaba, la pobre mujer: no quería llevarse el carbón de vuelta, y casi lloraba cuando tuvo que marcharse como había venido. También nos contó el caso de otra buena mujer que le llevó un ramillete de flores muy pesado: dentro de él había un puñado de monedas. Nos divertimos mucho escuchándola, e incluso mi hermano se tragó la medicina que antes no quería. Qué paciencia han de tener con esos chicos de primero inferior, desdentados como viejecillos, que no pueden pronunciar la erre o la ese; y uno tose, otro sangra por la nariz, otro pierde los zapatos bajo el banco, otro gimotea porque se pinchó con la pluma, otro llora porque ha comprado un cuaderno número dos en vez de número uno. ¡Cincuenta en un aula, que no saben nada, con esas manitas de manteca, y tener que enseñarles a escribir a todos! Llevan los bolsillos llenos de regaliz, de botones, de corchos, de trocitos de ladrillo, toda clase de objetos minúsculos, y es necesario que la maestra los revise; pero esconden sus cosas hasta en los zapatos. Y no prestan atención: para armar un alboroto basta un moscardón que entre por la ventana; en verano llevan a clase hierbas y mariquitas que revolotean por ahí o caen en los tinteros y luego manchan de tinta los cuadernos. La maestra ha de hacer de madre, ayudarlos a componerse la ropa, vendarles los dedos lastimados, recoger los gorritos que se caen, fijarse que no cojan abrigos equivocados, que luego lloriquean y chillan. ¡Pobres maestras! Y aún vienen las madre a quejarse: señorita, ¿cómo es que mi niño ha perdido la pluma? ¿Y el mío, que no aprende nada? ¿Por qué no le otorga la mención al mío, que sabe tanto? ¿Por qué no hace quitar del pupitre ese clavo que le ha rasgado los pantalones a mi Piero? La maestra de mi hermano a veces se enfada con los chicos y, cuando ya no da más, se muerde un dedo por no soltar un bofetón; pierde la paciencia, pero luego se arrepiente y acaricia al niño que acaba de regañar; echa del aula a un pilluelo, pero tragándose las lágrimas, y se encoleriza con los padres que por castigo mandan a los chicos a la cama sin cenar. Es joven y alta la maestra Delcati, y viste bien; morena e inquieta, que todo lo hace como movida por un resorte; por una nadería se conmueve, y en tal caso habla con gran ternura. «¿Por lo menos se le encariñan los chicos?», le preguntó mi madre. «Muchos sí —repuso—, pero después, concluido el curso, la mayoría ni siquiera nos mira. Cuando están con maestros, casi se avergüenzan de haber estado con nosotras, con una maestra. Tras dos años de cuidados, tras haber querido tanto a un chico, da tristeza separarse de él, pero una dice: "¡Oh, de ése estoy segura! Ese siempre me querrá." Pero pasan las vacaciones, volvemos al colegio, corremos a su encuentro: "¡Oh, mi niño, mi niño!" Y vuelve la cabeza hacia otra parte —aquí la maestra se interrumpió—. Pero tú no serás así, ¿verdad, pequeño? —dijo luego poniéndose en pie con los ojos húmedos y dando un beso a mi hermano—; tú no volverás el rostro, ¿verdad? No renegarás de tu pobre amiga.»

Mi madre

Jueves 10

¡En presencia de la maestra de tu hermano, has faltado al respeto a tu madre! Que esto no vuelva a ocurrir nunca más, Enrico, ¡nunca más! Tu expresión irreverente penetró en mi corazón como una punta de acero. Me acordé de tu madre, cuando, hace años, estuvo toda una noche inclinada sobre tu camita, vigilando tu respiración, llorando sangre por la angustia y castañeteando los dientes de terror, que creía perderte; y yo temía que enloqueciera, y ante ese pensamiento sentí una sensación de repulsa por ti. ¡Ofender tú a tu madre! Tu madre, que daría un año de su felicidad por ahorrarte una hora de dolor; que mendigaría por ti, ¡que se haría matar por

salvarte la vida! Mira, Enrico: que quede bien grabado en tu mente este pensamiento. Imagina que te aguarden en la vida muchos días terribles: el más terrible de todos será el día en que pierdas a tu madre. Mil veces, Enrico, cuando ya seas un hombre, fuerte, curtido en todas las luchas, la invocarás, oprimido por un inmenso deseo de oír una vez más su voz por un instante, y volver a ver sus brazos abiertos para arrojarte a ellos sollozando, como un pobre niño sin protección ni consuelo. ¡Cómo te acordarás entonces de cada amargura que le hayas causado, y con qué remordimientos las pagarías todas, infeliz de ti! No esperes tener serenidad en la vida si has entristecido a tu madre. Te arrepentirás, le pedirás perdón, venerarás su memoria: será en vano. La conciencia no te dejará en paz: esa imagen dulce y bondadosa tendrá siempre para ti una expresión de tristeza y de reproche que atormentará tu alma. Oh, Enrico, date cuenta: éste es el más sagrado de los afectos humanos; desdichado de aquel que lo pisotea. El asesino que respeta a su madre, aún tiene algo de noble y honrado en el corazón; el más glorioso de los hombres, si le causa dolor y la ofende, no es más que una miserable criatura. Que nunca más salga de tu boca una palabra dura hacia aquella que te dio la vida. Y si alguna vez volviese a ocurrirte tal cosa, que no sea el temor de tu padre, sino un impulso de tu ánimo, el que arroje a sus pies, para suplicarle que con el beso del perdón borre de tu frente el estigma de la ingratitud. Yo te quiero, hijo mío; eres la esperanza más honda de mi vida; pero antes quisiera verte muerto que desagradecido ante tu madre. Baste esto por ahora; y por algún tiempo no me ofrezcas tus caricias: no podría retribuírtelas de corazón.

TU PADRE

Mi compañero Coretti

Mi padre me perdonó; pero yo me quedé algo triste, y entonces mi madre me envió con el hijo mayor del portero a pasear por la avenida. Cuando habíamos recorrido más o menos la mitad del trayecto, al pasar junto a un carro estacionado ante una tienda, oigo que gritan mi nombre, me doy vuelta: era Coretti, mi compañero de clase, con su jersey color chocolate y su gorro de piel de gato, todo sudado y alegre, con una gran carga de leña sobre los hombros. Un hombre, erguido sobre el carro, le iba tendiendo sucesivamente haces de leña que él recogía y llevaba a la tienda de su padre, donde los amontonaba a toda prisa.

—¿Qué haces, Coretti? —le pregunté.

—¿No lo ves? —contestó mientras tendía los brazos para coger la carta—, repaso la lección.

Me reí. Pero él lo decía en serio, y, aguantando el haz de leña, empezó a decir de carrerilla: «*Llámanse accidentes del verbo... sus variaciones según el número... según el número y la persona...*»

Y luego, soltando la leña y apilándola: «*según el tiempo... según el tiempo a que se refiere la acción...*».

Y, volviendo hacia el carro para coger otro haz: «*según el modo en que la acción se anuncia*»

Era nuestra lección de gramática para el día siguiente. «¿Qué quieres? —me dijo—, aprovecho el tiempo de que dispongo. Mi padre se marchó con el dependiente para despachar un asunto. Mi madre está enferma. Me toca a mí descargar; y, mientras tanto, repaso la gramática. Es una lección difícil la de hoy. No logro metérmela en la cabeza. Mi padre estará aquí a las siete para darle el dinero», dijo luego al hombre del carro.

El carro se marchó. «Ven un rato a la tienda», me dijo

Coretti. Entré. Era un local grande, lleno de pilas de leña y de haces, con una báscula en un rincón. «Hoy es día de faena, te lo garantizo —prosiguió Coretti—; tengo que hacer las tareas a la buena de Dios. Estaba escribiendo las oraciones cuando vino gente a comprar. Me pongo a escribir de nuevo, y llega el carro. Esta mañana ya hice dos viajes al mercado de la leña en la plaza Venecia. Mis piernas ya no me dan más de sí y tengo las manos hinchadas. ¡Apañado estaría si tuviese deberes de dibujo!» Y, entre tanto, con la escoba barría las hojas secas y las ramitas que recubrían el embaldosado.

—Pero, ¿dónde haces los deberes, Coretti? —le pregunté.

—Aquí no, por cierto —repuso—. Ven que te muestre —y me condujo a la trastienda, un cuartucho que sirve de cocina y de comedor, con una mesa en un ángulo, donde tenía los libros y cuadernos y el trabajo a medio hacer—. Justamente —dijo—, he dejado en el aire la segunda respuesta: *con el cuero se fabrican zapatos, cinturones...* y ahora añadiré *maletas.* —y, cogiendo la pluma, empezó a escribir con su hermosa caligrafía—. «¿No hay nadie?», se oyó gritar desde la tienda en ese momento. Era una mujer que venía a comprar unas fajinas. «Ya voy», repuso Coretti; y en dos saltos estuvo allí, pesó las fajinas, guardó el dinero, apuntó en un rincón el producto de la venta en un cuaderno y regresó a sus deberes, diciendo: «Veamos si consigo terminar la oración.» Y escribió: *bolsos de viaje, mochilas para soldados.* «¡Oh, mi pobre café que se derrama!», gritó de pronto; y corrió hacia el hornillo para quitar la cafetera del fuego. «Es el café para mamá —dijo—; no tuve más remedio que aprender a prepararlo. Aguarda un momento que se lo llevaremos; así podrá verte, le agradará. Hace siete días que está en cama. ¡Caray con los accidentes del verbo! Con esta cafetera siempre me escuezo los dedos. ¿Qué tengo que añadir después de las mochilas para soldados?

Hace falta algo más y no lo encuentro. Ven a ver a mamá.»

Abrió una puerta, entramos en otro cuarto pequeño; la madre de Coretti estaba en una cama grande, con un pañuelo blanco en torno a la cabeza.

—Mamá, te traigo el café —dijo Coretti tendiéndole la taza—; éste es un compañero del colegio.

—¡Vaya! Muy bien, señorito —me dijo la mujer—; viene a visitar a los enfermos, ¿verdad?

Mientras tanto, Coretti acomodaba las almohadas detrás de los hombros de su madre, estiraba las frazadas, atizaba el fuego, echaba al gato de la cómoda.

—¿Le hace falta a usted algo, mamá? —preguntó luego retirando la taza—. ¿Ha tomado las dos cucharadas de jarabe? Cuando se acabe, iré en un santiamén a la botica. La leña está descargada. A las cuatro pondré la carne al fuego como usted me dijo, y cuando pase la mujer de la mantequilla le daré esos ocho *soldi.* No se preocupe que todo irá bien.

—Gracias, hijito —repuso la mujer—; ¡anda, pobre hijo! El se ocupa de todo.

Quiso que yo cogiese un terrón de azúcar, y después Coretti me mostró un cuadrito, el retrato de su padre en una fotografía, con su uniforme de soldado y la medalla al valor que ganó en el 66, en la formación en cuadro del príncipe Umberto: la misma cara que su hijo, con esos ojos vivaces y la sonrisa tan alegre. Regresamos a la cocina. «Encontré lo que buscaba —dijo Coretti, y añadió en su cuaderno: *también se hacen los arreos para las caballerías*—. El resto lo haré esta noche, me quedaré levantado hasta más tarde. ¡Feliz de ti, que tienes todo el tiempo para estudiar y hasta puedes irte de paseo!»

Y siempre alegre y rápido, de vuelta en la tienda, empezó a poner leños en el caballete y a aserrarlos por la mitad, diciendo: «¡Esto sí que es gimnasia, y no eso de *llevar los brazos hacia adelante!* Quiero que mi padre encuentre toda esa leña aserrada cuando regrese a casa: se pondrá contento. Lo malo es que después de aserrar hago unas *t* y unas *l* que, como dice el maestro, parecen víboras. ¿Qué voy a hacer? Le diré que he tenido que agitar los brazos. Lo importante es que mamá se cure pronto, eso es. Hoy se siente mejor, gracias a Dios. La gramática la estudiaré mañana al cantar el gallo. ¡Vaya! ¡Ya está aquí la carreta con los troncos!»

Un carro cargado de troncos se detuvo ante la tienda. Coretti acudió para hablar con el hombre; luego regresó.

—Ahora ya no puedo acompañarte —me dijo—; nos veremos mañana por la mañana. Hiciste bien en venir a visitarme. ¡Que disfrutes del paseo! ¡Feliz de ti!

Y, tras estrecharme la mano, acudió de prisa a coger el primer tronco y volvió a trotar entre el carro y la tienda: con la cara rozagante como una rosa bajo su gorro de piel de gato, y tan despabilado que sólo de verlo daba alegría.

—¡Feliz de ti! —me dijo—. ¡Ah! No, Coretti, no: eres tú el más feliz; tú, porque estudias y trabajas más, porque eres de más utilidad a tus padres, porque eres más bueno, cien veces más bueno y mejor que yo, querido compañero mío.

El director

Viernes 18

Esta mañana, Coretti estaba contento porque ha venido su maestro de segundo, Coatti, para colaborar en las tareas del examen mensual: es un hombretón con una gran melena rizada, una gran barba negra, grandes ojos oscuros y una voz de trueno; siempre está amenazando a los chicos con hacerlos pedazos y llevarlos del pescuezo a la jefatura de policía, y su cara muestra toda clase de expresiones espantosas; pero nunca castiga a nadie: más aún, sonríe dentro de la barba sin dejar que lo vean. Son ocho, con Coatti, los maestros, incluyendo también a un suplente pequeño y sin barba que parece un jovencito. Hay un maestro de cuarto, cojo, siempre arrebujado en una gran bufanda de lana, cargado de dolores; y esos dolores los cogió cuando era maestro rural en una escuela húmeda en que goteaban las paredes. Otro maestro de cuarto es viejo y canoso, y ha sido maestro de los ciegos. Hay uno bien trajeado, de gafas y con un bigotito rubio, al que apodan *el abogadito* porque, trabajando como maestro, cursó la carrera de abogado y consiguió licenciarse, e incluso escribió un libro para enseñar a redactar cartas. El que enseña gimnasia, en cambio, tiene un porte militar: estuvo con Garibaldi y tiene en el cuello la cicatriz de un sablazo que lo hirió en la batalla de Milazzo. Y el director es alto, calvo, con gafas de oro y una barba gris que le llega hasta el pecho; va vestido de negro y abotonado siempre hasta el cuello; es tan bondadoso con los chicos que, cuando entran temblorosos en la Dirección, llamados para alguna reprimenda, les coge las manos y razona con ellos que no sean así, que es necesario que se arrepientan y prometan portarse bien; y habla con tanta suavidad y con una voz tan dulce que todos salen con los ojos enrojecidos, más avergonzados que si les hubiese aplicado un castigo. Pobre director, es siempre el primero en llegar, por las mañanas, para esperar a los alumnos y escuchar a los padres; y cuando los maestros ya se han encaminado hacia sus casas, él todavía merodea en torno a la escuela para controlar que los chicos no se metan bajo las carrozas ni se entretengan haciendo piruetas, o se llenen de arena y guijarros las carteras; y cada vez que aparece en alguna esquina, tan alto y vestido de negro, bandadas de chicos huyen en todas direcciones, interrumpiendo el juego de canicas o el que sea, mientras él desde lejos los amenaza con el índice, siempre con su aire triste y cariñoso. Nadie ha vuelto a verlo reír, dice mi madre, desde que murió su hijo, que se había enrolado voluntario en el ejército; siempre tiene ante los ojos su retrato, sobre el escritorio de la Dirección. Y quería marcharse, después de aquella desgracia: ya había redactado su solicitud de retiro para presentarla ante el ayuntamiento, y la tenía siempre sobre la mesa, postergando el envío un día tras otro porque lamentaba alejarse de los niños. Pero hace unos días se había decidido, y mi padre, que estaba con él en el despacho, le decía: «¡Lástima que se marche usted, señor director!», cuando entró un hombre para inscribir a su hijo, que se trasladaba de otro colegio al nuestro porque su familia se había mudado. Al ver a ese chico, el director tuvo un gesto de asombro; lo miró largamente, miró el retrato sobre el escritorio y volvió a mirar al muchacho, sentándolo sobre sus rodillas y levantándole el rostro. Se parecía en todo a su difunto hijo. El director dijo: «Está bien»; llevó a cabo la inscripción, despidió a padre e hijo y se quedó pensativo. «¡Lástima que se marche!», repitió mi padre. Y entonces el director cogió su solicitud de retiro y la rompió en dos pedazos diciendo: «Me quedo.».

Los soldados

Martes 22

Su hijo era voluntario del ejército cuando murió: por eso el director siempre va a la calle mayor a ver pasar a los soldados, tras la salida del colegio. Ayer pasaba un

41

regimiento de infantería, y unos cincuenta chicos se pusieron a brincar alrededor de la banda, cantando y marchando al compás con las reglas sobre las carteras y mochilas. Nosotros estábamos en un grupo sobre la acera, mirando: Garrone, estrujado en sus prendas demasiado estrechas, mordisqueaba un trozo de pan; Votini, ése tan bien vestido, que siempre se quita las pelusas de la ropa; Precossi, el hijo del herrero, con la chaqueta de su padre; y el calabrés, el albañilito, Crossi, con su cabeza rojiza; Franti con su expresión insolente, e incluso Robetti, el hijo del capitán de artillería, ese que salvó a un chico de morir arrollado y que ahora anda con muletas. Franti le soltó una carcajada en la cara a un soldado que cojeaba; pero en seguida sintió sobre el hombro la mano de un hombre: se volvió, era el director. «Mira —le dijo el director—, que burlarse de un soldado cuando está en formación, que no puede responder ni desquitarse, es como insultar a un hombre amarrado: es una cobardía.» Franti desapareció. Los soldados pasaban en formación de cuatro en fondo, sudados y cubiertos de polvo, y los fusiles relucían bajo el sol. El director dijo: «Tenéis que querer a los soldados, muchachos. Son nuestros defensores, son los que irían a matar por nosotros si mañana algún ejército extranjero amenazase a nuestro país. También ellos son muchachos: tienen pocos años más que vosotros; y también ellos estudian; los hay pobres y señores, entre ellos como entre vosotros, y provienen de todas las regiones de Italia. Mirad, casi se los puede reconocer por las facciones: ahí pasan sicilianos, sardos, napolitanos, lombardos. Este es un viejo regimiento, uno de los que combatieron en 1848. Los soldados ya no son los mismos, pero sí la bandera. ¡Cuántos ya habían muerto, alrededor de esa bandera, veinte años antes de que vosotros nacierais!» «¡Aquí llega!», dijo Garrone. Efectivamente, un poco más lejos se veía avanzar la bandera, por encima de las cabezas de los soldados. «Haced una cosa, hijos —dijo el director—: ofreced vuestro saludo de estudiantes, llevando la mano a la frente, cuando pase la bandera tricolor.» La bandera, llevada por un oficial, pasó ante nosotros, desgarrada y desteñida, con las medallas colgando del asta. Nosotros nos llevamos la mano a la sien, todos a un tiempo. El oficial nos miró sonriendo y nos devolvió el saludo. «Muy bien, muchachos», dijo alguien detrás de nosotros. Nos volvimos para mirar: era un viejo que tenía en el ojal de la chaqueta la cinta azul de la campaña de Crimea: un oficial retirado. «Muy bien —repitió—, habéis tenido un hermoso gesto.» Mientras tanto, la banda del regimiento giraba la esquina al final de la avenida, rodeada por una nube de chicos, y cien voces alegres acompañaban el son de los clarines como un canto guerrero. «Muy bien —insistió el viejo oficial contemplándonos—: quien respeta a la bandera desde niño, sabrá defenderla cuando grande.»

El protector de Nelli

Miércoles 23

También Nelli, ayer, miraba a los soldados, pobre jorobadito, pero con una expresión... como si estuviese pensando: «¡Yo nunca podré ser un soldado!» Es un buen chico, estudioso; pero esmirriado y débil, que hasta le cuesta respirar. Lleva siempre una larga bata de tela negra reluciente. Su madre es una señora menuda y rubia, enlutada, que siempre viene a buscarlo a la hora del *finis* para que no se mezcle con los demás en el tumulto. Porque tiene la desgracia de ser jorobado, los primeros días muchos chicos se mofaban de él y le golpeaban la espalda con las carteras; pero él nunca se rebelaba y nada le decía a su madre, para no darle el disgusto de enterarse de que su hijo era el pelele de los compañeros; lo maltrataban, y él lloraba en silencio, con la frente apoyada sobre el pupitre. Pero una mañana Garrone dio un respingo y dijo: «¡Al primero que toque a Nelli, le doy tal tortazo que dará tres volteretas!» Franti no le hizo caso, llegó el bofetón prometido, el compadre dio tres volteretas y nadie más se metió con Nelli. El maestro colocó a Garrone junto a él, en el mismo pupitre. Se han vuelto muy amigos. Nelli se ha encariñado mucho con Garrone. Apenas entra al aula, en seguida busca para ver si está Garrone. Nunca se marcha sin decir: «Adiós, Garrone.» Y éste se comporta del mismo modo con él. Cuando a Nelli se le cae la pluma o un libro bajo el asiento, inmediatamente Garrone, para que no se fatigue agachándose, se inclina y le alcanza el libro o la pluma; después lo ayuda a guardar sus cosas en la cartera y a ponerse el abrigo. Por eso Nelli le tiene cariño y siempre lo está mirando, y cuando el maestro lo elogia se pone contento como si el elogio fuese para él. Ahora bien: seguramente Nelli, al fin, le ha contado todo a su madre, las chanzas de los primeros días y cómo le hacían sufrir, y que ese compañero lo defendió y le brindó su afecto, porque he aquí lo que ocurrió esta mañana. El maestro me encargó que le llevase al director el programa de la lección, media hora antes del *finis,* y yo estaba en el despacho cuando entró una señora rubia y vestida de negro, la mamá de Nelli, que dijo: «Señor director, ¿en la clase de mi hijo hay un chico que se llama Garrone?» «Pues sí», repuso el director. «¿Me haría usted el favor de llamarlo un minuto? He de decirle algo.» El director llamó al bedel y lo envió al aula, y un minuto después apareció Garrone en la puerta, con su cabezota rapada, muy sorprendido. Apenas lo vio, la señora salió a su encuentro, le puso las manos sobre los hombros y lo besó repetidas veces en la cabeza, diciendo: «¡Tú eres Garrone, el amigo de mi hijito, el protector de mi pobre niño! ¡Eres tú, querido, noble muchacho, eres tú!»

Luego, a toda prisa, hurgó en la cartera y en los bolsillos, y, al no encontrar nada, se quitó del cuello una cadenita con una cruz, se la puso a Garrone en el cuello, bajo la corbata, y le dijo: «Toma, llévala como recuerdo mío, querido muchacho; como recuerdo de la madre de Nelli, que te da las gracias y te bendice.»

El primero de la clase

Viernes 25

Garrone conquista el afecto de todos; Derossi, la admiración. Ha ganado la primera medalla, será siempre el mejor también este año, nadie puede competir con él, todos reconocen su superioridad en todas las asignaturas. Es el mejor en aritmética, en gramática, en redacción, en dibujo; todo lo entiende al vuelo, tiene una maravillosa memoria, todo lo consigue sin esfuerzo. El estudio parece un juego para él. Ayer el maestro dijo: «Has recibido de Dios grandes dones: todo lo que has de hacer es no malgastarlos.» Por añadidura, es alto y guapo, con una gran cabellera de rizos rubios, tan ágil que salta un banco apoyando sólo una mano, y ya practica esgrima. Tiene doce años, es hijo de un comerciante, viste siempre de azul con bonitos botones dorados; se lo ve siempre vivaz, alegre, amable con todos, ayuda a los que puede durante los exámenes y nadie se ha atrevido nunca a hacerle un desaire o decirle una mala palabra. Sólo Nobis y Franti lo miran con

45

malos ojos, y Votini rebosa envidia: pero él ni siquiera se da cuenta. Todos le sonríen y lo cogen de la mano o del brazo cuando recorre los pupitres recogiendo los trabajos, con esos modales suyos tan agradables. Regala revistas ilustradas, dibujos, todo lo que a él le regalan en su casa; para el calabrés dibujó un pequeño mapa de Calabria: lo da todo, sonriendo, sin concederle importancia, como un gran señor, sin preferencias por nadie. Es imposible no envidiarlo, no sentirse inferior a él en todo. ¡Oh, sí! Yo también, como Votini, lo envidio. Y siento una amargura, casi cierto despecho hacia él, cuando en casa me cuesta hacer las tareas y pienso que a esa hora él ya las habrá terminado, perfectamente bien y sin esfuerzo. Pero después, en el colegio, cuando lo veo tan apuesto, sonriente, triunfante, y oigo cómo responde a las preguntas del maestro, seguro y claro, y observo qué amable es y cómo todos lo quieren, entonces toda amargura y todo despecho huyen de mi corazón, y me arrepiento de haber alimentado esos sentimientos. Quisiera, entonces, estar siempre a su lado; hacer todos los cursos con él; su presencia, su voz, me dan ánimos, ganas de trabajar, alegría, satisfacción. El maestro le ha encargado que copie el cuento mensual que leerá mañana: *El pequeño vigía lombardo*. Esta mañana lo copiaba, y estaba conmovido por ese hecho heroico: el rostro iluminado, los ojos húmedos y los labios temblorosos. ¡Qué hermoso y noble se le veía! Con qué gusto le hubiera dicho cara a cara, con franqueza:

—¡Derossi, tú vales en todo más que yo! ¡Comparado conmigo, tú eres un hombre! ¡Te respeto y te admiro!

El pequeño vigía lombardo
(Cuento mensual)

En 1859, durante la guerra de liberación de Lombardía, pocos días después de la batalla de Solferino y San Martino, ganada por los franceses e italianos a los austriacos, en una hermosa mañana del mes de junio, una patrulla de caballería de Saluzzo avanzaba lentamente hacia el enemigo por un sendero solitario, explorando el terreno con atención. Guiaba la patrulla un oficial y un sargento, y todos miraban fijamente delante de sí, a lo lejos, silenciosos, dispuestos a divisar en cualquier momento, entre los árboles, los blancos uniformes de los puestos avanzados del enemigo. Llegaron así a una casita rústica, rodeada de fresnos, delante de la cual estaba, completamente solo, un chico de unos doce años que descortezaba una pequeña rama con un cuchillo para hacerse un bastón. De una ventana de la casa colgaba una ancha bandera tricolor; dentro no había nadie: los campesinos, una vez desplegada la bandera, habían escapado por temor a los austriacos. Apenas vio a los jinetes, el chico tiró el bastón y se quitó la gorra. Era un hermoso muchacho de semblante atrevido, con grandes ojos celestes y el cabello rubio y largo; iba en mangas de camisa y se le veía el pecho desnudo.

—¿Qué haces aquí? —le preguntó el oficial, deteniendo su caballo—. ¿Por qué no has huido con tu familia?

—Yo no tengo familia —respondió el muchacho—. Soy un expósito. Trabajo un poco para todos. Me he quedado aquí para ver la guerra.

—¿Has visto pasar austriacos?

—No, no los he visto en tres días.

El oficial se quedó pensativo; luego se apeó del caballo

y, dejando los soldados allí, cara al enemigo, entró en la casa y subió al tejado. La casa era baja: desde el tejado no se veía más que una pequeña extensión de terreno.

—Es necesario subir a los árboles —dijo el oficial, y bajó.

Precisamente delante de la era se alzaba un fresno altísimo y delgado, cuya cima se columpiaba en el azul. El oficial permaneció unos instantes meditando, mirando ora al árbol, ora a los soldados; luego preguntó de pronto al muchacho:

—¿Tienes buena vista tú, chiquillo?

—¿Yo? —repuso el chico—. Yo puedo ver un gorrioncillo que esté a una milla.

—¿Serías capaz de subir hasta la cima de aquel árbol?

—¿Hasta la cima de aquel árbol? ¿Yo? En medio minuto subo.

—¿Y sabrías decirme lo que logres ver desde allá arriba? ¿Si hay soldados austríacos por aquella parte, nubes de polvo, fusiles que relucen, caballos?

—De seguro que sabría.

—¿Qué quieres por prestarme este servicio?

—¿Qué quiero? —dijo el chico, sonriendo—. ¡Nada! ¡Estaría bueno! ¡Además..., si fuese para los austriacos, a ningún precio; pero se trata de los nuestros! ¡Yo soy lombardo!

—Bien. Sube, entonces.

—Un momento, que me quito los zapatos.

Se quitó el calzado, se apretó la correa de los pantalones, arrojó sobre la hierba la gorra y abrazó el tronco del fresno.

—Pero cuidado... —exclamó el oficial, en actitud de retenerlo, como sobrecogido por un repentino temor.

El muchacho se volvió para mirarlo, interrogándolo con sus hermosos ojos celestes.

—Nada —dijo el oficial—; sube.

El chico trepó como un gato.

—Mirad hacia adelante —gritó el oficial a los soldados.

En pocos momentos el chico estuvo en la cima del árbol, ceñido al tallo, con las piernas entre las hojas, pero con el busto descubierto, y el sol le daba en la cabeza rubia, que parecía de oro. El oficial apenas lo divisaba: tan pequeño se le veía desde allá arriba.

—Mira recto y a lo lejos —gritó el oficial.

El muchacho, para ver mejor, separó la mano derecha del árbol y se la llevó a la frente.

—¿Qué ves? —preguntó el oficial.

El muchacho inclinó la cabeza hacia él y, haciendo bocina con la mano, respondió:

Dos hombres a caballo, en el camino blanco.

—¿A qué distancia de aquí?

—Media milla.

—¿Se mueven?

—Están quietos.

—¿Qué más ves? —preguntó el oficial después de un momento de silencio—. Mira hacia la derecha.

El chico miró hacia la derecha. Luego, dijo:

—Cerca del cementerio, entre los árboles, hay algo que brilla. Parecen bayonetas.

—¿Ves gente?

—No. Estarán escondidos en el trigo.

En aquel momento un agudísimo silbido de bala pasó alto por el aire y fue a morir lejos, detrás de la casa.

—¡Baja, niño! —gritó el oficial—. Te han visto. No quiero saber más. Ven aquí.

—No tengo miedo —repuso el chico.

—Baja... —repitió el oficial—; ¿qué más ves, a la izquierda?

—¿A la izquierda?

—Sí, a la izquierda.

El muchacho volvió la cabeza hacia la izquierda... En ese momento otro silbido, más agudo y más bajo que el primero, cortó el aire; el chico dio un respingo.

—¡Huy! —exclamó—. ¡La han tomado conmigo! —la bala le había pasado muy cerca.

—¡Abajo! —gritó el oficial, imperioso e irritado.

—Bajo en seguida —respondió el chico—. Pero el árbol me cubre, no se preocupe usted. ¿A la izquierda, quiere usted saber?

—A la izquierda —repuso el oficial—; pero bájate.

—A la izquierda —gritó el chico, adelantando el busto hacia esa parte—, donde hay una capilla me parece ver...

Un tercer silbido rabioso pasó por lo alto, y casi al instante se vio al chico caer, aferrándose por un momento al tallo y a las ramas, y después precipitándose cabeza abajo con los brazos abiertos.

—¡Maldición! —gritó el oficial, acudiendo.

El chico dio de espaldas contra el suelo y quedó tendido, boca arriba, con los brazos desplegados. Un arroyuelo de sangre le manaba del pecho, a la izquierda. El sargento y dos soldados saltaron de sus caballos; el oficial se inclinó y le abrió la camisa: la bala había penetrado en su pulmón izquierdo.

—¡Está muerto! —exclamó el oficial.

—¡No, vive! —repuso el sargento.

—¡Ay, pobre chico! ¡Valiente muchacho! —gritó el oficial—. ¡Animo, ánimo!

Pero mientras le daba ánimos y apretaba el pañuelo sobre la herida, el chico revolvió los ojos e inclinó la cabeza: estaba muerto. El oficial palideció y lo miró un momento; luego reclinó su cabeza sobre la hierba; se irguió y estuvo mirándolo; también el sargento y los dos soldados, inmóviles, lo miraban. Los demás estaban vueltos hacia el enemigo.

—¡Pobre chico! —repitió tristemente el oficial—. ¡Pobre y valiente muchacho!

Después se acercó a la casa, quitó de la ventana la bandera tricolor y la extendió como un manto fúnebre sobre el pequeño muerto, dejándole el rostro al descubierto. El sargento reunió junto al muerto los zapatos, la gorra, el bastoncito y el cuchillo.

Estuvieron aún un momento silenciosos; luego el oficial se volvió hacia el sargento y le dijo:

—Mandaremos que lo recoja la ambulancia: ha muerto como soldado, lo sepultarán los soldados.

Dicho esto, con un gesto de la mano envió un beso al muerto, y gritó:

—¡A caballo!

Todos montaron de un salto, la patrulla se agrupó y reanudó su marcha.

Y pocas horas después el pequeño muerto recibió sus honores militares.

Al caer el sol, toda la línea de la vanguardia italiana avanzaba hacia el enmigo, y por el mismo camino recorrido durante la mañana por la patrulla de caballería, marchaba en dos filas un nutrido batallón de *bersaglieri* que pocos días antes había derramado valientemente su sangre en la colina de San Martino. La noticia de la muerte del muchacho ya había corrido entre aquellos soldados antes de que dejasen sus campamentos. El sendero, flanqueado por un arroyuelo, pasaba a pocos pasos de distancia de la casa. Cuando los primeros oficiales del batallón vieron el pequeño cadáver tendido al pie del fresno y cubierto con la bandera tricolor, lo saludaron con su sable; y uno de ellos se inclinó sobre la orilla del arroyuelo, que estaba toda florida, arrancó dos flores y se las arrojó. Entonces, todos los *bersaglieri*, según fueron pasando, arrancaron flores y las arrojaron sobre el muerto. En pocos minutos el chico estuvo cubierto de flores, y todos los oficiales y soldados lo saludaban al pasar: «¡Bravo, pequeño lombardo!», «¡Adiós, niño!», «¡Para ti, rubio!», «¡Viva!», «¡Gloria!», «¡Adiós!»

Un oficial le arrojó su medalla al valor, otro fue a

besarlo en la frente. Y las flores continuaban lloviéndole sobre los pies desnudos, sobre el pecho, ensangrentado, sobre la cabeza rubia. Y él dormía, allí en la hierba, envuelto en su bandera, con el rostro blanco y casi sonriente, pobre niño, como si oyese aquellos saludos y estuviese contento de haber dado la vida por su Lombardía.

Los pobres

Martes 29

Dar la vida por la patria, como el muchacho lombardo, es una gran virtud, pero tú, hijo, no debes descuidar virtudes más pequeñas. Esta mañana, cuando regresábamos del colegio y caminabas delante de mí, pasaste junto a una pobre mujer que tenía sobre sus rodillas a un niño extenuado y pálido y que te pidió una limosna. Tú la miraste y no le diste nada, pero llevabas dinero en el bolsillo. Escucha, hijo. No debes habituarte a pasar indiferente por delante de la miseria que tiende la mano, y menos aún ante una madre que pide una moneda para su niño. Piensa que quizás aquel chiquillo tuviera hambre, piensa en la congoja de aquella pobre mujer. Imagínate el sollozo desesperado de tu madre si un día se viera en la necesidad de decirte: «Enrico, hoy ni siquiera puedo darte un mendrugo.» Cuando doy una moneda a un mendigo y él me dice «Que Dios les conceda salud a usted y a los suyos», tú no puedes comprender la dulzura que llevan a mi corazón esas palabras, la gratitud que siento por ese pobre hombre. Me parece que ese buen augurio os conservará verdaderamente con buena salud por mucho tiempo, y regreso a casa contenta, pensando: «¡Oh, ese menesteroso me ha devuelto mucho más que cuanto yo le he dado!» Pues bien, haz que yo pueda oír alguna vez ese buen augurio provocado y merecido por ti; saca de vez en cuando una moneda de tu pequeño bolsillo para dejarla caer en la mano de un viejo sin sostén, de una madre sin pan, de un niño sin madre. Los pobres aprecian la limosna de los niños porque no los humilla y porque los chicos, teniendo necesidad de todos, se parecen a ellos; por eso siempre suele haber pobres en los alrededores de las escuelas. La limosna de un hombre es un acto de caridad, pero la de los niños es a la vez una caridad y una caricia; ¿me entiendes? Es como si de su mano cayeran juntas una moneda y una flor. Piensa que a ti nada te falta y a ellos, todo; que mientras tú buscas ser feliz, ellos se conforman con no morir. Piensa que es un horror que en medio de tantos palacios, en las calles por donde pasan carruajes y niños vestidos de terciopelo, haya mujeres y chiquillos que no tienen qué comer. ¡No tener qué comer, Dios mío! ¡Niños como tú, buenos e inteligentes como tú, que en medio de una gran ciudad no tienen qué comer, como fieras perdidas en un desierto! ¡Oh, Enrico, nunca más pases ante una madre que mendigue sin depositar una moneda en su mano!

Tu Madre

DICIEMBRE

El traficante

Jueves 1

Mi padre quiere que los días de fiesta haga venir a casa a uno de mis compañeros, o que vaya yo a encontrarlo, para hacerme poco a poco amigo de todos. El domingo iré a casa con Votini, ese tan bien vestido, que siempre está acicalándose y que tanto envidia a Derossi. Mientras tanto, hoy ha venido a casa Garoffi, el alto y flaco, de nariz ganchuda y pequeños ojos astutos que parecen escudriñarlo todo. Es hijo de un tendero de ultramarinos y es un tipo original. Siempre está contando el dinero que lleva en el bolsillo; cuenta con los dedos con mucha maña y rapidez, y hace cualquier multiplicación sin necesidad de la tabla. ¡Y acumula sus dinerillos! Tiene ya una libreta de la Caja Escolar de Ahorros. Desconfiado, nunca se gasta un *soldo,* y si se le cae un céntimo bajo los bancos, es capaz de estarse una semana buscándolo. Hace como las urracas, dice Derossi. Todo lo que encuentra, plumas gastadas, sellos usados, alfileres, residuos de velas, todo lo recoge. Hace más de dos años que colecciona sellos, y ya tiene centenares de cada país, en un gran álbum que después venderá al librero, cuando lo tenga lleno. Entre tanto, el librero le da gratis los cuadernos porque le lleva muchos chicos a su tienda. En el colegio está siempre traficando; todos los días vende cosas, hace rifas y trueques; se arrepiente luego del cambio y quiere recuperar su género; compra por dos y vende por cuatro; juega a las canicas y nunca pierde; revende periódicos viejos a la tienda de tabacos y tiene un cuadernito donde anota sus negocios, todo él lleno de sumas y restas. En el colegio no estudia más que aritmética, y si desea conseguir la medalla es tan sólo para entrar gratis al teatro de marionetas. A mí me gusta, me divierte. Jugamos al mercado, con pesas y balanzas; sabe los precios exactos de todas las cosas, conoce los pesos y hace los paquetes con rapidez, como los tenderos. Dice que tan pronto como termine en la escuela montará su negocio, un comercio nuevo que ha inventado él. Se ha puesto muy contento cuando le he dado sellos extranjeros, y me ha dicho con precisión a cuánto se vende cada uno para las colecciones. Mi padre, fingiendo leer el periódico, lo escuchaba y se divertía. Siempre tiene los bolsillos hinchados de sus pequeñas mercancías, se cubre con una larga capa negra y parece continuamente distraído y atareado, como un negociante. Pero lo que más le interesa es su colección de sellos; es su tesoro, del que siempre habla, como si debiera sacar de él una fortuna. Los compañeros lo llaman avaro y usurero. Yo no sé qué pensar. Lo quiero, me enseña muchas cosas, me parece un hombre. Coretti, el hijo del revendedor de leña, dice de él que no daría sus sellos ni aun para salvar la vida de su madre. Mi padre no lo cree.

—Espera todavía para juzgarlo —me ha dicho—; todo aquello lo apasiona, pero tiene buen corazón.

Vanidad

Lunes 5

Ayer fui a dar un paseo por la avenida de Rivoli con Votini y su padre. Al pasar por la calle de Dora Grossa, vimos a Stardi, el que da puntapiés a quienes lo importunan en clase, parado muy tieso delante del escaparate de una librería, con los ojos fijos en un mapa. ¡Sabe Dios cuánto tiempo llevaba allí!, ya que él estudia hasta en la calle, ¡como que a duras penas nos devolvió el saludo, ese ordinario! Votini iba bien vestido, quizá demasiado; llevaba botas de tafilete pespunteadas de rojo, un traje con bordaduras y borlas de seda, un sombrero de castor blanco y el reloj. Y se pavoneaba. Pero esta vez su vanidad había de acabar mal. Después de haber recorrido durante un buen trecho por la avenida, dejando muy atrás a su padre, que andaba despacio, nos detuvimos junto a un banco de piedra en el que estaba un chico vestido modestamente, que parecía cansado y pensativo, con la cabeza gacha. Un hombre, que debía ser su padre, iba y venía bajo los árboles leyendo el periódico. Nos sentamos. Votini se puso entre el muchacho y yo. Inmediatamente recordó que iba muy elegante y quiso ganarse la admiración y la envidia de su vecino.

Levantó un pie y me dijo:

—¿Has visto mis botas de oficial?

Lo dijo para que el otro las mirara. Pero el chico no le hizo caso. Bajó entonces el pie y me mostró su borlas de seda para decirme, mirando de reojo al muchacho, que no le gustaban y que quería cambiarlas por botones de plata. Pero tampoco miró el chico las borlas.

Votini, entonces, se puso a hacer girar sobre la punta del índice su hermosísimo sombrero de castor blanco. Pero el chico, que parecía querer llevarle la contraria, ni siquiera se dignó dirigir una mirada al sombrero.

Votini empezaba a enfadarse; sacó el reloj, lo abrió, y me mostró las ruedecillas de la maquinaria. Pero el otro no movió la cabeza.

—¿Es de plata dorada? —pregunté.

—No —repuso—, es de oro.

—Pero no será todo de oro —le dije—, tendrá también algo de plata.

—¡Pero no, hombre! —replicó; y para obligar al chico a mirarlo, le puso el reloj delante de la cara, diciéndole—: Oye, tú, fíjate, ¿verdad que es todo de oro?

El chico repuso secamente:

—No lo sé.

—¡Vaya! —exclamó Votini lleno de rabia—, ¡qué soberbia!

Mientras decía esto, llegó su padre, que lo había oído; miró fijamente al chico que estaba a nuestro lado y luego dijo bruscamente a su hijo:

—Cállate —e inclinándose, añadió por lo bajo—. ¡Es ciego!

Votini se puso de pie de un salto, con un estremecimiento, y miró la cara del chico. Tenía las pupilas vidriosas, sin vida, sin mirada.

Votini se quedó avergonzado, sin palabra, con los ojos bajos. Después balbuceó:

—Lo siento...; no lo sabía.

Pero el ciego, que había comprendido todo, dijo con una sonrisa bondadosa y melancólica:

—¡Oh, no importa!

Pues bien, no cabe duda de que Votini es vanidoso; pero no tiene mal corazón. Durante el resto del paseo no volvió a reír.

La primera nevada

Sábado 10

¡Adiós paseos por Rivoli! ¡He aquí a la hermosa amiga de los chicos! ¡Ha llegado la nieve! Desde ayer por la tarde están cayendo copos espesos y grandes como flores de jazmín. Esta mañana, en el colegio, daba gusto verla golpear contra los cristales y amontonarse sobre los antepechos; también el maestro miraba y se frotaba las manos. Todos estaban contentos pensando en jugar con bolas de nieve, pensando en el hielo que vendrá después y en la lumbre de casa. Unicamente Stardi no se ocupaba de la nieve, completamente concentrado en la lección, con los puños apretados en las sienes. ¡Qué maravilla, qué fiesta hubo a la salida! Todos correteando por la calle, gritando y gesticulando, cogiendo puñados de nieve y pataleando dentro de ella como perritos en el agua. Los padres que esperaban fuera tenían los paraguas blancos, lo mismo ocurría con el casco del guardia urbano, y en pocos momentos nuestras mochilas también quedaron blancas. Todos parecían fuera de sí debido a la alegría, incluso Precossi, el hijo del herrero, el paliducho que nunca ríe, y también Roberti, pobrecito, el que salvó al niño del tranvía, que brincaba con sus muletas. El calabrés, que nunca había tocado la nieve, hizo con ella una pelota y empezó a comerla como si fuese un melocotón; Crossi, el hijo de la verdulera, llenó su mochila; y el albañilito nos hizo partirnos de risa cuando mi padre lo invitó a venir mañana a casa, porque tenía la boca llena de nieve y, no atreviéndose ni a escupirla ni a tragarla, estaba allí, atragantado y mirándonos, sin responder. Las maestras salían de la escuela a la carrera, riendo; y mi maestra de primero superior, pobrecilla, también corría a través de la nevada, resguardándose el rostro con su velo verde y tosiendo. Mientras tanto, centenares de chicos de la escuela vecina pasaban chillando y galopando sobre aquella alfombra blanquísima, y los maestros y los bedeles gritaban:

—¡A casa, a casa! —tragando copos de nieve al tiempo que se les blanqueaban los bigotes y las barbas. Pero también ellos se reían de aquel jolgorio de escolares que festejaban el invierno...

Vosotros festejáis el invierno... Pero hay chicos que no tienen ni pan, ni calzado, ni lumbre. Son millares los que bajan a los poblados, tras un largo camino, llevando en las manos sangrantes por los sabañones un poco de leña para calentar la escuela. Hay centenares de escuelas casi sepultadas en la nieve, desnudas y tétricas como cuevas, donde los niños se sofocan por el humo o castañetean los dientes por el frío, mirando con terror los copos blancos que caen sin cesar, que se amontonan sin descanso sobre sus lejanas chozas amenazadas por los aludes. Vosotros, chicos, festejáis el invierno. Pensad, también, en los millares de criaturas a quienes el invierno trae la miseria y la muerte.

TU PADRE

El albañilito

Domingo 11

El albañilito ha venido hoy vestido con una cazadora y viejas ropas que ya no usa su padre, todavía blancas de argamasa y yeso. Mi padre deseaba que viniera aún más que yo. ¡Nos dio mucha alegría! Apenas entró, se quitó la boina, toda mojada de nieve, y se la metió en un bolsillo; luego avanzó con su descuidado andar de obrero cansado volviendo hacia una y otra parte la carita redonda como una manzana, con su nariz que parece una pelotilla, y cuando estuvo en el comedor, después de echar una ojeada a los muebles que lo rodeaban, clavó los ojos en un cuadrito que representa a Rigoletto, un bufón jorobado, e hizo el «morro de liebre». Es imposible contener la risa cuando uno le ve hacer esa mueca. Luego nos pusimos a jugar con tarugos de madera; tiene una habilidad extraordinaria para hacer torres y puentes, que parecen sostenerse por milagro, y trabaja en eso muy serio, con la paciencia propia de un hombre. Mientras hacíamos las torres me hablaba de su familia: viven en una buhardilla, su padre va a una escuela nocturna para aprender a leer y su madre es de Biella. Se nota que deben quererle mucho, porque a pesar de ir vestido como un niño pobre, está bien resguardado del frío, con sus ropas cuidadosamente remendadas y la corbata bien anudada por la mano de su madre. Me dijo que su padre es un hombretón, un gigante que a duras penas pasa por la puerta, pero que es bueno y siempre llama a su hijo «morro de liebre»; el albañilito, por el contrario, es más bien pequeño. A las cuatro merendamos juntos, pan y pasas, sentados en el sofá, y cuando nos levantamos, no sé por qué, mi padre no quiso que yo limpiara el respaldo que el albañilito había manchado de blanco con su chaqueta; me detuvo la mano y más tarde lo limpió a escondidas. Mientras jugábamos, el chico perdió un botón de la cazadora, y mi madre se lo cosió; se puso rojo y estuvo mirándola coser, asombrado y confuso, conteniendo la respiración. Después le mostré algunos álbumes de caricaturas y él, sin darse cuenta, imitaba las muecas de aquellas caras; y lo hacía tan bien, que hasta mi padre se reía. Estaba tan contento cuando se marchó, que olvidó ponerse su boina, y cuando llegó al rellano, para mostrarme su gratitud, me hizo una vez más el «morro de liebre». Se llama Antonio Rabucco y tiene ocho años y ocho meses...

¿Sabes, hijo mío, por qué no quise que limpiaras el sofá? Porque limpiarlo en presencia de tu amigo era casi hacerle un reproche por haberlo ensuciado. Y eso no estaba bien, primero, porque no lo

había manchado adrede y, además, porque lo había hecho con las ropas de su padre, el cual se las había manchado trabajando; y lo que lo mancha cuando trabaja no es suciedad, sino polvo, cal, pintura, o lo que tú quieras, pero no suciedad. El trabajo no ensucia. No digas nunca de un obrero que viene del trabajo: «Está sucio.» Debes decir: «Lleva en sus ropas las señales, las huellas de su trabajo.» Recuérdalo bien. Y quiere mucho al albañilito, ante todo porque es tu compañero y luego porque es hijo de un trabajador.

Tu Padre

Una bola de nieve

Viernes 16

Sigue nevando, nevando. Esta mañana, a la salida del colegio, ocurrió un hecho grave. Un grupo de chicos, apenas llegó a la calle, empezó a tirar bolas de esa nieve acuosa que las hace duras y pesadas como piedras. Pasaba mucha gente por la acera. Un señor gritó:

—¡Basta, dejad ya de tirar, chiquillos!

En ese mismo momento se oyó un grito agudo desde la otra parte de la calle y se vio a un anciano que había perdido el sombrero y se tambaleaba, cubriéndose la cara con las manos; a su lado, un niño gritaba:

—¡Socorro! ¡Socorro!

En seguida acudió gente desde todas partes. El anciano había sido golpeado en un ojo por una bola. Todos los chicos se desbandaron corriendo como flechas. Yo estaba delante de la tienda del librero, adonde había entrado mi padre, y vi llegar a la carrera a algunos de mis compañeros, que se mezclaron con los que estaban junto a mí y fingieron mirar los escaparantes; eran Garrone, con su acostumbrado pan en el bolsillo;

Coretti, el albañilito , y Garoffi, el de los sellos. Mientras tanto se había apiñado mucha gente en torno al anciano y un guardia y otras personas corrían de un lado a otro amenazando y preguntando:

—¿Quién ha sido? ¿Quién es? ¿Eres tú? ¡Decid quién ha sido!

Miraban las manos de los muchachos para ver si las tenían mojadas de nieve. Garoffi estaba a mi lado; vi que temblaba de pies a cabeza y que tenía la cara blanca como un muerto.

—¿Quién es? ¿Quién ha sido? —continuaba gritando la gente.

Entonces oí a Garrone decir por lo bajo a Garoffi:

—Anda, ve a presentarte, sería una cobardía dejar que cojan a otro.

—¡Pero yo no lo he hecho adrede! —repuso Garoffi, temblando como una hoja.

—No importa, cumple con tu deber —repitió Garrone.

—¡Pero no me atrevo!

—¡Anda, anímate, yo te acompaño!

El guardia y los demás gritaban cada vez más fuerte:

—¿Quién ha sido? ¡Le han metido en un ojo el cristal de las gafas! ¡Lo han dejado ciego! ¡Granujas!

Creí que Garoffi iba a caerse.

—Ven —le dijo Garrone resueltamente—, yo te defiendo.

Y agarrándolo por un brazo lo empujó hacia adelante, sosteniéndolo como a un enfermo. La gente los vio y en seguida comprendió todo; muchos corrieron hacia ellos con los puños en alto. Pero Garrone se interpuso, gritando:

—¿Diez hombres se van a meter con un niño?

Entonces se contuvieron. El guardia cogió a Garoffi de la mano y, abriéndose paso por entre el gentío, lo condujo hasta una tienda de pastas, donde habían refugiado al herido. Al verlo, reconocí inmediatamente al viejo empleado que vive con su sobrinito en el cuarto piso de nuestra casa. Estaba sentado con un pañuelo sobre los ojos.

—¡No lo he hecho adrede! —decía sollozando Garoffi, medio muerto de miedo—. ¡No lo he hecho adrede!

Dos o tres personas lo empujaron violentamente dentro de la tienda, gritando:

—¡Arrodíllate y pide perdón! —y lo tiraron al suelo.

Pero al instante dos brazos vigorosos volvieron a ponerlo de pie y una voz resuelta dijo:

—¡No, señores!

Era nuestro director, que lo había visto todo.

—Puesto que ha tenido el valor de presentarse —añadió—, nadie tiene derecho a humillarlo.

Todos permanecieron callados.

—Pide perdón —dijo el director a Garoffi.

El chico, echándose a llorar, abrazó las rodillas del anciano herido; éste buscó con su mano la cabeza del niño y le acarició el pelo. Entonces, todos dijeron:

—¡Bien, muchacho, vete ya a casa!

Mi padre me sacó de entre la multitud y luego, mientras caminábamos, me dijo:

—Enrico, en un caso similar, ¿habrías tenido el valor para cumplir con tu deber e ir a confesar tu culpa?

Le respondí que sí.

—Dame tu palabra de honor y de chico generoso de que así lo harías.

—Te doy mi palabra, papá.

Las maestras

Sábado 17

Garoffi estaba hoy muy asustado esperando una gran reprimenda del maestro; pero éste no ha venido, y como también faltaba el suplente, ha venido a darnos clase la señora Cromi, la más anciana de las maestras, que tiene dos hijos mayores y ha enseñado a leer y a escribir a muchos de los señores que ahora llevan sus hijos a la escuela Baretti. Hoy estaba triste porque uno de sus hijos está enfermo. Apenas la vieron, los chicos empezaron a meter bulla. Pero ella, con voz lenta y tranquila, dijo:

—Respetad mis canas; yo no soy solamente una maestra, soy también una madre.

Entonces, ninguno se atrevió a seguir hablando, ni aun aquel descarado de Franti, que se contentó con mofarse de ella a escondidas. A la clase de la señora Cromi mandaron a la Delcatti, maestra de mi hermano, y al puesto de la Delcatti enviaron a la que llamamos «la monjita», porque siempre va vestida de oscuro, con una bata negra, y tiene una cara pequeña y blanca, y el pelo siempre alisado, ojos muy claros y una voz débil que parece que murmura oraciones. «Es cosa que no se comprende —dice mi madre—; es tan dulce y tímida, con aquel hilito de voz siempre igual que apenas se oye; no grita, nunca se enfada y, sin embargo, consigue que los chicos estén quietos y silenciosos; basta que los intimide con el dedo para que los pilluelos bajen la cabeza; su clase parece una iglesia, y también por esto la llaman "la monjita".» Pero hay otra cosa que también me gusta: la maestrita de primero inferior número tres, la joven de cara sonrosada con dos hermosos hoyuelos en las mejillas, que lleva una pluma roja en el sombrerito y una crucecita de vidrio amarillo colgada del cuello. Está siempre alegre, tiene la clase alegre, sonríe constantemente y parece que canta cuando grita con su voz argentina, golpeando el escritorio con el puntero y dando palmadas para imponer silencio. A la salida, corre como una niña detrás de unos y de otros para ponerlos en fila; levanta las solapas de éste y abotona el abrigo de aquél para que no se resfríen; los sigue hasta la calle para que no se peleen, suplica a los padres que en casa no los castiguen, da pastillas a los que tienen tos y presta su manguito a los que tienen frío. Está continuamente atormentada por los más pequeños, que la acarician y le reclaman besos tirando de su velo y de su mantilla; pero ella los deja hacerlo y los besa a todos riendo y cada día vuelve a casa despeinada y ronca, jadeante y contenta con sus hermosos hoyuelos y su pluma roja. Es también maestra de dibujo de las niñas y mantiene con su trabajo a su madre y a su hermano.

En casa del herido

Domingo 18

El sobrinito del viejo empleado herido por la bola de nieve está con la maestra de la pluma roja; hoy lo hemos visto en casa de su tío que lo tiene como a un hijo. Yo había terminado de copiar el cuento mensual de la semana próxima que me había dado el maestro, *El pequeño escribiente florentino,* cuando mi padre me ha dicho:

—Ven, subamos al cuarto piso a ver cómo se encuentra aquel señor.

Hemos entrado en una habitación casi a oscuras, donde estaba el anciano en la cama; sentado, con muchos cojines detrás de los hombros; a la cabecera estaba su mujer y en un ángulo, el sobrinito, que se entretenía jugueteando. El anciano tenía el ojo vendado. Se ha puesto muy contento de ver a mi padre; nos hizo sentar y ha dicho que se encontraba mejor, que no perdería el ojo, sino que al cabo de pocos días estaría curado.

—Ha sido una desgracia —ha añadido—; lo lamento por el susto que debió llevarse aquel niño.

Luego nos ha hablado del médico, que debía venir a esa hora a curarlo. En ese mismo instante suena el timbre.

—Es el médico —dice la señora.

Se abre la puerta... y, ¿qué ven mis ojos? A Garoffi; con su larga capa, tieso en el umbral, con la cabeza gacha, sin atreverse a entrar.

—¿Quién es? —pregunta el enfermo.

—El chico que tiró la bola —dice mi padre.

Y el anciano exclama entonces:

—¡Oh, pobre muchacho! Ven, acércate. Has venido a preguntar cómo está el herido, ¿verdad? Me encuentro mejor; quédate tranquilo, que me encuentro bien, estoy casi curado. Ven aquí.

Garoffi, totalmente confuso, se ha acercado a la cama esforzándose por no llorar, y el anciano lo ha acariciado, pero él no podía hablar.

—Gracias —ha dicho el anciano—; ya puedes ir a decirles a tus padres que todo va bien, que no se preocupen.

Pero Garoffi no se movía, parecía tener algo que decir, sin atreverse.

—¿Tienes algo que decirme? ¿Qué es lo que quieres?

—Yo..., nada.

—Pues bien, adiós, niño; hasta la vista, puedes irte en paz.

Garoffi ha llegado hasta la puerta, pero allí se ha detenido y se ha vuelto hacia el sobrinito, que lo seguía y lo miraba con curiosidad. De pronto saca algo de bajo su capa, lo pone en las manos del niño, y le dice apresuradamente:

—Es para ti.

Y desaparece como un relámpago. El chiquillo lleva el objeto a su tío; tiene una inscripción que dice: *Te regalo esto;* miran dentro y lanzan un grito de asombro. Era el famoso álbum, con su colección de sellos, lo que el pobre Garoffi había dejado; la colección de la que siempre habla, en la cual había puesto tantas esperanzas y que tantos esfuerzos le había costado; era su tesoro, pobre chico, era la mitad de su sangre lo que a cambio del perdón regalaba.

EL PEQUEÑO ESCRIBIENTE FLORENTINO
(Cuento mensual)

Estaba en el cuarto curso. Era un agraciado florentino de doce años, de cabellos negros y rostro claro, hijo mayor de un empleado de ferrocarriles que vivía en la estrechez a causa de la numerosa familia y del escaso sueldo. Su padre lo quería mucho, era bueno e indulgente con él; indulgente en todo menos en lo tocante a la escuela; en esto exigía mucho y se mostraba severo, porque el hijo debía estar cuanto antes en condiciones de obtener un empleo para ayudar a la familia; y para llegar a ser un muchacho de valía en poco tiempo debía esforzarse mucho. Y aunque el chico era estudioso, continuamente lo exhortaba su padre a estudiar. Era un hombre de bastante edad, que también envejecía prematuramente por el trabajo excesivo. Sin embargo, para proveer a las necesidades de la familia, además del pesado trabajo que le exigía su empleo, cogía también, aquí y allá, faenas extraordinarias de copista y pasaba buena parte de la noche ante su escritorio. Ultimamente había recibido de una editorial, que publicaba periódicos y libros por entregas, el encargo de escribir sobre fajas los nombres y direcciones de los suscriptores, ganando tres liras por cada quinientas de estas tiras de papel escritas con caracteres grandes y regulares. Pero esta tarea lo cansaba, y con frecuencia se quejaba de ello con la familia, durante la comida.

—Mis ojos se debilitan —decía—; este trabajo nocturno está acabando conmigo.

El hijo le propuso un día:

—Papá, déjame trabajar en tu lugar; tú sabes que escribo como tú, con tu misma letra.

Pero el padre repuso:

—No, hijo; tú debes estudiar; el colegio es mucho más importante que mis fajas; sentiría remordimiento si te robara siquiera una hora; te lo agradezco, pero no quiero, y no vuelvas a hablarme de eso.

El hijo sabía que con su padre, en aquellas cosas, era inútil insistir, y no insistió. Pero he aquí lo que hizo. Sabía que puntualmente, a medianoche, su padre dejaba de escribir y salía de su cuartito de trabajo para dirigirse a la alcoba. Más de una vez lo había oído: en cuanto terminaban de sonar las doce campanadas del reloj, se oía el ruido de la silla y el paso lento de su padre. Una noche esperó a que estuviera en la cama, se vistió muy despacio, anduvo a tientas hasta el cuartito, encendió el quinqué, se sentó al escritorio, donde había una pila de fajas y la lista de las direcciones, y comenzó a escribir, imitando exactamente la caligrafía de su padre. Escribía de buena gana, contento, con un poco de miedo, y las fajas se amontonaban; de vez en cuando dejaba la pluma para frotarse las manos y después comenzaba con más diligencia, aguzando el oído, y sonreía. Había escrito ciento sesenta fajas, ¡una lira! Entonces se detuvo, dejó la pluma donde la había encontrado, apagó la luz y volvió a la cama, de puntillas.

Al día siguiente, a mediodía, el padre se sentó a la mesa de buen humor. No se había dado cuenta de nada. Hacía aquel trabajo mecánicamente, llevando la cuenta de las horas y pensando en otra cosa, y no contaba las fajas escritas hasta el día siguiente. De buen humor, dando una palmada sobre el hombro de su hijo, exclamó:

—¡Eh, Giulio, tu padre es todavía un buen trabajador, qué te creías! Anoche, en dos horas, hice un tercio más de lo acostumbrado. ¡La mano está ágil todavía y los ojos siguen cumpliendo con su deber!

Giulio, contento, mudo, decía para sí: «Pobre papá, además de la ganancia, también le doy la satisfacción de creeerse rejuvenecido. Pues bien, ¡ánimo!»

Alentado por aquel éxito, la noche siguiente, en cuanto dieron las doce, arriba otra vez y al trabajo. Y así continuó durante varias noches. Y su padre que no se daba cuenta de nada. Sólo una vez, mientras cenaban, exclamó:

—¡Qué extraño, cuánto petróleo se gasta últimamente en esta casa!

Giulio se sobresaltó; pero el comentario no pasó de ahí. Y el trabajo nocturno siguió adelante. Sólo que, maltratando de ese modo el sueño de cada noche, Giulio no reposaba suficientemente, a la mañana se levantaba cansado y por la tarde, cuando hacía los deberes de la escuela, a duras penas mantenía los ojos abiertos. Una tarde, por primera vez en su vida, se quedó dormido sobre el cuaderno.

—¡Ánimo, ánimo! —le gritó su padre, dando palmadas—; ¡sigue trabajando!

Dio un respingo y retomó el trabajo. Pero la tarde siguiente y los días sucesivos ocurrió lo mismo, y aún peor: dormitaba sobre los libros, se levantaba más tarde que de costumbre, estudiaba la lección descuidadamente, parecía disgustarle el estudio. Su padre comenzó a observarlo, luego a preocuparse y, finalmente, a hacerle reproches. ¡Nunca había debido hacérselos!

—Giulio —le dijo una mañana—, tú me decepcionas; ya no eres el mismo. Esto no me gusta. Ten en cuenta que todas las esperanzas de la familia están puestas en ti. Estoy disgustado, ¿comprendes?

Ante este reproche, el primero verdaderamente severo que recibía, el chico se turbó. «Sí —dijo para sus adentros—, es verdad, esto no puede continuar así; es necesario que este engaño termine.» Pero aquella misma noche, durante la cena, su padre exclamó alegremente:

—¡Este mes, escribiendo fajas, he ganado treinta y dos liras más que el mes pasado!

Y una vez dicho esto, sacó de bajo la mesa un paquete de dulces que había comprado para festejar con sus hijos la ganacia extraordinaria, y que todos acogieron con aplausos. Entonces Giulio recobró el ánimo, y se dijo en el fondo del corazón: «No, pobre papá, no dejaré de engañarte; haré los más grandes esfuerzos para estudiar durante el día, pero continuaré trabajando por las noches para ti y para los demás.»

El padre añadió:

—¡Treinta y dos liras más! Estoy contento... Pero es ése —y señaló a Giulio— el que me da disgustos.

Giulio recibió el reproche en silencio, conteniendo dos lágrimas que querían escapársele; pero sintiendo al mismo tiempo una gran dulzura en el corazón.

Y continuó trabajando impetuosamente. Pero el cansancio se acumulaba, resultándole cada vez más difícil resistirlo. La cosa duraba ya dos meses. El padre continuaba regañando al chico y lo miraba con enojo creciente. Un día fue a pedir informes al maestro, y éste le dijo:

—Sí, cumple, porque es inteligente. Pero ya no tiene

71

el entusiasmo de antes. Dormita, bosteza, está distraído. Hace redacciones cortas, se las quita de encima aprisa, con mala caligrafía. ¡Oh, podría rendir más, mucho más!

Aquella noche llamó al muchacho y le dirigó las palabras más duras de cuantas había oído hasta entonces el hijo:

—Giulio, tú ves cómo trabajo, que doy la vida por la familia. ¡Tú no me ayudas! ¡No tienes corazón, ni para mí, ni para tus hermanos, ni para tu madre!

—¡No, no digas eso, papá! —gritó el chico rompiendo a llorar, y abrió la boca para confesarle algo.

Pero su padre lo interrumpió diciendo:

—Tú conoces la situación de la familia; sabes que hay necesidad de buena voluntad y sacrificios por parte de todos. Yo mismo deberé redoblar mi trabajo. ¡Este mes esperaba una gratificación de cien liras en ferrocarriles y esta mañana he sabido que no me darán nada!

Ante aquella noticia, Giulio reprimió rápidamente la confesión que estaba a punto de brotarle del alma y se dijo resueltamente: «No, papá, no te diré nada, guardaré el secreto para poder trabajar por ti; te compenso de otro modo la pena que te causo; en cuanto al colegio, estudiaré lo suficiente para aprobar; lo que importa es ayudar a que te ganes la vida y aligerarte del trabajo que te mata.»

Y siguió adelante; fueron otros dos meses de trabajo por la noche y de fatiga durante el día, de esfuerzos desesperados del niño y de amargos reproches del padre. Pero lo peor era que éste se mostraba cada vez más frío con el muchacho; rara vez le hablaba, como si fuese un hijo desnaturalizado, del cual ya nada podía esperar, y casi esquivaba el encuentro con su mirada. Giulio se daba cuenta y sufría por ello, y cuando su padre le volvía la espalda, le mandaba un beso furtivamente adelantando la cara con un sentimiento de ternura piadosa y triste. Entre el dolor y la fatiga, adelgazaba y perdía el color, y se veía obligado cada vez más a desatender sus estudios. Comprendía que algún momento debía terminar con aquello, y todas las tardes se decía: «Esta noche no me levantaré.» Pero cuando daban las doce, en el momento en que habría debido reafirmarse vigorosamente en su propósito, sentía un remordimiento, le parecía que permaneciendo en la cama faltaba a un deber, que robaba una lira a su padre y a su familia. Y se levantaba, pensando que una noche cualquiera su padre se despertaría y lo sorprendería, o quizá se daría cuenta del engaño por casualidad, contando las fajas dos veces; entonces todo habría terminado naturalmente, sin un acto de su voluntad, para el que no se sentía con el valor necesario. Y así continuaba.

Pero una noche, cenando, el padre pronunció una palabra que fue decisiva para él. Su madre lo miró, y pareciéndole verlo un poco más consumido y pálido que de costumbre, le dijo:

—Giulio, tú estás enfermo.

Y luego, volviéndose hacia el padre, añadió ansiosamente:

—¡Giulio está enfermo; mira qué pálido está! Hijo mío, ¿qué te pasa?

El padre le dirigió una breve mirada de soslayo y dijo:

—Cuando uno tiene mala la conciencia, también enferma la salud. El no estaba así cuando era un alumno estudioso y un hijo bondadoso.

—¡Pero él está enfermo! —exclamó la madre.

—¡Ya no me importa! —repuso el padre.

Aquella palabra fue como una puñalada en el corazón del pobre chico. ¡Ah, ya no le importaba! ¡Su padre, que antes temblaba con sólo oírlo hablar! Por lo tanto, ya no lo quería más, ahora ya no cabía duda, había muerto en el corazón de su padre... «¡Oh, no, papá —dijo para sí el chico, con el corazón encogido por la angustia—, ahora se ha acabado de verdad, yo sin tu cariño no puedo vivir, lo quiero entero, nuevamente; te lo diré todo, no te engañaré más, estudiaré como antes, suceda lo que suceda, para que vuelvas a quererme, pobre papá! ¡Esta vez estoy del todo seguro de mi decisión!»

A pesar de ello, aquella noche se levantó aún, más por la fuerza de la costumbre que por otra cosa; y cuando estuvo levantado quiso ir a saludar, a volver a ver por unos minutos, en la calma de la noche, aquel cuartito donde secretamente había trabajado tanto, con el corazón lleno de satisfacción y de ternura. Cuando volvió a encontrarse ante el escritorio, con el quinqué encendido, y vio aquellas fajas blancas en las cuales ya no escribiría más esos nombres de ciudades y de personas que ya sabía de memoria, lo invadió una gran tristeza, y con un gesto impetuoso cogió la pluma para recomenzar el trabajo habitual. Pero al extender la mano, chocó con un libro, y el libro cayó. Le dio un vuelco el corazón. ¡Si su padre se despertaba! Claro está que no lo habría sorprendido cometiendo una mala acción; él mismo había decidido contárselo todo; sin embargo..., oír acercarse aquellos pasos, en la oscuridad; ser sorprendido a aquella hora, en aquel silencio; su madre se habría despertado y asustado; y el pensar por primera vez que quizá su padre se sentiría humillado ante él, al descubrirlo todo...; todo esto casi lo aterrorizaba. Aguzó el oído, conteniendo la respiración... No oyó ningún ruido. Atendió a la cerradura de la puerta que tenía a sus espaldas; nada. Toda la casa dormía. Su padre no había oído. Se tranquilizó. Empezó a escribir. Y las fajas se amontonaban, una tras otras. Oyó el paso acompasado de los guardias urbanos, allá en la calle desierta; luego el ruido de un carruaje que cesó de pronto; luego, al cabo de un buen rato, el estrépito de una fila de carros que pasaba lentamente; después un silencio profundo, roto de vez en cuando por el ladrido lejano de un perro. Y escribía, escribía. Mientras tanto, su padre estaba detrás de él; se había levantado cuando oyó caer el libro y se había quedado esperando el momento propicio: el estrépito de los carros había ahogado el crujido de sus pasos y el ligero rechinar de la hoja de la puerta; y estaba allí, con su blanca cabeza sobre la cabecita negra de Giulio; había visto correr la pluma sobre las fajas y en un instante lo había adivinado todo, recordado todo y comprendido todo; un arrepentimiento desesperado, una ternura inmensa lo había invadido y lo tenía clavado, sofocado, allí, detrás de su niño. De pronto, Giulio lanzó un grito agudo: dos brazos temblorosos le habían estrechado la cabeza.

—¡Oh, papá, papá, perdóname, perdóname! —gritó reconociendo a su padre por el llanto.

—¡Tú eres el que debe perdonarme! —respondió el padre sollozando y cubriéndole la frente de besos—; ¡he comprendido todo, lo sé todo, soy yo, soy yo el que te pido perdón, santo hijo mío! ¡Ven, ven conmigo!

Y se lo llevó hasta la cama de la madre despierta y lo echó en sus brazos, diciéndole:

—¡Besa a este ángel, a este hijo que desde hace tres meses no duerme y trabaja por mí mientras yo lo mortifico el corazón, a él, que es el que gana nuestro pan!

La madre lo abrazó y lo tuvo sobre su pecho, sin poder dar con su propia voz; después le dijo:

—¡A dormir en seguida, niño mío, vete a dormir y a descansar! ¡Llévalo a la cama!

El padre lo cogió en brazos, lo llevó a su cuarto, lo puso en la cama, siempre jadeando y acariciándolo, le arregló las almohadas y las mantas.

—Gracias, papá —repetía el chico—, gracias; pero ahora acuéstate tú, yo estoy contento, vete a la cama, papá.

Pero su padre quería verlo dormido; sentado junto a la cama, le cogió la mano y le dijo:

—¡Duerme, duerme, hijito mío!

Giulio, extenuado, se durmió finalmente; y durmió muchas horas, disfrutando, por primera vez en varios meses, de un apacible descanso, alegrado por felices sueños; y cuando abrió los ojos, después de mucho tiempo de resplandecer ya el sol, sintió primero, y después vio, junto a su pecho, apoyada en el borde de la cama, la cabeza blanca de su padre, que había pasado la noche así y dormía aún con la frente sobre su corazón.

La voluntad

Miércoles 28

Es Stardi, en mi clase, quien tendría la fuerza para hacer lo mismo que el pequeño florentino. Esta mañana hubo dos acontecimientos en la escuela: Garoffi, loco de contento porque le habían devuelto su álbum, con la añadidura de tres sellos de la república de Guatemala que hacía tres meses que estaba buscando, y Stardi, que obtuvo la segunda medalla. ¡Stardi, primero de la clase después de Derossi! Todos quedaron maravillados. ¡Quién lo habría dicho, en octubre, cuando su padre lo llevó a la escuela embutido en su capote verde y le dijo al maestro, delante de todos!:

—¡Tenga usted mucha paciencia con él porque es muy duro de mollera!

Al principio todos lo llamaban cabeza de alcornoque. Pero él dijo: «O reviento, o lo consigo», y se puso a estudiar como un loco, de día, de noche, en casa, en la escuela, mientras paseaba, con los dientes y los puños apretados, paciente como un buey, terco como un mulo, y así, a fuerza de machacar, sin hacer caso de las burlas y soltando patadas a quienes lo molestaban, ese testarudo se ha adelantado a los demás. No comprendía ni jota de aritmética, llenaba de disparates las redacciones, no conseguía aprenderse de memoria ni una frase, y ahora resuelve los problemas, escribe correctamente y canta la lección como una tonadilla. Se adivina su voluntad de hierro mirando su traza: rechoncho, la cabeza cuadrada y sin cuello, las manos cortas y gruesas, y esa voz áspera. Estudia hasta en los pedazos de periódico y en los anuncios de los teatros, y cuando reúne diez *soldi* se compra un libro; ya se ha hecho una pequeña biblioteca, y en un momento de buen humor se le escapó la promesa de llevarme a su casa a verla. No habla ni juega con nadie, está siempre allí en su banco, con los puños en las sienes, firme como una roca, escuchando al maestro. ¡Cuánto debe haber trabajado, pobre Stardi! El maestro se lo dijo, esta mañana, aunque estaba impaciente y de mal humor, al entregar las medallas:

—Muy bien, Stardi; el que la sigue la consigue.

Pero él no parece estar orgulloso; no sonrió, y ya en su banco con la medalla, volvió a ponerse los puños en las sienes y se quedó más inmóvil y atento que antes. Pero lo mejor ocurrió a la salida, que lo esperaba su padre, un flebótomo, rechoncho como él, con una gran cara y un vozarrón. El padre no se esperaba esa medalla, y no quería creérselo; fue necesario que el maestro se lo asegurase; entonces se echó a reír de gusto, dio un manotazo en la nuca a su hijo, y dijo gritando:

—¡Bravo, muy bien, qué tozudo, muy bien, hijo mío!

Y lo miraba atónito, sonriendo. A su alrededor, todos los chicos sonreían, menos Stardi. Rumiaba ya en su cabezota la lección del día siguiente.

Gratitud

Tu compañero Stardi nunca se lamenta de su maestro, estoy seguro de ello. Y tú dices con tono de resentimiento que el maestro estaba impaciente y de mal humor. Piensa un poco en cuántas veces tú te impacientas, y ¿con quién?, con tu padre y con tu madre, lo que hace de tu impaciencia una falta muy grave. ¡Tiene sobrada razón tu maestro para mostrarse a veces impaciente! Piensa que lleva largos años afanándose por los chicos, y que así como hubo muchos cariñosos y respetuosos, también encontró muchísimos ingratos, que abusaron de su bondad y no reconocieron sus esfuerzos; y que, lamentablemente, entre todos, le dais más amarguras que satisfacciones. Piensa que el más santo de los hombres, en su lugar, se dejaría llevar muchas veces por la ira. Y, además, si supieras cuántas veces el maestro va a dar su clase estando enfermo, porque cree que su enfermedad no es lo suficientemente grave como para dispensarle de acudir, ¡y está impaciente porque sufre, y le apena que vosotros no lo advirtáis o que abuséis de ello! Respeta, quiere a tu maestro, hijo. Quiérelo porque tu padre lo quiere y lo respeta; porque él consagra su vida al bien de muchos niños que lo olvidarán; quiérelo porque despierta e ilumina tu inteligencia y educa tu ánimo; porque un día, cuando seas un hombre, y ya no estemos en el mundo ni él ni yo, a menudo su imagen se presentará en tu recuerdo al lado de la mía, y entonces muchas expresiones de dolor y de cansancio de su rostro bondadoso de hombre de bien, que ahora te tienen sin cuidado, las recordarás y te apenarán, aun después de treinta años, y te avergonzarás, sentirás la tristeza de no haberlo querido, de haberte portado mal con él. Quiere a tu maestro, porque pertenece a esa gran familia de cincuenta mil docentes primarios esparcidos por toda Italia, que son los padres intelectuales de los millones de muchachos que crecen contigo; trabajadores mal reconocidos y mal retribuidos, que preparan para nuestro país un pueblo mejor. Yo no quedo contento del cariño que me tienes si no lo profesas también a todos aquellos que te hacen el bien; y entre ellos tu maestro es el primero, después de tus padres. Quiérelo como querrías a un hermano mío, quiérelo cuando te acaricia y cuando te hace reproches, cuando es justo y cuando crees que es injusto, quiérelo cuando está alegre y afable y quiérelo aún más cuando lo veas triste. Quiérelo siempre. Y pronuncia siempre con reverencia este nombre, maestro, *que despueś de* padre *es el más noble, el más dulce que un hombre puede dar a otro.*

Tu Padre

ENERO

El maestro suplente

Miércoles 4

Tenía razón mi padre: el maestro estaba de mal humor porque no se encontraba bien; precisamente, hace tres días que viene en su lugar el suplente, ese bajito y sin barba que parece un mozalbete. Esta mañana ocurrió una cosa desagradable. Ya el primero y el segundo día habían alborotado en clase, porque el suplente tiene mucha paciencia y no hace más que decir: «Silencio, silencio, por favor.» Pero esta mañana se han pasado de la raya. Tanto era el vocerío que no se oían las palabras del suplente, y él amonestaba y suplicaba; pero en balde. Dos veces se asomó a la puerta el director y miró; pero cuando se iba, el murmullo crecía, como en un mercado. Garrone y Derossi se volvían continuamente haciendo señas a sus compañeros para que se portaran bien, que aquello era una vergüenza. Pero nadie les hacía caso. Los únicos que permanecían callados eran Stardi, con los codos sobre el pupitre y los puños en las sienes, pensando quizás en su famosa biblioteca, y Garoffi, el de la nariz ganchuda y los sellos, enteramente ocupado en hacer la lista de suscriptores a dos céntimos de la rifa de un tintero de bolsillo. Los demás porloteaban y reían, hacían sonar plumillas clavadas en los pupitres y se lanzaban bolas de papel con los elásticos de las medias. El suplente aferraba por el brazo ya a uno, ya a otro, los zarandeaba y hasta puso a uno de cara a la pared; pero fue inútil. No sabía a qué santo encomendarse, y suplicaba:

—Pero ¿por qué os portáis así? ¿Es que queréis que me riñan?

Luego, dando un puñetazo sobre el escritorio, gritaba con rabia, con voz llorosa:

—¡Silencio! ¡Silencio! ¡Silencio!

Daba pena oírlo. Pero el ruido no hacía más que crecer. Franti le tiró una flecha de papel, unos imitaban los aullidos del gato, otros se daban pescozones; en una palabra, un desbarajuste indescriptible. De pronto entró el bedel y dijo:

—Señor maestro, el director lo llama.

El maestro se levantó y salió de prisa, haciendo un gesto de desesperación.

La batahola recomenzó entonces con más fuerza. Pero, repentinamente, Garrone se puso en pie de un salto con la cara descompuesta y los puños apretados, y gritó con voz estrangulada por la ira:

—¡Acabad de una vez! ¡Sois unos bestias! ¡Abusáis porque es bueno! ¡Si os moliese las costillas a palos, seguro que estaríais quietos como perritos! ¡Sois un hatajo de cobardes! ¡Al primero que vuelva de nuevo a burlarse lo espero fuera y le rompo los dientes, os lo juro, aunque esté delante su mismo padre!

Todos callaron. ¡Ah, qué hermoso era ver a Garrone con sus ojos echando chispas! Parecía un leoncillo furioso. Miró uno a uno a los más atrevidos y todos agacharon la cabeza. Cuando regresó el suplente, con los ojos enrojecidos, podía oírse el vuelo de una mosca. Se quedó asombrado.

Pero luego, viendo a Garrone, todavía encendido y

tembloroso, comprendió, y le dijo en un tono afectuoso, como le habría dicho a un hermano:

—Gracias, Garrone.

La biblioteca de Stardi

He ido a casa de Stardi, que vive enfrente de la escuela, y he sentido verdadera envidia al ver su biblioteca. No es rico, por cierto; no puede comprar muchos libros; pero conserva con gran cuidado sus libros de colegio y los que le regalan sus padres; y todo el dinero que le dan lo pone aparte y se lo gasta en la tienda del librero; es así como se ha hecho una pequeña biblioteca. Su padre, al ver que tenía esa afición, le ha comprado una hermosa librería de nogal con una cortina verde y ha hecho encuadernar casi todos los volúmenes con los colores que a su hijo le gustaban. Así, ahora tira de un cordoncillo, la cortina se descorre y se ven tres filas de libros de todos los colores, todos en orden, brillantes, con títulos dorados sobre los lomos; libros de cuentos, de viajes y de poesía; y también ilustrados. El sabe combinar bien los colores, pone los volúmenes blancos junto a los rojos, los amarillos al lado de los negros y los azules con los blancos, de manera que se vean desde lejos y causen buena impresión; también se divierte variando las combinaciones. Se ha hecho su catálogo. Es como un bibliotecario. Siempre está alrededor de sus libros, quitándoles el polvo, hojeándolos, examinando las encuadernaciones; hay que ver con qué cuidado los abre, con aquellas manos cortas y gruesas, soplando entre las hojas; aún parecen todos nuevos; ¡y yo que he estropeado todos los míos! Para él, cada nuevo libro que compra es motivo de fiesta: lo acaricia, lo coloca en su sitio, vuelve a cogerlo para mirarlo por todos lados y lo protege como un tesoro. En una hora no me ha mostrado otra cosa. Se dolía de los ojos de tanto leer. En cierto momento entró en la habitación su padre, rechoncho y cabezudo como él, le dio dos o tres manotazos en la nuca, diciéndome con su vozarrón:

—¿Qué me dices, eh, de esta cabezota de hierro? ¡Es una cabezota que conseguirá algo, te lo aseguro!

Y Stardi entornaba los ojos bajo aquellas rudas caricias como un gran perro de caza. No sé por qué, pero no me atrevía a bromear con él; no me parecía verdad que tuviese sólo un año más que yo; y cuando ya en la puerta me dijo: «Hasta la vista», con esa cara que parece siempre enojada, poco faltó para que yo le respondiera: «A su disposición», como a un hombre. Más tarde se lo conté a mi padre, en casa:

—No comprendo: Stardi no tiene ingenio, no tiene buenos modales, su aspecto es casi cómico, y sin embargo me infunde respeto.

—Es porque tiene carácter —respondió mi padre.

Y yo añadí:

—En una hora que he estado con él, no ha pronunciado más de cincuenta palabra, no me ha mostrado ni un juguete, no se ha reído ni una sola vez, y sin embargo he estado a gusto.

—Es porque lo estimas —repuso mi padre.

El hijo del herrero

Sí, pero también estimo a Precossi, y es muy poco decir que lo estimo; Precossi, el hijo del herrero, pequeño, macilento, de ojos buenos y tristes y con un aire de asustado; tan tímido, que a todos les dice: «Perdona»; siempre enfermizo y que sin embargo estudia tanto. Su padre vuelve a casa borracho de aguardiente, le pega sin el menor motivo y de un manotazo le tira los libros y los cuadernos; y él viene al colegio con cardenales, a veces con la cara toda hinchada y los ojos inflamados de tanto llorar. Pero nunca, nunca ha logrado nadie que diga que su padre le ha pegado.

—¡Ha sido tu padre quien te ha pegado! —le dicen los compañeros.

Y él grita inmediatamente:

—¡No es verdad! ¡No es verdad! —para no deshonrar a su padre.

—Esta hoja no la has quemado tú —le dice el maestro, mostrándole el ejercicio medio quemado.

—Sí —repuso él, con voz temblorosa—, se me ha caído al fuego.

No obstante, sabemos bien que ha sido su padre, borracho, que ha volcado la mesa y la lámpara de un puntapié mientras él hacía sus deberes. Vive en una buhardilla de nuestra casa, en la otra escalera; la portera se lo cuenta todo a mi madre; mi hermana Silvia lo oyó gritar desde la azotea un día que su padre lo hizo bajar dando tumbos por la escalera porque le había pedido dinero para comprar la gramática. El padre bebe, no trabaja, y la familia pasa hambre. ¡Cuántas veces el pobre Precossi viene al colegio en ayunas y mordisquea a escondidas un panecillo que le da Garrone, o una manzana que le trae la maestrita de la pluma roja, que fue su maestra de primero inferior! Pero nunca se le oye decir: «Tengo hambre, mi padre no me da de comer.» El padre viene algunas veces a recogerlo, cuando pasa por casualidad delante de la escuela, pálido, tambaleante, con la cara torva, el pelo sobre los ojos y la gorra de través; el pobre niño se pone a temblar cuando lo ve en la calle, pero corre a su encuentro sonriendo, y su padre parece no verlo y pensar en otra cosa. ¡Pobre chico! Se recose los cuadernos desgarrados, se hace prestar los libros para estudiar la lección, se sujeta con alfileres los jirones de la camisa, y da lástima verlo hasta hacer gimnasia con esos zapatones que le bailan, esos pantalones que arrastran y la chaqueta demasiado larga, con las mangas subidas hasta los codos. Y estudia, se esfuerza; sería uno de los primeros si en su casa pudiese trabajar tranquilo. Esta mañana se ha presentado con un arañazo en la mejilla, y todos le decían:

—Ha sido tu padre, esta vez no puedes negarlo; ha sido tu padre quien te lo ha hecho. Díselo al director, que lo denuncie a la policía.

Pero él se levantó todo rojo y con la voz que le temblaba de indignación:

—¡No es verdad! ¡No es verdad! ¡Mi padre nunca me pega!

Pero después, durante la lección, se le caían las lágrimas sobre el pupitre, y cuando alguno lo miraba, se esforzaba en sonreír, para disimular. ¡Pobre Precossi! Mañana vendrán a casa Derossi, Coretti y Nelli; quiero decirle también a él que venga. ¡Quiero que meriende conmigo, regalarle libros, poner la casa patas arriba para divertirlo, llenarle los bolsillos de frutas, para verlo una vez contento, pobre Precossi, que es tan bueno y tiene tanto valor!

Una hermosa visita

Jueves 12

Ha sido para mí uno de los jueves más hermosos del año. A las dos en punto llegaron a casa Derossi y Coretti, con Nelli, el jorobadito; a Precossi su padre no lo dejó venir. Derossi y Coretti todavía reían, porque habían encontrado en la calle a Crossi, el hijo de la verdulera, el pelirrojo del brazo muerto, que llevaba a vender una enorme col, y con el dinero que fueran a darle por ella pensaba comprarse una pluma; y estaba muy contento porque su padre ha escrito desde América que lo esperen de un día a otro. ¡Oh, qué bien pasamos las dos horas que estuvimos juntos! Derossi y Coretti son los chicos más alegres de la clase; mi padre quedó prendado de ellos. Coretti llevaba su blusa color de chocolate y su gorra de piel de gato. Es un diablo que siempre querría estar haciendo algo, revolviendo, trajinando. Por la mañana, muy temprano, ya había cargado sobre sus espaldas una media carretada de leña; no obstante, galopó por toda la casa, observándolo todo sin cesar de hablar, vivaz y rápido como una ardilla, y pasando a la cocina preguntó a la cocinera cuánto le costaba la arroba de leña, que su padre la vendía a cuarenta y cinco céntimos. Siempre habla de su padre, de cuando fue soldado del 49.º regimiento, en la batalla de Custoza, donde se encontró en el cuadro del príncipe Umberto. Coretti tiene modales muy finos. No importa que haya nacido y crecido entre la leña, lleva la distinción en la sangre y en el corazón, como dice mi padre. Derossi nos divirtió mucho; conoce la geografía como un maestro; cerraba los ojos y decía: «Veo toda Italia, los Apeninos que se prolongan hasta el mar Jónico, los ríos que recorren aquí y allá, las ciudades blancas, los golfos, las ensenadas azules, las islas verdes.» Y decía los nombres justos, por orden, con gran rapidez, como si leyese sobre el mapa; y viéndolo así, con aquella cabeza alzada rebosante de rizos rubios, los ojos cerrados, vestido de turquí con botones dorados, erguido y hermoso como una estatua, todos lo admirábamos. En una hora se había aprendido de memoria casi tres páginas que debe recitar pasado mañana, en el aniversario de los funerales del rey Vittorio. También Nelli lo miraba maravillado, y con afecto, restregando el faldón de su bata de tela negra y sonriendo con sus ojos claros y melancólicos. Me gustó mucho esa visita, me dejó algo, como chispas en la mente y en el corazón. También me gustó, cuando se marcharon, ver al pobre Nelli en medio de los dos, grandes y fuertes, que lo llevaban a su casa del brazo, haciéndole reír como nunca he visto hacerlo. Al volver a entrar en el comedor me di cuenta de que faltaba el cuadro que representaba a Rigoletto, el bufón jorobado. Lo había quitado mi padre para que Nelli no lo viese.

Los funerales de Vittorio Emanuele

17 de enero

Hoy a las dos, en cuanto entró en clase, el maestro llamó a Derossi, que fue a pararse junto al escritorio, frente a nosotros. Empezó a recitar con acento vibrante, y poco a poco se alzaba su voz límpida y se le encendía el rostro:

«Hace ahora cuatro años, en un día como éste, a esta hora, llegaba ante el Pantheon, en Roma, el carro fúnebre que llevaba los restos de Vittorio Emanuele II, primer rey de Italia, muerto después de veintinueve años de reinado, durante los cuales la gran patria italiana, rota en siete Estados y oprimida por extranjeros y tiranos, había resurgido en un Estado único, independiente y libre; después de un reinado de veintinueve años que él había hecho ilustre y benéfico con el valor, la lealtad, con la osadía en los peligros, con la prudencia en los triunfos, con la constancia en las desventuras. Llegaba el carro fúnebre, cargado de coronas, después de haber recorrido Roma bajo una lluvia de flores, en medio del silencio de una inmensa multitud doliente que había acudido desde todos los rincones de Italia, precedido de una legión de generales y de una muchedumbre de ministros y de príncipes, seguido de un cortejo de mutilados de guerra, de una selva de banderas, de los enviados de trescientas ciudades, de todo aquello que representa la potencia y la gloria de un pueblo, llegaba ante el templo augusto donde lo esperaba la tumba. En este momento doce coraceros sacaban el féretro del carro. En este momento Italia daba el último adiós a su rey muerto, a su viejo rey que tanto la había amado, el último adiós a su soldado, a su padre, a los veintinueve años más afortunados y prósperos de su historia. Fue un momento grande y solemne. La mirada, el alma de todos palpitaba entre el féretro y las banderas enlutadas de los ochenta regimientos del ejército de Italia, sostenidas por ochenta oficiales alineados a su paso; porque Italia estaba allí, en aquellas ochenta enseñas que recordaban los millares de muertos, los torrentes de sangre, nuestros más tremendos dolores. Pasó el féretro llevado por los coraceros, y entonces se inclinaron todas juntas, en un gesto de saludo, las banderas de los nuevos regimientos, las viejas banderas laceradas de Goito, de Prastengo. de Santa Lucía, de Novara, de Crimea, de Palestro, de San Martino, de Castelfidardo; ochenta velos negros cayeron, cien medallas chocaron contra el ataúd, y ese estrépito sonoro y confuso que estremeció a todos fue como el sonido de mil voces humanas que dijeran a un tiempo: "¡Adiós, buen rey, rey valiente, rey leal! ¡Vivirás en el corazón de tu pueblo mientras el sol resplandezca sobre Italia!" Después las banderas volvieron a erguirse altivamente hacia el cielo, y el rey Vittorio entró en la gloria inmortal de la tumba.»

Franti, expulsado de la escuela

Sólo uno podía reírse mientras Derossi recitaba los funerales del rey, y el que se rió fue Franti. A éste yo lo detesto. Es malvado. Cuando un padre viene a la escuela a reñir a su hijo, él disfruta; cuando alguno llora, él se ríe. Tiembla frente a Garrone y le pega al albañilito porque es más pequeño; atormenta a Crossi porque tiene el brazo muerto; injuria a Precossi, al que todos respetan; se burla hasta de Robetti, el de segundo, que anda con muletas por haber salvado a un niño. Provoca a los que son más débiles que él, y cuando se enreda a puñetazos se enfurece y trata de golpear haciendo daño. Hay algo que mete miedo en esa frente baja, en esos ojos turbios que tiene casi escondidos bajo su gorrita de hule. No teme a nada, se ríe en la cara del maestro, cuando puede roba, niega con descaro, siempre está riñendo con alguien; lleva agujones al colegio para pinchar a sus vecinos, arranca los botones de su chaqueta, se los arranca también a los demás y luego se los juega. Su carpeta, sus cuadernos, sus libros, todo lo tiene chafado, rasgado, sucio, la regla mellada, la pluma inservible, las uñas roídas y las ropas llenas de lamparones y desgarradas por las peleas. Dicen que su madre está enferma por los disgustos que le da y que su padre lo echó de casa tres veces; su madre viene de vez en cuando a pedir informes y siempre se va llorando. El odia el colegio, a los compañeros y al maestro. Este algunas veces finge no estar al tanto de sus bribonadas, y él se comporta peor. Intentó ganárselo por las buenas y él se burló. Le dijo palabras terribles y él se cubrió la cara con las manos, como si llorase, pero reía. Fue expulsado por tres días y volvió más malvado e insolente que antes. Derossi le dijo un día:

—¡Acaba ya! ¿No ves cómo haces sufrir al maestro?

Y él lo amenazó con meterle un clavo en la barriga. Pero esta mañana, finalmente, hizo que lo echaran como a un perro. Mientras el maestro daba a Garrone el borrador del cuento mensual de enero, *El tamborcillo sardo,* para que lo copiara, Franti arrojó al suelo un petardo que estalló aturdiendo la escuela como un escopetazo. Toda la clase dio un respingo. El maestro se levantó de un salto y gritó:

—¡Franti, fuera de la escuela!

El respondió:

—¡No he sido yo!

Pero se reía. El maestro repitió:

—¡Vete fuera!

—No me muevo —repuso.

Entonces el maestro perdió los estribos, se lanzó sobre él, lo agarró por los brazos y lo arrancó del pupitre. Franti se debatía rechinando los dientes; hubo que arrastrarlo afuera a la viva fuerza. El maestro lo llevó casi en vilo hasta el director, después volvió solo a la clase y se sentó al escritorio, cogiéndose la cabeza con las manos, agitado, con una expresión tan cansada y afligida, que daba pena verlo.

—¡Después de treinta años de maestro! —exclamó tristemente, moviendo la cabeza.

Nadie respiraba. Las manos le temblaban por la ira y la arruga recta que tiene en medio de la frente era tan profunda que parecía una herida. ¡Pobre maestro! Todos sufríamos. Derossi se levantó y dijo:

—Señor maestro, no se aflija. Nosotros lo queremos.

Entonces se apaciguó un poco y dijo:

—Prosigamos la lección, muchachos.

EL TAMBORCILLO SARDO
(Cuento mensual)

En la primera jornada de la batalla de Custoza, el 24 de julio de 1848, unos sesenta soldados de infantería de nuestro ejército, enviados a ocupar una casa solitaria sobre una pequeña colina, se vieron de pronto atacados por dos compañías de soldados austriacos que, con un nutrido fuego de fusilería desde varios puntos, apenas les dieron tiempo para refugiarse en la casa y atrancar precipitadamente las puertas, dejando algunos muertos y heridos en el terreno. Obstruidas las puertas, los soldados acudieron rápidamente a las ventanas de la planta baja y del primer piso y empezaron a hacer fuego cerrado contra los atacantes, los cuales respondían vigorosamente, acercándose poco a poco, desplegados en semicírculo. A los soldados italianos los mandaban dos oficiales subalternos y un capitán, un viejo alto, seco y austero, con el cabello y los bigotes blancos; con ellos estaba un tambor sardo, un muchacho de poco más de catorce años, que aparentaba escasamente doce, pequeño, la cara de un moreno aceitunado y dos ojillos negros, profundos y chispeantes. Desde una habitación del primer piso el capitán dirigía la defensa lanzando órdenes que parecían pistoletazos, y en su cara pétrea no se veía ningún signo de emoción. El tamborcillo, un poco pálido, pero firme sobre sus piernas, subido a una mesa y apoyándose en la pared, estiraba el cuello para mirar por las ventanas; y veía a través del humo, por los campos, los uniformes blancos de los austriacos que avanzaban lentamente. La casa estaba en lo alto de una cuesta empinada, y por la parte de la pendiente sólo tenía una pequeña ventana junto al tejado, correspondiente a un desván; por eso los austriacos no amenazaban la casa por aquel lado y la cuesta se veía despejada; el fuego sólo batía la fachada y los dos flancos.

Pero era un fuego infernal, una granizada de balas de plomo que por fuerza agrietaba las paredes y desmenuzaba las tejas y en el interior destrozaba techos, muebles, postigos y batientes, lanzando por el aire astillas de madera, nubes de cascotes y fragmentos de vidrio y de cacharros, silbando, rebotando, desgajándolo todo con un fragor que partía el cráneo. De vez en cuando alguno de los soldados que disparaban desde las ventanas se desplomaba y a rastras lo apartaban. Otros se bamboleaban de habitación en habitación apretándose las heridas con las manos. En la cocina ya había un muerto, con la frente partida. El semicírculo de los enemigos se estrechaba.

En cierto momento se vio al capitán, hasta entonces impasible, hacer un gesto de inquietud y salir dando zancadas de la habitación, seguido de un sargento. Después de unos tres minutos el sargento regresó a la carrera y llamó al tamborcillo, haciéndole señal de que lo acompañara. El muchacho lo siguió trepando velozmente por la escalera de madera y entró con él en un desván desnudo donde vio al capitán que escribía sobre un papel con un lápiz, apoyándose en la ventanilla, y a sus pies, en el suelo, había una cuerda de pozo.

El capitán dobló la hoja y, clavando en las pupilas del muchacho sus ojos grises y fríos, ante los cuales todos los soldados temblaban, le dijo bruscamente:

—¡Tambor!

El tamborcillo se llevó la mano a la visera. El capitán le preguntó:

—¿Tú tienes agallas?

Los ojos del chico relampaguearon.

—Sí, mi capitán —repuso.

—Mira allá abajo —dijo el capitán empujándolo hasta la ventana—, en el llano, cerca de las casas de Villafranca, donde se ve un brillo de bayonetas. Allí están los nuestros, inmóviles. Toma este papel; te agarras a la cuerda, bajas por la ventanita, vuelas por la cuesta, atraviesas los campos, llegas hasta los nuestros y le entregas el papel al primer oficial que veas. Quítate el cinturón y la mochila.

El tamborcillo se quitó el cinturón y la mochila y se metió el papel en el bolsillo del pecho; el sargento echó fuera la cuerda y mantuvo agarrado con ambas manos uno de los extremos; el capitán ayudó al chico a pasar por la ventana, de espaldas al campo.

—Ten cuidado —le dijo—, la salvación del destacamento depende de tu valor y de tus piernas.

—Confíe en mí, mi capitán —repuso el tamborcillo, descolgándose hacia fuera.

—Agáchate cuando bajes por la cuesta —dijo aún el capitán, agarrando la cuerda juntamente con el sargento.

—No se preocupe.

—Dios te ayude.

En pocos momentos el tamborcillo estuvo en el suelo; el sargento subió la cuerda y desapareció; el capitán se asomó impetuosamente a la ventana y vio al chico que volaba cuesta abajo.

Ya confiaba en que hubiese logrado escapar inadvertido, cuando cinco o seis nubecillas de polvo que se elevaron del suelo delante y detrás del muchacho le indicaron que había sido visto por los austriacos, que disparaban sobre él desde lo alto; aquellas nubecillas eran la tierra levantada por las balas. Pero el tamborcillo continuaba corriendo precipitadamente. De pronto, se desplomó.

—¡Muerto! —rugió el capitán, mordiéndose el puño.

Pero no había acabado de decirlo cuando vio al tamborcillo levantarse. «¡Ah, no ha sido más que una caída!», dijo para sí, y respiró. El tamborcillo, en efecto, seguía corriendo velozmente; pero cojeaba. «Una torcedura», pensó el capitán. Alguna que otra nubecilla se elevó aún aquí y allá en torno del muchacho, pero cada vez más lejos. Estaba a salvo. El capitán lanzó una exclamación de triunfo. Pero siguió acompañándolo con la mirada, desasosegado, porque era cuestión de minutos: si no llegaba en seguida abajo con el mensaje que pedía inmediato socorro, o todos sus soldados morían o debía rendirse y entregarse prisionero con ellos. El chico corría rápidamente un trecho, luego aflojaba el paso, cojeando, y después reanudaba la carrera, pero cada vez más fatigosamente, y por momentos tropezaba, se detenía. «Quizá lo ha rozado una bala», pensó el capitán, y seguía todos sus movimientos, con angustia, y lo azuzaba, le hablaba como si el chico pudiese oírlo; medía sin descanso, con mirada ardiente, la distancia entre el chico fugitivo y aquel resplandor de armas que veía allá abajo en la llanura, en medio de los campos de trigo dorados por el sol. Entre tanto, oía el silbido y el destrozo de las balas en las habitaciones de abajo, los gritos imperiosos y de rabia de los oficiales y los sargentos, los quejidos de los heridos y el derrumbamiento de muebles y de escombros.

—¡Vamos, ánimo! —gritaba, siguiendo con los ojos al tamborcillo lejano—. ¡Adelante! ¡Corre! ¡Maldición, se ha detenido! ¡Ah, vuelve a correr!

Un oficial, jadeando, vino a decirle que los enemigos, sin interrumpir el fuego, agitaban un paño blanco para intimar a la rendición.

—¡Que no se responda! —gritó sin apartar la mirada del chico, que ya estaba en el llano, pero que ya no corría y parecía arrastrarse penosamente.

—¡Vamos! ¡Corre! —decía el capitán apretando los dientes y los puños—. ¡Revienta, muérete, desalmado, pero corre!

Después lanzó una horrible imprecación.

—¡Ah! ¡El infame holgazán se ha sentado!

En efecto, el chico, cuya cabeza hasta entonces él había visto sobresalir por encima de un trigal, había desaparecido, como si se hubiese caído. Pero después de un momento la cabeza volvió a emerger; finalmente se perdió detrás de los setos y el capitán ya no lo vio más.

Entonces bajó vehementemente. Las balas menudeaban, las habitaciones estaban llenas de heridos, algunos de los cuales giraban sobre sí mismos como borrachos, aferrándose a los muebles; las paredes y el suelo estaban salpicados de sangre; había cadáveres atravesados en las puertas; el lugarteniente tenía el brazo derecho destrozado por una bala; el humo y la pólvora lo envolvían todo.

—¡Animo! —gritó el capitán—. ¡Firmes en vuestros puestos! ¡Llegan socorros! ¡Un poco de valor todavía!

Los austriacos se habían acercado más; a través del humo se veían allá sus caras descompuestas, se oían entre el estrépito de las descargas sus gritos salvajes, que insultaban, intimaban a la rendición, amenazaban con una matanza. Algún que otro soldado, asustado, se retiraba de las ventanas; los sargentos lo rechazaban hacia adelante. Pero el fuego de la defensa enflaquecía, el desaliento se reflejaba en todos los rostros, no era posible seguir prolongando la resistencia. En cierto momento los disparos de los austriacos disminuyeron y una voz tronante gritó primero en alemán y después en italiano:

—¡Rendíos!

—¡No! —gritó el capitán desde una ventana.

Y el fuego se reanudó más denso y más rabioso por ambas partes. Cayeron otros soldados. Más de una ventana estaba ya sin defensores. El momento fatal era inminente. El capitán gritaba con voz ahogada, apretando los dientes:

—¡No vienen! ¡No vienen!

Y corría furioso de un lado a otro, torciendo el sable con mano convulsa, resuelto a morir. De pronto, un sargento, bajando del desván, lanzó un grito muy fuerte:

—¡Ya llegan!

—¡Ya llegan! —repitió con un grito de alegría el capitán.

Ante aquel grito, todos, sanos, heridos, sargentos, oficiales, se lanzaron hacia las ventanas, y la resistencia se hizo otra vez feroz. A los pocos momentos se notó una especie de incertidumbre y un principio de desorden entre el enemigo. A toda prisa, furiosamente, el capitán reunió un pelotón en la planta baja para realizar una salida a la bayoneta. Luego volvió velozmente al piso superior. Apenas había llegado cuando oyeron un precipitado galopar acompañado de un hurra formidable y vieron desde las ventanas avanzar entre el humo los sombreros de dos picos de los carabineros italianos, un escuadrón lanzado a todo galope, y un fulmíneo resplandor de sables remolineantes que caían sobre cabezas, hombros y espaldas; entonces el pelotón irrumpió en el campo con las bayonetas caladas; los enemigos vacilaron, se desorganizaron y emprendieron la retirada; el terreno quedó despejado y la casa libre, y poco después dos batallones de infantería italiana y dos cañones ocupaban la altura.

El capitán, con los soldados que le quedaban, volvió a reunirse con su regimiento, combatió aún, y fue ligeramente herido en la mano izquierda por el rebote de una bala en el último asalto a la bayoneta.

La jornada terminó con la victoria de los nuestros.

Pero al día siguiente, reanudados los combates, los italianos fueron vencidos, a pesar de la valerosa resistencia, debido a la superioridad numérica de los austriacos, y la mañana del veintiséis tuvieron que tomar tristemente el camino de la retirada hacia el río Mincio.

El capitán, aunque herido, hizo el camino a pie con sus soldados, cansados y silenciosos, y llegados al caer la tarde a Goito, sobre el Mincio, buscó en seguida a su lugarteniente, que había sido recogido con el brazo destrozado por nuestra ambulancia y debía haber llegado allí antes que él. Le indicaron una iglesia donde se había instalado apresuradamente un hospital de campaña. Se dirigió hacia allí. La iglesia estaba llena de heridos, colocados en dos hileras de camas y colchones extendidos en el suelo; dos médicos y varios enfermeros iban y venían afanosamente; se oían gritos ahogados y gemidos.

Apenas hubo entrado, el capitán se detuvo y miró a su alrededor en busca de su oficial.

En ese momento oyó una voz débil y muy cercana que lo llamaba:

—¡Mi capitán!

Se volvió: era el tamborcillo.

Estaba tendido sobre un catre, cubierto hasta el pecho por una tosca cortina de ventana a cuadritos rojos y blancos, con los brazos fuera, pálido y enflaquecido, pero siempre con sus ojos chispeantes, como dos diamantes negros.

—¿Estás tú aquí? —le preguntó el capitán, sorprendido pero brusco—. Bravo; has cumplido con tu deber.

—He hecho todo lo posible —repuso el tamborcillo.

—Te han herido —dijo el capitán, buscando con la mirada a su oficial en las camas vecinas.

—¡Qué se le va a hacer! —dijo el chico, al que daba ánimos para hablar la orgullosa complacencia de estar por primera vez herido, sin la cual no se hubiera atrevido a abrir la boca en presencia de aquel capitán—. ¡Buena carrera hice agachado! En seguida me vieron. Habría llegado minutos antes de no haberme dado. Por suerte encontré en seguida a un capitán de Estado Mayor a quien darle el papel. ¡Pero fue duro bajar después de aquella caricia! Me moría de sed, temía no poder llegar, lloraba de rabia pensando que con cada minuto de retraso se iba alguno al otro mundo, allá arriba. En fin, he hecho lo que he podido. Pero, con permiso, mi capitán, mire usted que está perdiendo sangre.

En efecto, de la palma mal vendada del capitán se escurrían por los dedos algunas gotas de sangre.

—¿Quiere que le apriete la venda, mi capitán? Permítame usted un momento.

El capitán le dio la mano izquierda y acercó la derecha para ayudar al muchacho a soltar el nudo y a rehacerlo; pero en cuanto se alzó de la almohada, el chico palideció y hubo de volver a apoyar la cabeza.

—Basta, basta —dijo el capitán mirándolo y retirando la mano vendada que el chico quería retener—; cuídate de lo tuyo en lugar de pensar en los otros, que las cosas leves, si se las descuida, pueden volverse graves.

El tamborcillo sacudió la cabeza.

—Pero tú —le dijo el capitán mirándolo atentamente— debes haber perdido mucha sangre para estar así de débil.

—¿Mucha sangre? —repuso el chico con una sonrisa—. Algo más que sangre. Mire.

Y de un tirón se quitó la colcha.

El capitán dio un paso atrás, horrorizado.

El chico no tenía más que una pierna; la izquierda le había sido amputada por encima de la rodilla; el muñón estaba envuelto en vendas ensangrentadas.

En aquel momento pasó un médico militar, pequeño y gordo, en mangas de camisa.

—¡Ah, señor capitán! —dijo rápidamente, señalando al tamborcillo—, éste es un caso desgraciado. ¡Una pierna que se habría salvado con facilidad si él no la hubiera forzado de esa loca manera! ¡Una maldita inflamación; fue necesario cortarla inmediatamente! ¡Oh, pero... un chico valiente, se lo aseguro; no soltó una lágrima, ni un grito! ¡Yo me sentía orgulloso, mientras lo operaba, de que fuera un chico italiano, palabra de honor! ¡Por Dios, que éste es de buena raza!

Y se fue a la carrera.

El capitán frunció las grandes cejas blancas y miró fijamente al tamborcillo, volviendo a cubrirlo con la colcha; después, lentamente, casi sin darse cuenta, mirándolo siempre, levantó la mano y se quitó el quepis.

—¡Mi capitán! —exclamó el chico, maravillado—. ¿Qué hace usted, mi capitán? ¡Por mí!

Entonces el rudo soldado que nunca había dicho una palabra amable a un inferior, respondió con una voz extremadamente cariñosa y dulce:

—Yo no soy más que un capitán; tú eres un héroe.

Depués se lanzó con los brazos abiertos sobre el tamborcillo y lo besó tres veces sobre el corazón.

El amor a la patria

Martes 24

Puesto que el cuento del Tamborcillo *te ha conmovido, debió serte fácil, esta mañana, hacer una buena redacción con el tema del examen* Por qué amáis a Italia. *¿Por qué amo a Italia? ¿No se te han ocurrido inmediatamente cien respuestas? La amo porque mi madre es italiana, porque la sangre que corre por mis venas es italiana, porque es italiana la tierra donde están sepultados los muertos que mi madre llora y que mi padre venera; porque la ciudad donde he nacido, la lengua que hablo, los libros que me educan, mi hermano y mi hermana, mis compañeros, el gran pueblo en medio del cual vivo, la hermosa naturaleza que me circunda y todo aquello que veo, amo, estudio y admiro es italiano. ¡Oh, tú aún no puedes sentir cabalmente este afecto! Lo sentirás cuando seas un hombre, cuando regresando de un largo viaje, después de una larga ausencia, te asomes una mañana a la barandilla del barco y veas en el horizonte las grandes montañas azules de tu país; lo sentirás entonces en la impetuosa ola de ternura que te llenará los ojos de lágrimas y te arrancará un grito del corazón. Lo sentirás en cual-*

*quier gran ciudad lejana, en el impulso del alma que te empujará
por entre la multitud extraña hacia un trabajador desconocido, del
que habrás oído, cuando pasabas por su lado, una palabra de tu
idioma. Lo sentirás en la indignación dolorosa y altiva que te hará
subir la sangre a la cabeza cuando oigas injuriar a tu país en boca
de un extranjero. Lo sentirás más violento y más arrogante el día en
que la amenaza de un pueblo enemigo levante una tempestad de
fuego sobre tu patria y veas armas impacientes por doquier, jóvenes
que acuden en legión, padres que besan a sus hijos diciéndole:
«¡Valor!», y madres que saludan a los jóvenes gritando: «¡Ven-
ced!» Lo sentirás como un júbilo divino si tienes la fortuna de ver
regresar a tu ciudad los regimientos diezmados, cansados, hara-
pientos, terribles, con el esplendor de la victoria en los ojos y las
banderas desgarradas por las balas, seguidos de una columna interminable de valientes que levantarán sus cabezas vendadas y sus
brazos sin manos, en medio de una multitud frenética que los
cubrirá de flores, de bendiciones y de besos. Comprenderás entonces
el amor a la patria; entonces sentirás la patria, Enrico. Ella es algo
tan grande y sagrado, que si un día yo te viese regresar salvo de una
batalla librada por ella, a ti, que eres mi carne y mi alma, y supiera
que has conservado la vida porque has rehuido el peligro, yo, tu
padre, que te acojo con un grito de alegría cuando regresas de la
escuela, te recibiría con un sollozo de angustia, y ya no podría quererte más, y moriría con ese puñal clavado en el corazón.*

Tu Padre

Envidia

Miércoles 25

También ha sido Derossi quien ha hecho la mejor
composición sobre la patria. ¡Y Votini estaba seguro de
conseguir la primera medalla! Yo le tendría afecto a

Votini, aunque sea un poco fatuo y se acicale demasiado; pero me disgusta, ahora que soy su compañero de banco, ver cómo envidia a Derossi. Quiere competir con él; estudia; pero no puede, no hay manera; el otro le aventaja diez veces en todas las materias; y Votini se muerde los labios. También Carlo Nobis lo envidia; pero tiene tanta soberbia metida en el cuerpo que precisamente por orgullo lo oculta. Votini, por el contrario, se traiciona; se queja de las notas en su casa y dice que el maestro comete injusticias; y cuando Derossi responde a las preguntas tan pronto y tan bien, como lo hace siempre, él se pone ceñudo, agacha la cabeza y finge no oír, o se esfuerza en reír, pero con la risa del conejo. Y como todos lo saben, cuando el maestro elogia a Derossi se vuelven para mirar a Votini, que se muere de envidia, y el albañilito le hace el morro de liebre. Buena la ha hecho esta mañana, por ejemplo. El maestro entra en el aula y anuncia el resultado del examen:

—Derossi, diez y primera medalla.

Votini soltó un gran estornudo. El maestro lo miró; no era necesario ser muy listo para comprender.

—Votini —le dijo—, no deje usted entrar en su cuerpo la serpiente de la envidia; es una serpiente que roe el cerebro y corrompe el corazón.

Todos lo miraron, salvo Derossi; Votini quiso responder, no pudo; quedó como petrificado, con la cara pálida. Después, mientras el maestro explicaba la lección, se puso a escribir con grandes letras sobre una hoja: *Yo no tengo envidia de los que ganan la primera medalla con recomendaciones e injusticia.* Era un papel que quería mandar a Derossi. Pero entre tanto observé que los vecinos de Derossi tramaban algo entre ellos, hablándose al oído, y uno recortaba con el cortaplumas una gran medalla de papel, sobre la que habían dibujado una serpiente negra. También Votini lo advirtió. El maestro salió por unos minutos. Inmediatamente, los vecinos de Derossi se

levantaron para salir del pupitre e ir a entregar solemne-
mente la medalla de papel a Votini. Toda la clase se pre-
paraba para presenciar un escándalo. Votini ya estaba
temblando. Derossi gritó:

—¡Dádmela a mí!

—Sí, es mejor —le respondieron ellos—, eres tú el que
debe llevársela.

Derossi cogió la medalla y la hizo mil pedazos. En
aquel momento volvió el maestro y reanudó la lección.
Yo no quitaba los ojos de encima de Votini; estaba
hecho unas brasas; muy despacio, fue cogiendo el papel
que había escrito, como si lo hiciese distraídamente, lo
apelotonó a escondidas y se lo puso en la boca, lo mascó
por unos momentos y luego lo escupió debajo del
banco... Al salir de la escuela, pasando por delante de
Derossi, Votini, que estaba un poco confuso, dejó caer
el papel secante. Derossi, amable, lo recogió, se lo puso
en la mochila y lo ayudó a enganchar la correa. Votini no
se atrevió a levantar la cabeza.

La madre de Franti

Sábado 28

Pero Votini era incorregible. Ayer, en la clase de religión, en presencia del director, el maestro preguntó a
Derossi si sabía de memoria aquellas dos estrofillas del
libro de lectura: *Doquiera dirijo la mirada, inmenso Dios, te
veo.* Derossi respondió que no y Votini, inmediatamente, con una sonrisa, como para mortificar a Derossi, exclamó:

—¡Yo las sé!

Pero el mortificado fue él, por el contrario, que no

pudo recitar la poesía, ya que de pronto entró la madre de Franti en el aula, jadeante, con los cabellos grises alborotados, empapada de nieve, empujando delante de sí a su hijo, que ha sido expulsado por ocho días. ¡Qué triste escena tuvimos que presenciar! La pobre mujer se puso casi de rodillas ante el director, juntando las manos y suplicando.

—¡Por Dios, señor director, tenga la bondad de admitir de nuevo al chico en la escuela! ¡Hace ya tres días que está en casa; lo he tenido escondido; Dios no permita que su padre lo descubra; que lo mata! ¡Tenga piedad, ya no sé qué hacer! ¡Se lo suplico con toda mi alma!

El director trató de llevarla fuera; pero ella se resistía, siempre suplicando y llorando.

—¡Oh, si supiese usted los disgustos que me ha dado este hijo, tendría compasión! ¡Por favor! ¡Yo creo que cambiará! ¡Ya no viviré mucho, señor director, tengo la muerte aquí dentro; pero querría verlo cambiado antes de morir, porque... —y prorrumpió en llanto—, porque es mi hijo, lo quiero, moriría desesperada! ¡Admítalo, una vez más, señor director, para que no ocurra una desgracia en la familia! ¡Hágalo por compasión hacia una pobre mujer!

Se cubrió el rostro con las manos sollozando. Franti estaba con la cabeza gacha, impasible. El director lo miró, estuvo unos instantes pensando, luego dijo:

—Franti, ve a tu sitio.

Entonces la mujer, rebosante de consuelo, apartó las manos de su rostro y empezó a dar las gracias sin dejar de hablar al director; luego se encaminó hacia la puerta, enjugándose los ojos y diciendo atropelladamente:

—¡Hijito mío, te lo ruego! ¡Tened todos paciencia! ¡Gracias, señor director; ha hecho usted una obra de caridad! ¡Pórtate bien, hijo! ¡Buenos días, niños! ¡Gracias, hasta la vista, señor maestro! ¡Disculpad a una pobre madre!

Y después de dirigir una vez más, desde la puerta, una mirada suplicante a su hijo, se fue, recogiendo el chal que arrastraba, pálida, encorvada, con la cabeza temblorosa, y todavía oímos toser allá en la escalera. El director miró fijamente a Franti, en medio del silencio de la clase, y le dijo con un acento que hacía temblar:

—¡Franti, estás matando a tu madre!

Todos se volvieron para mirar a Franti. Y aquel infame sonrió.

Esperanza

Domingo 29

Hermoso, Enrico, el arrebato con el que te has arrojado sobre el corazón de tu madre cuando regresaste de la clase de religión. Sí, te ha dicho cosas grandes y consoladoras el maestro. Dios, que nos ha arrojado a uno en brazos del otro, no permitirá que nos separemos jamás; cuando yo muera, cuando tu padre muera, no nos diremos esas tremendas y desesperadas palabras: «¡Mamá, papá, Enrico, ya no te veré nunca más!» Nosotros volveremos a vernos en otra vida, donde el que ha sufrido mucho en ésta, será recompensado, donde el que ha amado mucho sobre la tierra, volverá a encontrar las almas amadas, en un mundo sin culpa, sin llanto y sin muerte. Pero debemos hacernos merecedores, todos, de esa otra vida. Mira, hijo: cada buena acción tuya, cada movimiento de afecto hacia aquellos que te quieren, cada acto de cortesía con tus compañeros, cada pensamiento noble es como un salto que te acerca a ese mundo. Y también te elevan hacia él las desgracias, los dolores, porque todo dolor es la expiación de una culpa, toda lágrima borra una mancha. Cada día debes proponerte ser más bueno y más cariñoso que el día anterior. Di todas las mañanas: «Hoy quiero hacer algo que mi conciencia apruebe y que contente a mi padre, algo que me haga ser querido por este o aquel compañero, por el maestro, por mi hermano o por otros.» Y pide a Dios que te dé fuerzas para llevar a cabo tus propósitos. «Señor, quiero ser bueno, noble, valeroso, afable, sincero; ayúdame; haz que todas las noches, cuando mi madre me saluda, pueda decirle: "Esta noche besaste a un niño más honesto y más digno que el que besaste ayer."» Ten siempre en tu pensamiento a aquel otro Enrico sobrehumano y feliz que podrás llegar a ser después de esta vida. Y reza. Tú no puedes imaginar la dulzura y la satisfacción que siente una madre cuando ve a su hijo con las manos juntas. Cuando te veo orar me parece imposible que no exista nadie que te mire y escuche. Creo entonces más firmemente que existe una bondad suprema y una piedad infinita, te amo más y trabajo con más fervor, sufro con más fuerza, perdono con toda el alma y pienso en la muerte serenamente. ¡Oh, Dios grande y bondadoso! ¡Volver a oír después de la muerte la voz de mi madre, encontrar a mis niños, volver a ver a mi Enrico, mi Enrico bendito e inmortal, y estrecharlo en un abrazo que no se soltará nunca más, nunca más, por toda la eternidad! ¡Oh, reza, recemos, amémonos, seamos buenos, mantengamos esa celeste esperanza en el alma, adorado hijo mío!

TU MADRE

FEBRERO

Una medalla bien dada

Sábado 4

Esta mañana vino a dar las medallas el superintendente escolar, un señor de barba blanca, vestido de
negro. Entró con el director, poco antes del *finis,* y se
sentó junto al maestro. Después de interrogar a muchos,
dio la primera medalla a Derossi, y antes de entregar la
segunda estuvo unos momentos escuchando al maestro
y al director, que le hablaban en voz baja. Todos se pre-
guntaban: «¿A quién dará la segunda?» El superintendente dijo en voz alta:

—La segunda medalla la ha merecido esta semana el
alumno Pietro Precossi; por los deberes hechos en casa,
por las lecciones, por la caligrafía, por la conducta,
por todo.

Todos se volvieron para mirar a Precossi y se notaba
que estaban complacidos. Precossi se levantó, lleno
de confusión.

—Ven aquí —dijo el superintendente.

Precossi salió del pupitre y se acercó al escritorio del
maestro. El superintendente miró con atención aquella
carita de color céreo, aquel pequeño cuerpo enfundado
en esas ropas arremangadas e impropias, esos ojos bue-

nos y tristes, que rehuían los suyos pero que dejaban adivinar una historia de padecimientos; después le dijo con voz llena de afecto, prendiéndole la medalla en el pecho:

—Precossi, te concedo la medalla. Nadie es más digno que tú de llevarla. No te la concedo solamente en premio de tu inteligencia y de tu buena voluntad, sino también por tu corazón, por tu valor y por tu carácter de hijo bueno y esforzado. ¿No es verdad —añadió volviéndose hacia la clase— que también la merece por esto?

—¡Sí, sí! —respondieron todos a coro.

Precossi hizo un movimiento con el cuello como para tragar algo y paseó por los pupitres una mirada dulcísima, que expresaba una gratitud inmensa.

—Ve, pues —dijo el superintendente—, querido niño. ¡Que Dios te proteja!

Era la hora de la salida. Nuestra clase salió antes que las otras. Apenas atravesamos la puerta..., ¿a quién se creería que vimos allí en el gran salón, junto a la entrada? Al padre de Precossi, el herrero. Pálido, como de costumbre, con la cara torva, los cabellos negros sobre los ojos, la gorra puesta de través, y vacilante sobre sus piernas. El maestro lo vio de inmediato y habló al oído al superintendente; éste fue a toda prisa en busca de Precossi, lo tomó de la mano y lo condujo hasta su padre. El chico temblaba. También el maestro y el director se acercaron; muchos chicos se agruparon alrededor.

—Usted es el padre de este chico, ¿verdad? —preguntó el superintendente con aire jovial, como si fuesen amigos.

Y sin esperar la respuesta, prosiguió:

—Lo felicito. Mire, él ha ganado la segunda medalla, entre cincuenta y cuatro compañeros; la ha merecido en redacción, en aritmética, en todo. Es un muchacho lleno de inteligencia y de buena voluntad, que llegará lejos; es muy buen chico, se ha ganado el afecto y la estima de todos; puede usted estar orgulloso de él, se lo aseguro.

El herrero, que lo había estado escuchando con la boca abierta, miró fijamente al superintendente y al director, y luego a su hijo, que estaba delante suyo con los ojos bajos, temblando; y de pronto, como si recordase y comprendiese entonces, por primera vez, todo lo que había hecho padecer a aquel pobre chiquillo, y toda la bondad, toda la constancia heroica con que el niño había sufrido, se reflejó en su rostro una cierta admiración estupefacta, luego un dolor sombrío y finalmente una ternura violenta y triste, y con un rápido gesto agarró al chico por la cabeza y lo estrechó contra su pecho. Todos pasamos por delante de ellos; yo invité a Precossi a venir a casa el jueves, con Garrone y Crossi; otros lo saludaron; éste le hacía una caricia, aquél le tocaba la medalla, todos le dijeron algo. Y el padre nos miraba atónito, teniendo siempre apretada contra el pecho la cabeza de su hijo, que sollozaba.

Buenos propósitos

Domingo 5

La medalla concedida a Precossi ha despertado en mí algunos remordimientos. ¡Yo todavía no he ganado ninguna! Hace algún tiempo que no estudio y estoy descontento de mí; también el maestro y mis padres lo están. Ya no me lo paso tan bien como antes, cuando estudiaba con ganas y dejaba de un salto mi escritorio para correr a mis juegos lleno de alegría, como si hiciera un mes que no jugaba. Ni siquiera me siento a la mesa con los míos con la satisfacción de otras veces. Siempre llevo como una sombra en mi ánimo una voz interior que me dice continuamente: «Esto no marcha, no marcha.» Por las tardes veo pasar por la plaza a muchos jóvenes que vuelven del trabajo, grupos de obreros cansados pero alegres, que apresuran el paso, impacientes por llegar a casa y comer; hablan fuerte, riendo, dándose palmadas con las manos negras de carbón o blancas de cal; y pienso que han trabajado desde el alba hasta esa hora, y con ellos tantos otros, aún más jóvenes, que todo el día han estado sobre los tejados, ante los hornos, en medio de las máquinas, dentro del agua, bajo tierra, no comiendo más que un pedazo de pan; y me siento casi avergonzado, yo que en todo ese tiempo no he hecho otra cosa que emborronar de mala gana cuatro paginuelas. ¡Sí, estoy descontento, descontento! Veo que mi padre está de mal humor y querría decírmelo, pero lo apena, y espera todavía. ¡Querido papá, tú que trabajas tanto! ¡Todo es tuyo, aquello que veo a mi alrededor en casa, todo lo que toco, lo que me viste, lo que me alimenta, lo que me instruye y me divierte, todo es fruto de tu trabajo, y yo no trabajo! ¡Todo te ha costado preocupaciones, disgustos, privaciones, fatigas, y yo no me esfuerzo! ¡Ah, no, es demasiado injusto y me apena! Quiero empezar desde hoy, quiero ponerme a estudiar, como Stardi, con los puños cerrados y los dientes apretados, hacerlo con todas las fuerzas de mi voluntad y de mi corazón; quiero vencer al sueño por la noche, levantarme temprano a la mañana, estrujarme el cerebro sin reposo, dominar mi pereza sin piedad, esforzarme, y hasta sufrir, enfermarme; pero dejar de una vez de arrastrar esta vida indolente y desganada que me envilece y aflige a los demás. ¡Animo, al trabajo! ¡A trabajar con toda el alma y con todas mis fuerzas! ¡Al trabajo que me hará dulce el descanso, placenteros los juegos y alegres las comidas; al trabajo que me devolverá la buena sonrisa de mi maestro y el beso de mi padre.

El tren

Ayer vinieron a casa Precossi y Garrone. Creo que si hubiesen sido dos hijos de príncipes no se los habría acogido con más festejos. Era la primera vez que venía Garrone, porque es un poco huraño, y además le avergüenza que lo vean tan grande y aún en el tercer curso. Cuando llamaron, fuimos todos a abrir. Crossi no vino porque finalmente ha llegado su padre de América, después de seis años. Mi madre besó en seguida a Precossi y mi padre le presentó a Garrone, diciendo:

—Este no es solamente un buen muchacho, es un hombre de bien y un caballero.

Garrone bajó su gran cabeza rapada, sonriéndome a hurtadillas. Precossi llevaba su medalla y estaba contento porque su padre ha vuelto a trabajar y hace cinco días que no bebe, quiere que su hijo le haga compañía en el taller y parece otro. Nos pusimos a jugar, yo saqué todas mis cosas; Precossi quedó encantado con mi tren, con la locomotora que se mueve por sí sola después de darle cuerda; nunca había visto algo así; devoraba con los ojos esos vagoncitos rojos y amarillos. Le di la llavecita para que jugase; se puso de rodillas y ya no levantó la cabeza. Nunca lo había visto tan contento. A cada instante, por cualquier motivo, nos decía:

—Perdona, perdona.

Y nos apartaba con las manos para que no detuviésemos la máquina; luego cogía y ordenaba los vagoncillos con mil cuidados, como si fuesen de vidrio; tenía miedo de empañarlos con el aliento y los limpiaba mirándolos por todos los lados, sonriéndose. Todos nosotros, de pie, lo observábamos; mirábamos aquel cuello delgado, esas pobres orejas que un día yo había visto sangrar, ese chaquetón arremangado de donde salían dos bracitos de

111

enfermo que tantas veces se habían levantado para pro-
teger la cara de los golpes... ¡Oh, en aquel momento yo
habría arrojado a sus pies todos mis juguetes y todos mis
libros, me habría arrancado de la boca el último pedazo
de pan para dárselo, me habría desnudado para vestirlo,
me habría arrodillado para besarle las manos! «Por lo
menos quiero darle el tren», pensé; pero era necesario
pedir permiso a mi padre. En ese momento sentí que me
ponían un papelito en la mano; miré: estaba escrito con
lápiz por mi padre y decía: *A Precossi le gusta tu tren. El no
tiene juguetes. ¿No te dice nada tu corazón?* Inmediatamente
cogí con las dos manos la máquina y los vagones y lo puse
todo en sus brazos, diciéndole:

—Toma, es tuyo.

El me miró, no comprendía.

—Es tuyo —dije—, te lo regalo.

Entonces miró a mi padre y a mi madre, aún más aturdido, y me preguntó:

—Pero ¿por qué?

Mi padre le dijo:

—Enrico te lo regala porque es tu amigo y te quiere... y
para celebrar tu medalla.

Precossi preguntó tímidamente:

—¿Debo llevármelo..., a casa?

—¡Pues claro! —respondimos todos.

Ya estaba en la puerta, y no se atrevía a irse. ¡Era feliz!
Se disculpaba, con la boca que temblaba y reía. Garrone
lo ayudó a envolver el tren en el pañuelo y al inclinarse
hacía crujir los panes que le llenaban los bolsillos.

—Un día —me dijo Precossi— vendrás al taller para
ver trabajar a mi padre. Te daré clavos.

Mi madre puso un ramito en el ojal de la chaqueta de
Garrone para que se lo llevase a la mamá en su nombre.
Garrone le dio las gracias con su vozarrón sin apartar la
barbilla del pecho. Pero en sus ojos resplandecía toda su
alma noble y buena.

112

Soberbia

¡Y pensar que Carlo Nobis se limpia la manga con afectación cuando Precossi lo roza al pasar! Ese es la soberbia personificada porque su padre es un ricachón. ¡Pero también es rico el padre de Derossi! Nobis querría tener un pupitre para él solo, tiene miedo de que todos lo ensucien, mira a los demás de arriba abajo y tiene siempre una sonrisa despectiva en los labios. ¡Y cuidado con pisarlo cuando salimos en fila! Por cualquier tontería arroja a la cara una palabra injuriosa o amenaza con hacer venir a la escuela a su padre. ¡A su padre, que lo puso verde cuando trató de andrajoso al hijo del carbonero! ¡Nunca he visto tanta altanería! Nadie le habla, nadie lo saluda cuando se sale. No hay ni uno que le sople cuando no sabe la lección. Y él no puede soportar a ninguno y finge despreciar sobre todo a Derossi, porque es el primero, y a Garrone porque todos lo quieren. Pero Derossi casi no le presta atención y Garrone, cuando le contaron que Nobis hablaba mal de él, repuso:

—Tiene una soberbia tan estúpida que ni siquiera merece que le dé un coscorrón.

También Coretti, un día en que sonreía con desprecio de su gorra de piel de gato, le dijo:

—¡Ve a que Derossi te enseñe lo que es un señor!

Ayer se quejó al maestro porque el calabrés le tocó una pierna con el pie. El maestro preguntó al calabrés:

—¿Lo has hecho adrede?

—No, señor —respodió con franqueza.

Entonces el maestro dijo:

—Es usted demasiado quisquilloso, Nobis.

A lo que repuso, con aquel aire suyo:

—Se lo diré a mi padre.

Entonces el maestro se enfadó:

113

—Su padre no le dará la razón; y además, en la escuela, es el maestro el que juzga y castiga.

Luego añadió con dulzura:

—Vamos, Nobis, cambie sus modales, sea bueno y cortés con sus compañeros. Mire, hay hijos de obreros y de señores, de ricos y pobres, y todos se estiman, se tratan como hermanos, como lo que son. ¿Por qué no hace usted lo mismo? Le costaría muy poco hacerse querer por todos, ¡y también usted se sentiría más contento...! Bueno, ¿no tiene nada que responderme?

Nobis, que había escuchado con su acostumbrada sonrisa desdeñosa, repuso fríamente:

—No, señor.

—Siéntese —le dijo el maestro—. Lo compadezco. Es usted un muchacho sin corazón.

Todo parecía haber terminado ahí; pero el albañilito, que se sienta en el primer pupitre, volvió su cara redonda hacia Nobis, que está en el último, y le hizo un morro de liebre tan gracioso y tan cómico que toda la clase estalló en una sonora carcajada. El maestro lo regañó, pero tuvo que taparse la boca para ocultar su risa. También Nobis reía, pero su risa era agria.

Los heridos del trabajo

Lunes 13

Nobis puede hacer pareja con Franti; ni uno ni otro se conmovieron esta mañana con el espectáculo terrible que se presentó ante nuestros ojos. Había salido de la escuela y estaba con mi padre mirando a algunos pillastres de segundo que se arrojaban de rodillas frotando el hielo con sus gorras y sus capas para resbalar más rápida-

114

mente, cuando vimos venir mucha gente desde el fondo de la calle a paso apresurado, todos serios y como asustados, hablando en voz baja. En medio venían tres guardias urbanos y detrás de ellos los dos hombres que llevaban una camilla. Los chicos acudieron desde todas partes. La multitud avanzaba hacia nosotros. Sobre la camilla estaba tendido un hombre, blanco como un cadáver, con la cabeza caída sobre un hombro, los cabellos ensangrentados, en desorden, y perdía sangre por la boca y por las orejas; junto a la camilla caminaba una mujer con un niño en brazos, que parecía loca y por momentos gritaba: «¡Está muerto! ¡Está muerto!» Detrás de la mujer venía un muchacho con una carpeta bajo el brazo y sollozando.

—¿Qué ha pasado? —preguntó mi padre.

Alguien respondió que era un albañil que se había caído desde un cuarto piso mientras trabajaba. Los portadores de la camilla se detuvieron un momento. Muchos volvieron la cabeza, horrorizados. Vi a la maestrita de la pluma roja que sostenía a mi maestra de primero superior, medio desvanecida. En ese mismo momento sentí que me golpeaban el codo; era el albañilito, pálido, que temblaba de pies a cabeza. Pensaba seguramente en su padre. También yo pensaba en él. Al menos, yo tengo el ánimo tranquilo cuando estoy en la escuela, porque sé que mi padre está en casa, sentado ante su escritorio, lejos de todo peligro; ¡pero cuántos de mis compañeros piensan en sus padres que trabajan sobre andamios altísimos o próximos a las ruedas de una máquina, y que un simple gesto, un paso en falso puede costarles la vida! Se sienten como hijos de soldados que tuviesen a sus padres en la guerra. El albañilito miraba, cada vez más tembloroso; mi padre lo notó y le dijo:

—Vete a casa, niño; ve rápidamente con tu padre, que lo encontrarás sano y tranquilo; vete.

El albañilito se fue, volviéndose a cada paso. En

115

cuanto la multitud se puso de nuevo en movimiento, la mujer partía el corazón con sus gritos:

—¡Está muerto! ¡Está muerto!

—¡No, no, no ha muerto! —le respondían desde todas partes.

Pero ella no hacía caso y se arrancaba los cabellos. De pronto oigo una voz indigna que dice:

—¡Tú te estás riendo!

Y al mismo tiempo vi a un hombre con barba que miraba a la cara a Franti, que seguía sonriendo. Entonces el hombre le tiró al suelo la gorra de un bofetón, diciendo:

—¡Descúbrete, mal nacido, cuando pasa un herido del trabajo!

La multitud ya había pasado y en medio de la calle se veía un largo rastro de sangre.

El preso

Viernes 27

¡Ah, éste es ciertamente el caso más extraño de todo el año! Ayer por la mañana mi padre me llevó a los alrededores de Moncalieri a ver una casa que quiere alquilar para el próximo verano, porque este año ya no iremos a Chieri; y quien tenía las llaves era un maestro que se desempeña como secretario del dueño. Nos hizo ver la casa y después nos llevó a su habitación, donde nos ofreció de beber. En la mesa, entre los vasos, había un tintero de madera de forma cónica, tallado de una manera singular. Viendo que mi padre lo miraba, el maestro le dijo:

—Este tintero es algo muy precioso para mí; ¡si supiese usted su historia!

116

Y nos la contó. Años atrás, siendo él maestro en Turín, durante todo un invierno fue a dar clases a presos de la cárcel de encausados. Explicaba las lecciones en la iglesia de la cárcel, que es un recinto circular alrededor del cual, en los muros altos y desnudos, hay muchas ventanitas cuadradas, cerradas por dos barrotes de hierro cruzados, y cada una de ellas da al interior de una pequeñísima celda. Daba la lección paseando por la galería fría y oscura, y sus alumnos estaban asomados a esos agujeros, con los cuadernos apoyados en las rejas, viéndose en la penumbra sólo sus caras, rostros demacrados y ceñudos, barbas enmarañadas y grises, ojos fijos de homicidas y ladrones. Había uno entre ellos, el número 78, que prestaba más atención que los demás y estudiaba mucho; miraba al maestro con ojos llenos de respeto y gratitud. Era un joven de barba negra, más desgraciado que malvado, un ebanista que en un arrebato de ira había arrojado una garlopa contra su patrón, que desde tiempo atrás lo perseguía, hiriéndole gravemente en la cabeza; y por esto había sido condenado a varios años de reclusión. En tres meses había aprendido a leer y a escribir; leía continuamente, y cuanto más aprendía tanto más parecía ennoblecerse y arrepentido de su delito. Un día, al terminar la lección, hizo señas al maestro para que se acercase al ventanuco y le anunció, con tristeza, que a la mañana siguiente dejaría Turín para ir a cumplir su pena en las cárceles de Venecia; y después de decirle adiós le suplicó con voz humilde y conmovida que le dejase tocar su mano. El maestro extendió la mano y él la besó; luego dijo: «¡Gracias! ¡Gracias!», y desapareció, El maestro retiró la mano; estaba bañada en lágrimas.

—Desde entonces no volví a verlo más —dijo el maestro—. Pasaron seis años. En lo que menos pensaba yo era en ese desventurado cuando anteayer por la mañana se presenta en mi casa un desconocido de gran

117

barba negra y entrecana, mal vestido, que me dice: «¿Es usted, señor, el maestro tal y tal?» «¿Y usted quién es?», le pregunto yo. «Soy el preso número 78 —me responde—; usted me enseñó a leer y a escribir, hace seis años; no sé si se acuerda que en la última lección me dio usted la mano; acabo de cumplir mi condena, y aquí estoy... para rogarle que me haga el favor de aceptar un recuerdo mío, una chuchería que he hecho en la prisión. ¿Quiere usted aceptarla como recuerdo mío, señor maestro?» Yo me quedé sin saber qué decir. El creyó que no quería aceptarlo y me miró como diciendo: «¡Seis años de padecimientos no han bastado, entonces, para purificarme las manos!» Me miró con una expresión de tan vivo dolor que extendí inmediatamente la mano y tomé el objeto. Y aquí lo tienen ustedes.

Miramos atentamente el tintero; parecía trabajado con la punta de un clavo, con larga paciencia; tenía tallada una pluma atravesada sobre el cuaderno, y escrito a su alrededor: *A mi maestro. Recuerdo del número 78. ¡Seis años!* Y debajo, con letras pequeñas: *Estudio y esperanza.* El maestro no dijo nada más. Nos marchamos. Pero durante todo el trayecto desde Moncalieri a Turín no pude quitarme de la cabeza aquel preso asomado al ventanuco, aquel adiós al maestro, ese humilde tintero tallado en la cárcel que decía tantas cosas; lo soñé durante la noche y esta mañana todavía pensaba en él... ¡Cuán lejos estaba de imaginar la sorpresa que me aguardaba en la escuela! En mi nuevo pupitre, junto a Derossi, en cuanto terminé de escribir el problema de aritmética para el examen mensual, conté a mi compañero toda la historia del preso y el tintero, cómo estaba hecho, con la pluma atravesada sobre el cuaderno, y esa inscripción alrededor: *¡Seis años!* Ante esas palabras, Derossi se sobresaltó y empezó a mirar ora a mí, ora a Crossi, el hijo de la verdulera, que estaba en el banco de delante, dándonos la espalda y absorto en el problema.

—¡Cállate! —me dijo por lo bajo, cogiéndome el brazo—. ¿No sabes? Crossi me dijo anteayer que había alcanzado a ver un tintero de madera entre las manos de su padre que ha vuelto de América, un tintero cónico, hecho a mano, con un cuaderno y una pluma; ¡es ése!, *seis años;* él decía que su padre estaba en América, pero lo cierto es que se hallaba en la cárcel; Crossi era pequeño cuando se cometió el delito, no se acuerda, su madre lo engañó, él no sabe nada. ¡Que no se te escape ni una sola palabra de todo esto!

Yo me quedé sin habla, con los ojos fijos en Crossi. Entonces Derossi resolvió el problema y se lo pasó a Crossi por debajo del banco; le dio una hoja de papel y le quitó de las manos el cuento mensual. *El enfermero de tata,* que el maestro le había dado, para copiarlo en lugar de él; le regaló plumillas, le dio unas palmaditas en el hombro, me hizo prometer bajo palabra de honor que no diría nada a nadie, y cuando salíamos me dijo apresuradamente:

—Ayer su padre vino a buscarlo, seguramente también hoy habrá venido; tú haz lo que yo haga.

Salimos a la calle; el padre de Crossi estaba allí, un poco apartado; un hombre con la barba negra, entrecana, mal vestido, con una cara descolorida y pensativa. Derossi estrechó la mano de Crossi, de forma que fuera visto, y le dijo en voz alta:

—Hasta la vista, Crossi —y le acarició la barbilla.

Yo hice lo mismo. Pero ambos enrojecimos como amapolas. El padre de Crossi nos miró con ojos benévolos, pero que traslucían una expresión de inquietud y de sospecha que nos heló el corazón.

EL ENFERMERO DE «TATA»
(Cuento mensual)

Una mañana lluviosa de marzo, un muchacho vestido de aldeano, empapado por la lluvia y embarrado, con un lío de ropas bajo el brazo, se presentaba al portero del hospital de los Peregrinos de Nápoles y preguntaba por su padre, mostrando una carta. Tenía un hermoso rostro oval de un moreno pálido, los ojos pensativos y dos gruesos labios entreabiertos que dejaban ver los dientes blanquísimos. Venía de un villorio de los alrededores de Nápoles. Su padre, que se había marchado el año anterior a Francia en busca de trabajo, había regresado a Italia y desembarcado pocos días antes en Nápoles, donde había enfermado repentinamente, teniendo apenas tiempo para escribir unas líneas a su familia anunciándoles su llegada y su ingreso en el hospital. Su mujer, desolada por aquella noticia y no pudiendo moverse de casa, porque tenía una niña enferma y otra de pecho, había mandado a Nápoles al hijo mayor, con algún dinero, para asistir a su padre, su *tata,* como se dice allí. El chico había andado diez millas de camino.

El portero, después de dar una ojeada a la carta, llamó a un enfermero y le dijo que condujera al muchacho junto a su padre.

—¿Qué padre? —preguntó el enfermero.

El muchacho, temblando por temor a una triste noticia, dijo el nombre.

El enfermero no recordaba ese nombre.

—¿Un viejo trabajador que ha venido del extranjero? —preguntó.

—Sí, un trabajador —repuso el muchacho, cada vez más ansioso—, pero no muy viejo. Sí, ha llegado del extranjero.

—¿Cuándo ha entrado en el hospital? —preguntó el enfermero.

120

El muchacho echó un vistazo a la carta.

—Hace cinco días, creo.

El enfermero se quedó pensativo; luego, como recordando de pronto, le dijo:

—¡Ah!, sí, en la cuarta sala, en la cama que está al fondo.

—¿Está muy enfermo? ¿Cómo se encuentra? —preguntó ansiosamente el chico.

El enfermero lo miró sin responder. Luego dijo:

—Ven conmigo.

Subieron dos tramos de escalera, avanzaron hasta el extremo de un ancho corredor y se encontraron frente a la puerta abierta de una sala con dos grandes filas de camas.

—Ven —repitió el enfermero, entrando.

El muchacho se armó de valor y lo siguió, lanzando miradas temerosas a derecha e izquierda, sobre los rostros blancos y consumidos de los enfermos, algunos de los cuales tenían los ojos cerrados y parecían muertos, otros miraban el vacío con ojos como niños. La sala era oscura, el aire estaba impregnado de un penetrante olor a medicamentos. Dos hermanas de la caridad iban de un lado a otro con frasquitos en la mano.

Llegados al fondo de la sala, el enfermero se detuvo junto a la cabecera de una cama, descorrió la cortina y dijo:

—Aquí tienes a tu padre.

El chico lanzó un sollozo y dejando caer el lío abandonó su cabeza sobre el hombro del enfermo, agarrándole el brazo que tenía extendido e inmóvil sobre la colcha. El enfermero no se movió.

El chico se irguió, miró a su padre y rompió a llorar otra vez. Entonces el enfermo le dirigió una larga mirada y pareció reconocerlo. Pero sus labios no se movían. ¡Pobre *tata,* qué cambiado estaba! El hijo nunca lo habría reconocido. Le habían encanecido los cabellos y crecido la barba, tenía la cara hinchada, de un color rojo intenso, la piel tensa y brillante, los ojos empequeñecidos, los labios abultados, toda la fisonomía alterada; sólo eran suyos la frente y el arco de las cejas. Respiraba afanosamente.

—¡*Tata, tata* mío! —dijo el chico—. Soy yo, ¿no me reconoce? Soy Ciccillo, Ciccillo, he venido desde el pueblo, me envía mamá. Míreme bien, ¿no me reconoce? Dígame una palabra.

Pero el enfermo, tras haberlo mirado atentamente, cerró los ojos.

—¡*Tata! ¡Tata!* ¿Qué le pasa? ¡Soy su hijo, su Ciccillo!

El enfermo no se movió más y continuó respirando con dificultad.

Entonces, llorando, el chico cogió una silla, se sentó y se quedó esperando, sin quitar los ojos de la cara de su padre. «Un médico pasará a visitarlo —pensaba—, y me dirá algo.» Y se hundió en sus tristes pensamientos, recordando muchas cosas de su querido papá; el día de la partida, cuando le había dado el último adiós sobre el barco, las esperanzas que había puesto la familia en aquel viaje, la desolación de su madre cuando llegó la carta; y pensó en la muerte, vio a su padre muerto, a su madre vestida de negro, la familia en la miseria. Y estuvo mucho tiempo así.

Una mano le tocó suavemente el hombro y él dio un respingo; era una monja.

—¿Qué le pasa a mi padre? —le preguntó inmediatamente.

—¿Es tu padre? —dijo dulcemente la monja.

—Sí, es mi padre, he venido para estar con él. ¿Qué tiene?

—Animo, muchacho —repuso la monja—; ahora vendrá el médico.

Y se alejó sin decir más.

Al cabo de media hora oyó sonar una campanilla y vio

entrar al médico por el fondo de la sala, acompañado de un ayudante; la monja y un enfermero los seguían. Comenzaron la visita, deteniéndose en cada cama. Aquella espera al muchacho le parecía eterna, y a cada paso del médico crecía su ansiedad. Finalmente llegó a la cama vecina. El médico era un anciano alto y encorvado, de rostro grave. Antes de que se separara de la cama contigua el chico se puso en pie, y cuando el médico se acercó se echó a llorar. El médico lo miró.

—Es el hijo del enfermo —dijo la monja—; ha llegado esta mañana de su pueblo.

El médico le puso una mano en el hombro, luego se inclinó sobre el enfermo, le tomó el pulso, le tocó la frente e hizo algunas preguntas a la monja, que respondió:

—Nada nuevo.

Permaneció un momento pensativo y luego dijo:

—Continuad como hasta ahora.

Entonces el chico se armó de valor y preguntó con voz llorosa:

—¿Qué tiene mi padre?

—Es preciso que tengas ánimo, hijo —repuso el médico volviendo a ponerle una mano sobre el hombro—. Tiene una erisipela facial. Es grave, pero todavía hay esperanzas. Cuídalo. Tu presencia puede hacerle bien.

—¡Pero no me reconoce! —exclamó el chico con tono desolado.

—Ya te reconocerá... Mañana, quizá. Confiemos en que todo vaya bien. Animo.

El muchacho habría querido preguntar algo más, pero no se atrevió. El médico siguió adelante. Entonces empezó su vida de enfermero. No pudiendo hacer otra cosa, arreglaba las ropas de la cama, de vez en cuando tocaba la mano del enfermo, le ahuyentaba los mosquitos, se inclinaba sobre él siempre que lo oía gemir, y cuando la monja le traía algo de beber cogía el vaso o la

123

cuchara en su lugar. A veces el enfermo lo miraba, pero no daba señales de reconocerlo. Pero su mirada se detenía cada vez más sobre él, sobre todo cuando el chico se llevaba el pañuelo a los ojos. Y así pasó el primer día. Durante la noche el chico durmió sobre dos sillas en un rincón de la sala, y a la mañana siguiente reanudó su piadosa tarea. Aquel día pareció que los ojos del enfermo revelaban un principio de conciencia. Al oír la voz cariñosa del chico parecía que una vaga expresión de gratitud brillaba por un momento en sus ojos, y en una ocasión movió un poco los labios como si quisiera decir algo. Después de cada breve adormecimiento, cuando abría los ojos, parecía que buscaba a su pequeño enfermero. El médico pasó otras dos veces y notó un poco de mejoría. Hacia la noche, acercándole el vaso, el muchacho creyó ver esbozarse sobre los labios hinchados una ligerísima sonrisa. Entonces empezó a reanimarse, a esperar. Y con la esperanza de ser atendido, al menos confusamente, le hablaba, le hablaba largamente, de la madre, de las hermanas pequeñas, del regreso a casa, y lo alentaba con palabras cálidas y cariñosas. Y aunque con frecuencia dudaba de que lo entendiera, seguía hablando, porque le parecía que, aun no comprendiendo el enfermo, escuchaba con cierto placer su voz, aquella entonación desacostumbrada de afecto y de tristeza. Y de esa manera pasó el segundo día, el tercero, y el cuarto, alternándose las leves mejorías y los empeoramientos repentinos; el chico estaba tan absorto en sus cuidados que apenas si mordisqueaba, un par de veces al día, un poco de pan y de queso que le llevaba la monja, y casi no advertía lo que sucedía en torno a él, los enfermos moribundos, las monjas que acudían presurosas en medio de la noche, los llantos y los gestos de desolación de los visitantes que salían sin esperanzas, todas aquellas escenas dolorosas y lúgubres de la vida de un hospital que en cualquier otra ocasión lo habían aturdido y aterrorizado. Las horas y los días pasaban, y él estaba siempre allí, con su *tata*, atento, presuroso, anhelante, pendiente de cada suspiro y de cada mirada suyos, agitado sin reposo entre una esperanza que le ensanchaba el alma y un desconsuelo que le helaba el corazón.

El médico, interrogado, sacudió la cabeza como diciendo que todo había acabado, y el muchacho se dejó caer en la silla prorrumpiendo en sollozos. Sin embargo, había una cosa que lo consolaba. A pesar del empeoramiento, le parecía que el enfermo iba recobrando lentamente un poco de inteligencia. Miraba al chico cada vez con más fijeza y con una creciente expresión de dulzura, no quería ya tomar bebida o medicina si no era de su mano, y con mayor frecuencia hacía aquel movimiento forzado de los labios, como si quisiera pronunciar una palabra; y tan marcadamente lo hacía algunas veces que el hijo le aferraba el brazo con violencia, impulsado por una repentina esperanza, y le decía con acento casi alegre:

—¡Valor, ánimo, *tata*, te pondrás bien, y nos iremos, volveremos a casa con mamá, no hay que perder el ánimo todavía!

Eran las cuatro de la tarde; en ese momento el chico se había abandonado a unos de esos impulsos de ternura y esperanza, cuando del otro lado de la puerta más cercana de la sala oyó un ruido de pasos y luego una fuerte voz, dos palabras solamente: «¡Adiós, hermana!», que lo hicieron alzarse de un salto con un grito estrangulado en la garganta.

En ese mismo instante entró en la sala un hombre, con un grueso envoltorio en la mano, seguido de una monja.

El chico lanzó un grito agudo y se quedó como clavado en su sitio.

El hombre se volvió, lo miró un momento, lanzó un grito también él:

125

—¡Ciccillo!

Y corrió hacia el chico.

El muchacho cayó en los brazos de su padre, sofocado.

Las monjas, los enfermos y el ayudante acudieron y los rodearon, estupefactos.

El chico no podía recobrar la voz.

—¡Oh, Ciccillo mío! —exclamó el padre, después de haber mirado atentamente al enfermo, besando una y otra vez al muchacho—. ¡Ciccillo, hijo mío! ¿Cómo ha ocurrido esto? ¡Te han llevado a la cama de otro! ¡Y yo que me desesperaba porque no te veía, después que mamá me escribió que te había enviado aquí! ¡Pobre Ciccillo! ¿Cuántos días hace que estás aquí? ¿Cómo ha podido suceder este embrollo? ¡Yo me he librado pronto! ¡Estoy muy bien, sabes! ¿Y mamá? ¿Y Concetella? ¿Y la chiquitina? ¿Cómo están? Ya me marcho del hospital. ¡Vámonos, pues! ¡Oh, Dios mío! ¡Quién lo hubiera dicho!

El chico se esforzó para dar noticias de la familia en pocas palabras.

Y no dejaba de besar a su padre. Pero no se movía.

—Vámonos ya —le dijo el padre—. Podremos llegar a casa antes de la noche. Vamos.

Y tiró de él. El chico se volvió para mirar a su enfermo.

—Pero... ¿vienes o no? —le preguntó el padre asombrado.

El chico miró otra vez al enfermo, que en ese momento abrió los ojos y lo miró fijamente.

Entonces le brotó del alma un torrente de palabras:

—No, *tata,* espera...; mira..., no puedo. Está este viejo. Hace cinco días que estoy aquí. Me mira siempre. Creía que eras tú. Le he tomado cariño. Me mira, yo le doy de beber, quiere que esté a su lado; ahora está muy mal. Ten paciencia, no tengo valor, no sé; me da mucha lástima.

126

Regresaré a casa mañana, déjame estar aquí un poco más, no me parece bien dejarlo. Fíjate de qué manera me mira; yo no sé quién es; moriría solo; ¡déjame estar aquí, *tata!*

—¡Bravo, chiquillo! —gritó el ayudante.

El padre se quedó perplejo mirando al muchacho; después observó al enfermo.

—¿Quién es? —preguntó.

—Un campesino como usted —repuso el ayudante—, venido del extranjero, que entró en el hospital el mismo día que usted. Llegó ya sin conocimiento y no ha podido decir nada. Quizá, lejos, tenga una familia, hijos. Creerá que el de usted es uno de los suyos.

El enfermo no dejaba de mirar al niño.

El padre dijo a Ciccillo:

—Quédate.

—No será por mucho tiempo —murmuró el ayudante.

—Quédate —repitió el padre—. Tienes buen corazón. Yo voy en seguida a casa a tranquilizar a mamá. Toma un escudo para lo que necesites. ¡Adiós, hijo mío! ¡Hasta pronto!

Lo abrazó, lo miró un momento, lo besó en la frente y partió.

El muchacho regresó junto al lecho, y el enfermo pareció reconfortado. Y Ciccillo volvió a ser enfermero, con la misma premura y con la misma paciencia de antes, no llorando más; volvió a darle de beber, a arreglarle las mantas, a acariciarle la mano, a hablarle dulcemente para darle ánimos. Lo asistió durante todo ese día y toda la noche, y permaneció junto a él también el día siguiente. Pero el enfermo se agravaba; su cara se había puesto de un color violáceo, su respiración se hacía más afanosa, crecía la agitación y de su boca se escapaban gritos inarticulados, la hinchazón se hacía monstruosa. En la visita de la tarde el médico dijo que no pasaría de la noche. Entonces Ciccillo redobló sus cuidados y no lo perdía de vista ni un instante. El enfermo lo miraba, lo miraba y movía aún los labios de vez en cuando, con un gran esfuerzo, como si quisiera decir algo, y por momentos una expresión de dulzura extraordinaria cruzaba por sus ojos, que seguían empequeñeciéndose y empezaban a enturbiarse. Aquella noche el chico estuvo en vela hasta que vio en las ventanas los primeros albores del día y apareció la monja. Esta se acercó a la cama, miró al enfermo y se fue presurosa. Pocos momentos después regresó con el médico ayudante y un enfermero que traía un farol.

—Está en los últimos momentos —dijo el médico.

El chico aferró la mano del enfermo. Este abrió los ojos, lo miró fijamente y volvió a cerrarlos.

En ese instante al chico le pareció que le apretaban la mano.

—¡Me ha apretado la mano! —exclamó.

El médico permaneció un momento inclinado sobre el enfermo, luego se irguió. La monja quitó un crucifijo en la pared.

—¡Ha muerto! —gritó el chico.

—Vete, hijo —dijo el médico—. Tu santa obra ha terminado. Vete y que tengas mucha suerte, la mereces. Dios te protegerá. Adiós.

La monja, que se había alejado por un momento, volvió con un ramito de violetas que había sacado de un vaso que estaba sobre la ventana y se lo entregó al muchacho, diciendo:

—No tengo otra cosa que darte. Toma esto como recuerdo del hospital.

—Gracias —repuso el chico, cogiendo el ramito con una mano y secándose los ojos con la otra—; pero tengo tanto camino por andar..., lo estropearía.

Y desatando el ramito esparció las violetas sobre la cama, diciendo:

—Las dejo como recuerdo a mi pobre muerto. Gracias, hermana. Gracias, señor doctor.

Después, dirigiéndose al muerto:

—¡Adiós...!

Y mientras buscaba un nombre que darle, le brotó del corazón el dulce nombre que le había dado durante cinco días:

—¡Adiós, pobre *tata!*

Dicho esto, se puso bajo el brazo su pequeño envoltorio de ropas, y a paso lento, destrozado por el cansancio, se marchó. Despuntaba el alba.

El taller

Sábado 18

Precossi vino ayer por la tarde a recordarme que tenía que ir a ver su taller, que está calle abajo, y esta mañana, saliendo con mi padre, hice que me llevara allí un momento. Cuando nos acercábamos al taller vimos salir a la carrera a Garoffi con un paquete en la mano, haciendo ondear el gran toldo que cubre sus mercancías. ¡Ah, ahora sé adónde va a coger las limaduras de hierro que venden por periódicos viejos ese traficante de Garoffi! Asomándonos a la puerta vimos a Precossi sentado sobre una pila de ladrillos, estudiando la lección con el libro sobre las rodillas. Se levantó inmediatamente y nos hizo entrar. Era un gran local lleno de polvo de carbón, con las paredes atestadas de martillos, de tenazas, de barras, de hierros de todas las formas; en un rincón ardía un fuego de la fragua, en la que soplaba el fuelle manejado por un muchacho. El padre de Precossi estaba junto al yunque y un aprendiz tenía una barra de hierro en el fuego.

—¡Ah, aquí tenemos al niño que regala los trenes de los ferrocarriles! —dijo el herrero apenas nos vio, quitándose la gorra—. Ha venido a vernos trabajar un rato, ¿no es verdad? En seguida lo complaceremos.

Mientras decía esto, sonreía; ya no tenía aquel semblante torvo, aquella mirada torcida de otras veces. El aprendiz le tendió una larga barra de hierro, incandescente en uno de sus extremos, y el herrero la apoyó sobre el yunque. Hacía una de esas barras en voluta para las barandillas enrejadas de los balcones. Levantó un pesado martillo y empezó a golpear empujando la parte al rojo de un lado a otro entre una punta y el medio del yunque, haciéndola girar de varias maneras; y era una maravilla ver cómo bajo los golpes rápidos y precisos del martillo el hierro se encorvaba, se torcía, tomaba poco a poco la graciosa forma de la hoja rizada de una flor, como si fuese masa de pastelería que él hubiera modelado con las manos. Entre tanto su hijo nos miraba con cierto aire orgulloso, como diciendo: «¡Mirad cómo trabaja mi padre!»

—¿Ha visto cómo se hace, señorito? —me preguntó el herrero cuando hubo terminado, mostrándome la barra, que parecía el báculo de un obispo. Después la puso aparte y metió otra en el fuego.

—Muy buen trabajo, por cierto —le dijo mi padre. Y añadió—: Entonces..., ¿se trabaja, eh? Han vuelto las ganas.

—Han vuelto, sí —repuso el herrero secándose el sudor y ruborizándose un poco—. ¿Y sabe usted quién me las ha vuelto?

Mi padre fingió no comprender.

—Ese guapo muchacho —dijo el herrero señalando con el dedo a su hijo—; ese buen hijo que estudiaba y honraba a su padre mientras éste... iba de juerga y lo trataba como a una bestia. Cuando he visto esa medalla... ¡Ah, chiquitín mío, tan alto como una chincheta, ven aquí un momento que te mire bien ese hocico!

El chico acudió en seguida, el herrero lo alzó y lo puso en pie sobre el yunque, teniéndolo por las axilas, y le dijo:

—Limpia un poco el frontispicio de este bruto de papá.

Entonces Precossi cubrió de besos la cara negra de su padre hasta quedar también él todo negro.

—Así está bien —dijo el herrero, y lo puso en el suelo.

—¡De verdad, así está bien, Precossi! —exclamó contento mi padre.

Después de despedirnos del herrero y de su hijo, salimos. Mientras lo hacíamos, el pequeño Precossi me dijo:

—Perdona —y me metió en el bolsillo un paquete de clavos.

Yo lo invité a venir a ver el carnaval desde casa.

—Tú le has regalado un tren —me dijo mi padre, ya en la calle—; pero si hubiese sido de oro y perlas, seguiría siendo un pequeño regalo para aquel santo hijo que ha rehecho el corazón de su padre.

El pequeño payaso

Lunes 20

Toda la ciudad es un hervidero a causa del carnaval, que ya está terminando. En todas las plazas se alzan barracas de saltimbanquis y juegos; y debajo de nuestras ventanas tenemos la tienda de un circo donde da sus espectáculos una pequeña compañía veneciana con cinco caballos. El circo está en medio de la plaza; en un

ángulo hay tres carromatos grandes, donde los saltimbanquis duermen y se disfrazan, tres casitas con ruedas,
ventanucos y una chimenea siempre humeante cada
una; y entre ventana y ventana están tendidos pañales de
rorro. Hay una mujer que amamanta a una criatura, hace
la comida y baila sobre la cuerda. ¡Pobre gente! Se dice
saltimbanqui como una injuria; sin embargo, se ganan el
pan honestamente, divirtiendo a la gente. ¡Y cómo trabajan! Todo el día están corriendo entre el circo y los
carromatos, en malla, ¡con estos fríos!; comen dos boca-
dos a escape, de pie, entre una y otra representación; y a
veces, cuando tienen ya el circo lleno, se levanta un
viento que arranca las lonas y apaga las luces, ¡y adiós
espectáculo! Deben devolver el dinero y trabajar toda la
noche para volver a poner en pie la tienda. Hay dos chicos que trabajan; mi padre reconoció al más pequeño
mientras atravesaba la plaza: es el hijo del dueño, el
mismo que el año pasado vimos hacer los juegos a caballo en un circo de la plaza Vittorio Emmanuele. Ha crecido, tendrá unos ocho años, es un chico guapo, con una
hermosa carita redonda y morena de pilluelo, y muchos
rizos negros que escapan fuera de su bonete. Va vestido
de payaso, metido dentro de una especie de saco grande
con mangas, blanco bordado de negro, y calza botines de
tela. Es un diablillo que gusta a todos. Hace de todo.
Temprano, por la mañana, lo vemos envuelto en un chal
llevando la leche a su casita de madera; luego va a buscar
los caballos a la cochera de la calle Bertola; tiene en brazos al chiquitín, transporta vallas, caballetes, barras,
cuerdas; limpia los carromatos, enciende el fuego, y en
los momentos de reposo está siempre pegado a su
madre. Mi padre siempre los observa desde la ventana y
no hace más que hablar de él y de los suyos: que tienen
aire de buena gente y de querer a los hijos. Una tarde fuimos al circo; hacía frío y no había casi nadie; no obstante, el payasito se afanaba por alegrar a aquella poca

gente; daba saltos mortales, se colgaba de la cola de los caballos, caminaba sobre las manos; lo hacía todo él solo, y cantaba, siempre sonriendo, con su carita agraciada y morena; su padre, que llevaba una chaqueta roja, pantalones blancos y botas altas, con la fusta en la mano, lo miraba, pero se lo veía triste. Mi padre sintió compasión, y al día siguiente habló de ellos con el pintor Delis, que vino a casa. ¡Esa pobre gente se mata trabajando y hace mal negocio! ¡Aquel niño le gustaba tanto! ¿Qué se podría hacer por ellos? El pintor tuvo una idea.

—Haz un buen artículo para la *Gazzetta* —le dijo—, tú que sabes escribir; tú cuentas los prodigios del pequeño payaso y yo hago su retrato; todos leen la *Gazzetta,* y al menos una vez acudirá gente.

Así lo hicieron. Mi padre escribió un artículo, bello y jocoso, que relataba todo lo que nosotros veíamos desde la ventana, e inspiraba deseos de conocer y acariciar al pequeño artista; el pintor bosquejó un retrato gracioso que se le parecía; fue publicado el sábado por la tarde. Y he aquí una multitud que acude al circo a la función del domingo. Estaba anunciado: *Función en beneficio del payasito;* del *payasito,* como era llamado en la *Gazzetta.* Mi padre me condujo a la primera fila. Junto a la entrada habían fijado la *Gazzetta.* El circo estaba abarrotado; muchos espectadores tenían la *Gazzetta* en la mano y se la mostraban al payasito, que corría de uno a otro, muy feliz. También el dueño estaba contento. ¡No era para menos! Ningún periódico le había concedido nunca tanta atención. La caja de la taquilla estaba llena de dinero. Mi padre se sentó a mi lado. Entre los espectadores había gente conocida. Cerca de la entrada de los caballos estaba de pie el maestro de gimnasia, el que ha estado con Garibaldi; y frente a nosotros, en la segunda fila, el albañilito, con su carita redonda, sentado junto al gigante de su padre; apenas me vio me hizo el morro de liebre. Un poco más allá vi a Garoffi que contaba los espectadores, calculando con los dedos cuánto podía haber recaudado la compañía. En las sillas de la primera fila, no muy lejos de nosotros, también estaba el pobre Robetti, el que salvó al niño, con sus muletas entre las rodillas, pegado al lado de su padre, capitán de artillería, que apoyaba una de sus manos sobre su hombro. La función comenzó. El payasito hizo maravillas sobre el caballo, en el trapecio y en la cuerda, y cada vez que saltaba a tierra todos aplaudían y muchos le tiraban de los rizos. Después, otros hicieron sus números; equilibristas, prestidigitadores y jinetes, con vestidos andrajosos aunque relucientes de plateados. Pero cuando no actuaba el muchacho parecía que la gente se aburría. En cierto momento vi al maestro de gimnasia, de pie junto a la entrada de los caballos, hablar al oído al dueño del circo, y éste inmediatamente dirigió una mirada hacia los espectadores, como si buscase a alguien. Sus ojos se detuvieron sobre nosotros. Mi padre lo advirtió, comprendió que el maestro había dicho que él era el autor del artículo, y para que no se lo agradecieran se escapó, diciéndome:

—Quédate, Enrico; yo te espero fuera.

El payasito, después de haber cambiado algunas palabras con su papá, hizo aún otro ejercicio: de pie sobre el caballo que galopaba, se disfrazó cuatro veces, de peregrino, de marinero, de soldado y de acróbata, y cada vez que pasaba cerca de mí, me miraba. Después, cuando se apeó, empezó a dar la vuelta a la pista con su bonete de payaso entre las manos, y todos le arrojaban monedas y confites. Yo tenía preparadas dos monedas; pero cuando estuvo frente a mí, en vez de extender el sombrero, lo retiró, me miró y siguió adelante. Quedé mortificado. ¿Por qué me había hecho aquel desaire? La función terminó, el dueño agradeció al público y toda la gente se levantó, agolpándose hacia la salida. Yo iba confuso por entre el gentío, y ya estaba por salir cuando sentí que me tocaban una mano. Me volví, era el payasito, con su carita morena y sus rizos negros, que me sonreía; tenía las manos llenas de confites. Entonces comprendí.

—¿Querrías aceptar estos confites del payasito? —me dijo.

Asentí con la cabeza y cogí tres o cuatro.

—Entonces —añadió—, recibe también un beso.

—Dame dos —repuse, y le acerqué la cara.

Se limpió con la manga la cara enharinada, me pasó un brazo alrededor del cuello y me dio dos besos en las mejillas, diciéndome:

—Toma, y llévale uno a tu padre.

El último día de Carnaval

Martes 21

¡Qué triste escena presenciamos hoy en el desfile de máscaras! Acabó bien, pero podía haber ocurrido una desgracia. En la plaza de San Carlo, toda decorada con festones amarillos, rojos y blancos, se apiñaba una gran multitud; pasaban máscaras de todos los colores; desfilaban carrozas doradas y embanderadas, en forma de pabellones, de teatrillos y de barcos, llenas de arlequines y de guerreros, de cocineros, de marineros y de pastorcillas; era tanta la confusión, que no se sabía hacia dónde mirar; el estruendo de trompetas, de cuernos y de platillos era ensordecedor; las máscaras de las carrozas empinaban el codo y cantaban, apostrofando a los peatones y a los que estaban en las ventanas, que respondían a voz en cuello, y se tiraban frenéticamente naranjas y confites. Por encima de las carrozas y de la muchedumbre, hasta donde alcanzaba la vista, se veían ondear banderolas, brillar cascos, tremolar penachos, agitarse cabezotas de cartón piedra, gigantescas cofias, enormes sombreros de copa, armas extravagantes, panderos, castañuelas de cobre, birretinas rojas y botellas. Parecían todos locos. Cuando nuestro carruaje entró en la plaza, iba delante de nosotros una carroza magnífica, tirada por cuatro caballos cubiertos con gualdrapas bordadas de oro, toda enguirnaldada de rosas artificiales, ocupada por catorce o quince señores disfrazados de gentiles-hombres de la corte de Francia, relucientes de seda, con pelucones blancos, un sombrero emplumado bajo el brazo y el espadín; sobre el pecho una maraña de cincas y encajes: hermosísimos. Cantaban a coro una tonadilla francesa y arrojaban dulces a la gente, que aplaudía y gritaba. De pronto, a nuestra izquierda, vimos a un hombre levantar sobre las cabezas de la multitud a una niña de cinco o seis años, una pobrecilla que lloraba desesperadamente, agitando los brazos como presa de convulsiones. El hombre se abrió paso hacia la carroza de los señores; uno de ellos se inclinó y el hombre le gritó:

—Tenga a esta niña, ha perdido a su madre entre el gentío, téngala en brazos; la madre no puede estar lejos y la verá; no hay otra manera.

El señor tomó a la niña en brazos; los otros dejaron de cantar; la niña chillaba y forcejeaba; el señor se quitó la máscara; la carroza prosiguió su marcha con lentitud. Mientras tanto, como nos contaron después, en el extremo opuesto de la plaza una pobre mujer medio enloquecida se abría paso por entre el gentío a codazos y a empellones, aullando:

—¡María! ¡María! ¡María! ¡He perdido a mi hija! ¡Me la han robado! ¡Han sofocado a mi niña!

Hacía un cuarto de hora que se agitaba desesperada de esa manera, andando de un lado a otro, apretujada por la multitud, abriéndose paso a duras penas. El señor de la carroza, entre tanto, tenía a la niña apretada contra las

136

cintas y los encajes de su pecho, girando su mirada por la plaza y tratando de calmar a la pobre criatura, que se cubría la cara con las manos, sin saber dónde se hallaba, sollozando angustiosamente. El señor estaba conmovido, se notaba que aquellos gemidos le llegaban al alma; todos sus compañeros ofrecían a la niña naranjas y confites; pero ella rechazaba todo, cada vez más asustada y convulsa.

—¡Buscad a su madre! —gritaba el señor a la multitud—. ¡Buscad a la madre!

Y todos miraban a derecha e izquierda, pero la madre no aparecía. Finalmente, a pocos pasos de la entrada de la calle de Roma, se vio a una mujer lanzarse hacia la carroza... ¡Ah, jamás la olvidaré! No parecía ya un ser humano, tenía los cabellos sueltos, la cara desfigurada, los vestidos desgarrados; se lanzó hacia adelante emitiendo un estertor que no se sabía si era de júbilo, de angustia o de rabia, y alzó sus manos como dos garras para asir a su hija. La carroza se detuvo.

—Aquí la tiene —dijo el señor.

Y después de besar a la niña la puso entre los brazos de su madre que la estrechó frenéticamente contra su pecho... Pero una de las manecitas quedó unos segundos entre las manos del señor, que sacándose de la derecha un anillo de oro con un grueso diamante, lo deslizó con un rápido movimiento en un dedo de la pequeña.

—Toma —le dijo—, será tu dote de esposa.

La madre quedó como hipnotizada, la muchedumbre prorrumpió en aplausos, el señor volvió a ponerse la máscara, sus compañeros reanudaron el canto, y la carroza continuó su marcha lentamente, en medio de una tempestad de aplausos y vítores.

Los chicos ciegos

El maestro está muy enfermo y han mandado en su lugar al de cuarto, que ha sido maestro en el Instituto de los ciegos; es el más viejo de todos, tiene el pelo tan blanco que parece que lleva una peluca de algodón, y habla de un modo especial, como si cantase una canción melancólica; pero lo hace bien y sabe mucho. Apenas entró en el aula, viendo a un chico con un ojo vendado, se acercó a su banco y le preguntó qué tenía.

—Cuidado con los ojos, muchacho —le dijo.

Entonces Derossi le preguntó:

—¿Es verdad, señor, que usted ha sido maestro de los ciegos?

—Sí, durante varios años —repuso.

Y Derossi dijo a media voz:

—Cuéntenos algo.

El maestro fue a sentarse a su escritorio.

Coretti dijo en voz alta:

—El Instituto de los ciegos está en la calle de Niza.

—Vosotros decís ciegos —dijo el maestro— así como diríais enfermos o pobres, o qué sé yo. Pero ¿comprendéis bien el significado de esa palabra? Pensad un poco. ¡Ciegos! ¡No ver nada, nunca! No distinguir el día de la noche, no ver ni el cielo, ni el sol, ni a los propios padres, nada de todo aquello que se tiene alrededor y que se toca. ¡Estar sumergido en una oscuridad perpetua, como sepultado en las entrañas de la tierra! Probad un poco a cerrar los ojos y a pensar que debéis permanecer así para siempre: inmediatamente os sobrecoge una angustia, un terror, os parece que sería imposible de resistir, que os haría gritar, que podríais enloquecer o morir. Sin embargo..., pobres chicos cuando se entra por primera vez en el Instituto de los ciegos, durante el

138

recreo, y se les oye tocar violines y flautas desde todas partes, hablar fuerte y reír, y se los ve subir y bajar las escaleras con rapidez, andar libremente por los corredores y los dormitorios, no se diría nunca que son desventurados. Es menester observarlos detenidamente. Hay jóvenes de dieciséis o dieciocho años, robustos y alegres, que sobrellevan la ceguera con cierta desenvoltura, casi con gallardía; pero se comprende por la expresión dura y altiva de sus rostros que deben haber sufrido tremendamente antes de resignarse a esa desgracia. Hay otros, de semblantes pálidos, y dulces, en los que se ve una gran resignación, pero triste, y se adivina que algunas veces, a solas, aún deben llorar. ¡Ay, hijos míos! ¡Pensad que algunos de ellos han perdido la vista en pocos días; otros, después de años de martirio y de muchas operaciones terribles, y muchísimos han nacido así, en una noche que para ellos no ha tenido nunca amaneceres, han entrado en el mundo como en una tumba inmensa, y no saben cómo es el rostro humano! Imaginad cuánto deben haber sufrido y cuánto deben sufrir cuando piensan, aunque confusamente, en la diferencia tremenda que existe entre ellos y quienes ven, y se preguntan: «¿Por qué esta diferencia si no tenemos culpa alguna?» Yo, que he estado varios años entre ellos, cuando recuerdo aquellas clases, todos aquellos ojos sellados para siempre, aquellas pupilas sin mirada y sin vida, y después os miro a vosotros..., me parece imposible que no seáis todos felices. Pensad, ¡hay cerca de veintiséis mil ciegos en Italia! ¡Veintiséis mil personas que no ven la luz! ¿Comprendéis? ¡Un ejército que emplearía cuatro horas en desfilar bajo nuestras ventanas!

El maestro calló; en la clase no se oía respirar. Derossi preguntó si era verdad que los ciegos tienen el tacto más fino que nosotros. El maestro dijo:

—Así es. En ellos todos los demás sentidos se afinan,

precisamente porque debiendo suplir entre todos el de la vista, están más y mejor ejercitados que los nuestros. Por la mañana, en los dormitorios, uno pregunta a otro: «¿Hace sol?», y quien logra vestirse con más rapidez sale inmediatamente al patio a mover las manos en el aire para comprobar si está la tibieza del sol y corre a dar la buena nueva: «¡Hace sol!» Por la voz de una persona se forman una idea de su estatura; nosotros juzgamos el estado de ánimo de los demás por los ojos, ellos, por la voz; recuerdan las entonaciones y los acentos durante años. Advierten si en una habitación hay más de una persona, aun cuando sólo una hable y las otras permanezcan inmóviles. Por el tacto saben si una cuchara está más o menos limpia. Las niñas distinguen la lana teñida de aquella de color natural. Andando en fila de a dos por las calles reconocen casi todas las tiendas por su olor, aun aquellas en las cuales nosotros no percibimos olor alguno. Lanzan el trompo y, oyendo el zumbido que hace al girar, van derechos a cogerlo, sin errar. Hacen correr los aros, juegan a los bolos, saltan a la comba, hacen casitas con guijarros, cogen violetas como si las viesen, hacen esteras y canastillos trenzando tallos de diversos colores con exactitud y rapidez, ¡tanto tienen ejercitado el tacto! El tacto es su vista; para ellos uno de los más grandes placeres es el de tocar, apretar, adivinar la forma de las cosas palpándolas. Es conmovedor verlos cuando los llevan al museo industrial, donde les dejan tocar lo que quieran, ver con qué alegría se lanzan sobre los cuerpos geométricos, sobre las maquetas de casas, sobre los instrumentos, con qué gozo palpan, frotan y dan vueltas entre las manos todas las cosas para *ver* cómo están hechas. ¡Ellos dicen: *ver!*

Garoffi interrumpió al maestro para preguntarle si era cierto que los chicos ciegos aprenden a hacer cuentas mejor que los demás. El maestro respondió:

—Es verdad. Aprenden a hacer cuentas y a leer. Tienen libros hechos expresamente, con caracteres en relieve; deslizan los dedos por encima, reconocen las letras y dicen las palabras; leen de corrido. Y hay que ver, pobrecitos, cómo se ruborizan cuando cometen un error. Escriben sin tinta. Lo hacen sobre un papel grueso y duro con un punzón de metal, marcando muchos puntitos, agrupados según el alfabeto especial; esos puntos aparecen en relieve en el revés del papel, de modo que volviendo la hoja y deslizando los dedos sobre esos relieves pueden leer lo que han escrito, y también la escritura de otros; así hacen redacciones y se escriben cartas entre ellos. De la misma manera escriben los números y hacen las operaciones. Calculan mentalmente con una facilidad increíble, porque no los distrae la vista de las cosas, como nos ocurre a nosotros. ¡Y si vierais cuánto los apasiona oír leer, cómo están atentos, cómo recuerdan todo, cómo discuten entre ellos, aun los pequeños, sobre temas de historia y de lenguaje, sentados cuatro o cinco en el mismo banco, sin volverse unos hacia otros, conversando el primero con el tercero, el segundo con el cuarto, en voz alta y todos al mismo tiempo, sin perder una sola palabra, por lo agudizado que tienen el oído! Y dan más importancia que vosotros a sus maestros. Lo reconocen por su paso y por el olor; se dan cuenta de si está de buen o mal humor, si se siente mal o bien, nada más que por el sonido de una palabra suya; quieren que el maestro los toque cuando los alienta y los elogia, y le palpan las manos y los brazos para expresarle su gratitud. También se quieren entre sí, son buenos compañeros. Durante los recreos los grupos son siempre los mismos. En la escuela de las chicas, por ejemplo, los grupos se forman según los instrumentos que tocan: las violinistas, las pianistas, las flautistas, y nunca se separan. Cuando han puesto su afecto en alguien es difícil que se distancien. Encuentran un gran consuelo en la amistad. Se juzgan con rectitud. Tienen un concepto claro y pro-

141

fundo del bien y del mal. Nadie se exalta como ellos ante el relato de una acción generosa o de un hecho noble.

Votini preguntó si son buenos músicos.

—Aman la música con pasión —repuso el maestro—. Es su mayor dicha, su vida misma. Hay chiquillos ciegos, recién ingresados en el instituto, que son capaces de estar tres horas de pie, inmóviles, oyendo tocar. Aprenden fácilmente y tocan con pasión. Cuando el maestro le dice a alguno que no tiene aptitudes para la música, ése experimenta un gran dolor, pero se pone a estudiar desesperadamente. ¡Ah, si oyeseis la música allí dentro, si los vieseis cuando tocan con la frente alta, con una sonrisa en los labios, el rostro encendido, tembloroso por la emoción, casi estáticos escuchando esa armonía que se propaga en la oscuridad infinita que los circunda, sentiríais que la música es un consuelo divino! Resplandecen de felicidad cuando un maestro les dice: «Tú llegarás a ser un artista.» Para ellos el primero en la música, el que sobresale en el piano o en el violín, es como un rey; lo aman, lo veneran. Si surge una disputa van a consultarlo, si dos amigos se enfadan es él quien los reconcilia. Los más pequeños, a quienes enseña a tocar, lo consideran su padre. Antes de ir a dormir, van todos a darle las buenas noches. Hablan continuamente de música. Ya en la cama, casi todos cansados después de un día de estudio y trabajo, medio adormilados, todavía siguen hablando, en voz baja, de obras, de maestros, de instrumentos, de orquestas. Es un castigo tan grande para ellos ser privados de la lectura o de la lección de música, sufren tanto, que nadie se atreve a castigarlos de ese modo. Lo que la luz es para nuestros ojos, la música lo es para sus corazones.

Derossi preguntó si no se podía ir a verlos.

—Se puede —repuso el maestro—; pero vosotros, muchachos, no debéis ir por ahora. Iréis más adelante, cuando estéis en condiciones de comprender toda la grandeza de esa desventura y de sentir toda la piedad que merece. Es un espectáculo triste, hijos míos. A veces veréis allí a chicos sentados frente a una ventana abierta de par en par para gozar del aire fresco, con las caras inmóviles que parecen mirar la gran llanura verde y las hermosas montañas azules que vosotros veis...; y al pensar que no ven nada, que nunca verán nada de toda esa inmensa belleza, se os encoge el corazón, como si hubiesen quedado ciegos en ese momento. Los ciegos de nacimiento, que no habiendo visto el mundo, no echan de menos nada porque no tienen la imagen de ninguna cosa, quizás inspiran menos compasión. Pero hay chicos que hace poco tiempo que han quedado ciegos, que aún se acuerdan de todo, que comprenden bien todo lo que han perdido y que además deben sufrir el dolor de sentir oscurecerse en la mente, un poco cada día, las imágnes más queridas, sentir *cómo* mueren en la memoria las personas más amadas. Uno de estos chicos me decía un día con una tristeza indescriptible: «¡Querría tener aún la vista, sólo un momento, para volver a ver la cara de mi mamá, que ya no la recuerdo!» Y cuando la madre va a visitarlos le pasan las manos por la cara, la palpan cuidadosamente desde la frente hasta la barbilla y las orejas, para sentir cómo es, y casi no se convencen de no poder verla, y la llaman por su nombre muchas veces, como para rogarle que se deje ver siquiera una vez. ¡Cuántos salen de allí llorando, incluso hombres de corazón duro! Y cuando se sale nos parece una excepción la nuestra, un privilegio casi no merecido el poder ver la gente, las casas, el cielo. ¡Oh, no hay ninguno de vosotros, estoy seguro de ello, que saliendo de allí no estaría dispuesto a privarse de un poco de su propia vista para dar al menos un resplandor a todos esos pobres niños, para quienes el sol no tiene luz y la madre no tiene rostro!

El maestro enfermo

Ayer por la tarde, cuando salí del colegio, fui a visitar a mi maestro enfermo. El trabajo excesivo lo ha hecho enfermar. Cinco horas de clase por día, más luego una hora de gimnasia y luego otras dos horas de escuela nocturna; lo que significa dormir poco, comer a escape y desgañitarse de la mañana a la noche; se ha arruinado la salud. Eso dice mi madre. Ella me esperó en el portal y yo subí solo; en la escalera me encontré con el maestro de la gran barba negra, Coatti, ese que asusta a todos y no castiga a nadie; me miró con ojos muy abiertos y rugió como un león, bromeando, pero sin reírse. Yo sí que aún reía cuando tiraba de la campanilla en el cuarto piso; pero en seguida me entristecí cuando la criada me hizo entrar en una habitación pobre, medio a oscuras, donde mi maestro estaba acostado en una pequeña cama de hierro; tenía la barba crecida. Se llevó una mano a la frente para ver mejor y exclamó con su voz afectuosa:

—¡Oh, Enrico!

Me acerqué al lecho; me puso una mano en el hombro y dijo:

—Muy bien, hijo mío. Has hecho bien en venir a ver a tu pobre maestro. Como ves, querido Enrico, me encuentro en malas condiciones. ¿Cómo va la escuela? ¿Qué tal los compañeros? Todo bien, ¿eh?, aun sin mí. Os apañáis muy bien sin vuestro viejo maestro, ¿verdad?

Yo quería decirle que no; él me interrumpió:

—Sí, sí, ya sé que no me queréis mal —y suspiró.

Yo miraba algunas fotografías colgadas en las paredes.

—¿Ves? —me dijo—. Son muchachos que me han dado sus retratos en estos últimos veinte años. Buenos chicos. Esos son mis recuerdos. Cuando muera, mi última mirada la echaré ahí, sobre todos esos pilluelos entre los cuales he pasado mi vida. ¿También tú, verdad, me darás tu retrato cuando hayas terminado la escuela primaria?

Después cogió una naranja que estaba sobre la mesita de noche y me la puso en la mano.

—No tengo otra cosa para darte —dijo—; es un regalo de enfermo.

Yo lo miraba y me sentía triste, no sé por qué.

—Oye... —continuó—; yo espero salir bien de ésta; pero si no me curase..., procura ponerte fuerte en aritmética, que es tu punto flaco; haz un esfuerzo; no se trata más que de un primer esfuerzo, porque a veces no es falta de aptitud, sino un prejuicio, o, por decirlo así, una manía.

Entre tanto respiraba fuerte; se notaba que sufría.

—Tengo mucha fiebre —suspiró—; estoy acabado. Pues bien, no olvides mi consejo; insiste en aritmética, en los problemas. ¿No sale bien a la primera? Descansas un momento y lo intentas de nuevo. ¿Que no sale aún? Pues otro breve descanso y vuelta a empezar. Y adelante, pero con tranquilidad, sin precipitarse, sin perder la cabeza. Vete, ahora. Saluda a tu madre. Y no vuelvas a subir las escaleras, nos volveremos a ver en la escuela. Y si no volvemos a vernos, recuerda de vez en cuando a tu maestro de tercero, que te ha querido.

Ante aquellas palabras sentí deseos de llorar.

—Inclina la cabeza —me dijo.

Me incliné y él me besó los cabellos. Luego me dijo:

—Vete —y volvió la cara hacia la pared.

Bajé volando las escaleras porque tenía necesidad de abrazar a mi madre.

La calle

Esta tarde te observaba desde la ventana cuando regresabas de casa del maestro. Has atropellado a una señora. Ten más cuidado cuando caminas por la calle. También allí hay deberes que cumplir. Si mides tus pasos y tus gestos en una casa, ¿por qué no habrías de hacer lo mismo en la calle, que es la casa de todos? Recuérdalo, Enrico. Siempre que te encuentres con un anciano decrépito, un pobre, una mujer con un niño en brazos, un lisiado con muletas, un hombre encorvado bajo una carga, una familia vestida de luto, cédeles el paso con respeto; debemos ser respetuosos con la vejez, la miseria, el amor materno, la enfermedad, el trabajo y la muerte. Cada vez que veas a una persona a punto de ser arrollada por un vehículo, apártala si es un niño, adviértela si es un hombre. Pregunta siempre qué le ocurre a un niño que veas solo y llorando; recoge el bastón del anciano que lo ha dejado caer. Si dos chicos pelean, sepáralos; si son hombres, aléjate, no presencies el espectáculo de la violencia brutal, que ofende y endurece el corazón. Cuando veas pasar a un hombre esposado entre dos guardias, no añadas la tuya a la curiosidad cruel de la multitud, puede tratarse de un inocente. Deja de hablar y sonreír con tu compañero cuando veas una camilla o una ambulancia, que lleva quizás a un moribundo, y también al paso de un cortejo fúnebre, que mañana podría salir uno de tu casa. Mira con respeto a todos los muchachos de los institutos que pasan en fila: los ciegos, los mudos, los raquíticos, los huérfanos, los niños abandonados; recuerda que son la desventura y la caridad humana las que pasan. Finge siempre no ver a los que tengan una deformidad repugnante o ridícula. Apaga todas las cerillas encendidas que encuentres a tu paso, que podrían costar la vida a alguien. Responde con amabilidad a quien te pregunte por una calle. No mires a nadie riendo, no corras sin necesidad, no grites. Respeta la calle. La educación de un pueblo se juzga ante todo por su comportamiento en la calle. Allí donde encuentres grosería por las calles, también la hallarás en las casas. Y estudia las calles;

estudia la ciudad donde vives; si algún día te vieras lejos de ella, te alegrará tenerla presente en la memoria, poder recorrer con el pensamiento toda tu ciudad, tu pequeña patria, la que ha sido por tantos años tu mundo, donde has dado los primeros pasos al lado de tu madre, donde has sentido las primeras emociones, abierto la mente a las primeras ideas y encontrado los primeros amigos. Ha sido una madre para ti: te ha instruido, deleitado y protegido. Estúdiala en sus calles y en sus gentes, quiérela, y cuando oigas que la injurian, defiéndela.

TU PADRE

MARZO

Las clases nocturnas

Jueves 2

Ayer mi padre me llevó a ver las clases nocturnas de nuestra escuela. Todas las aulas estaban iluminadas y los obreros empezaban a entrar. Cuando llegamos, encontramos al director y a los maestros muy enfadados porque poco antes habían roto de una pedrada el vidrio de una ventana. El bedel se había lanzado a la calle, atrapando a un chico que pasaba; pero entonces se había presentado Stardi, que vive enfrente de la escuela, diciendo:

—No ha sido éste; lo he visto todo con mis propios ojos: es Franti quien ha tirado; y me ha dicho: «¡Ay de ti si hablas!» Pero yo no tengo miedo.

El director dijo que expulsaría a Franti de una vez por todas. Mientras tanto, yo miraba a los obreros que llegaban en pequeños grupos; ya habían entrado más de doscientos. ¡Nunca había imaginado que una escuela nocturna fuese tan interesante! Se veían desde chicos de doce años hasta hombres con barba, que volvían del trabajo, llevando libros y cuadernos; había carpinteros, fogoneros de cara ennegrecida, albañiles con las manos blancas de argamasa, mozos de panadería con los cabe-

149

llos enharinados; y se olía a pintura, a cueros, a resina, a aceite, olores de todos los oficios. Entró también un grupo de obreros de los talleres de artillería, vestidos de soldados y guiados por un cabo. Todos ocupaban sus bancos con prontitud, quitaban los travesaños de abajo, donde nosotros apoyamos los pies, e inmediatamente inclinaban la cabeza sobre sus tareas. Algunos se acercaban a los maestros para pedir explicaciones con los cuadernos abiertos. Vi a ese maestro joven y bien vestido —«el abogadillo»— con tres o cuatro obreros alrededor de su escritorio, haciendo correcciones con la pluma; y asimismo al maestro cojo, que reía con un tintorero que le había llevado un cuaderno manchado de tintura roja y azul. También estaba mi maestro, restablecido, que mañana volverá a la clase. Las puertas de las aulas estaban abiertas. Quedé maravillado, cuando empezaron las lecciones, viéndolos a todos tan atentos, con los ojos fijos, a pesar de que la mayoría —decía el director—, para no llegar tarde, ni siquiera había pasado por la casa para comer un bocado y tenían hambre. Más los pequeños al cabo de media hora de clase se caían de sueño; algunos hasta dormitaban con la cabeza sobre el pupitre, y el maestro los despertaba haciéndoles cosquillas en las orejas con la pluma. Pero los mayores no, estaban despiertos, sin parpadear, escuchando la lección con la boca abierta, y me causaba extrañeza ver en nuestros bancos a todos aquellos barbudos. También subimos al piso superior; yo corrí hasta la puerta de mi aula y vi en mi sitio a un hombre de grandes bigotes con una mano vendada, quizás herido, manejando una máquina; sin embargo, se las ingeniaba para escribir, muy despacio. Pero lo que más me gustó ver fue ver en el sitio del albañilito, precisamente en el mismo banco, en el mismo rinconcito, a su padre, ese albañil grande como un gigante, que estaba allí apretado, hecho un ovillo, con la barbilla en los puños y los ojos sobre el libro, tan atento que parecía no

150

respirar. Y no era una casualidad, ya que él mismo, la primera noche que vino a clase, le dijo al director:

—Señor director, le ruego que me ponga en el mismo sitio que ocupa mi morro de liebre —porque así es como siempre llama a su hijo...

Mi padre me retuvo allí hasta el final y vimos en la calle a muchas mujeres con sus niños colgados del cuello que esperaban a sus maridos, y a la salida se hacía el cambio; los obreros cogían en brazos a los pequeños y las mujeres recibían los libros y los cuadernos; y así se marchaban hacia sus casas. La calle estuvo un rato llena de gente y de ruido. Después todo calló y no vimos más que la figura alta y cansada del director que se alejaba.

La pelea

Domingo 5

Era de esperar: Franti, expulsado por el director, quiso vengarse y esperó a Stardi en una esquina a la salida de la escuela, cuando pasa con su hermana, a la que todos los días va a recoger a un instituto de la calle de Dora Grossa. Mi hermana Silvia, cuando salía de su escuela, lo vio todo y vino a casa muy asustada. He aquí lo que ocurrió. Franti, con su gorra de hule caída sobre una oreja, corrió de puntillas detrás de Stardi y para provocarlo dio un tirón a la trenza de su hermana, un tirón tan fuerte que casi la derriba. La niña lanzó un grito y su hermano se volvió. Franti, que es mucho más alto y más fuerte, pensaba: «O se aguanta o le doy de tortas.» Pero Stardi no se detuvo a pensar y rechoncho como es se arrojó de un salto sobre aquel grandullón y empezó a propinarle una sarta de puñetazos. Pero sin demasiados

151

buenos resultados, y recibía más de lo que daba. En la calle no había más que chicas y nadie podía separarlos. Franti lo tiró al suelo, pero el otro se alzó en seguida y embistió de nuevo; y Franti, que golpeaba como sobre una puerta: en un momento le desgarró una oreja, le machacó un ojo y le hizo brotar sangre de la nariz. Pero Stardi no cejaba y rugía:

—Me matarás, pero te lo haré pagar.

Y Franti, más alto, patadas y bofetones, y Stardi, desde abajo, cabezazos y puntapiés. Una mujer gritó desde la ventana:

—¡Bien por el pequeño!

Otras decían:

—¡Es un chico que defiende a su hermana! ¡Animo! ¡Dale fuerte!

Y le gritaban a Franti:

—¡Granuja! ¡Cobarde!

Pero Franti se había enfurecido y le puso una zancadilla. Stardi cayó, y el otro encima.

—¡Ríndete!

—¡No!

—¡Ríndete!

—¡No!

Stardi logró escabullirse, se puso en pie de un salto, ciñó a Franti por la cintura y con un furioso esfuerzo lo derribó sobre el empedrado y le cayó con una rodilla sobre el pecho.

—¡Cuidado, que el muy infame tiene una navaja! —gritó un hombre acudiendo para desarmar a Franti.

Pero ya Stardi, fuera de sí, le había aferrado el brazo con las dos manos y dado tal mordisco en el puño que la navaja se le había caído y la mano le sangraba.

Entre tanto habían acudido otros que los separaron y los pusieron en pie. Franti, maltrecho, tomó las de Villadiego y Stardi permaneció allí con la cara rasguñada y el ojo magullado, pero vencedor, junto a su hermana que

152

lloraba, mientras algunas chicas recogían los libros y los cuadernos esparcidos por el suelo.

—¡Bravo por el pequeño —decían en torno—, que ha defendido a su hermana!

Pero Stardi, que pensaba más en su cartera que en la victoria, se puso inmediatamente a examinar uno a uno los libros y los cuadernos para ver si faltaba algo y si se habían estropeado. Los limpió con la manga, guardó la pluma, puso cada cosa en su sitio y después, tranquilo y serio como siempre, dijo a su hermana:

—Démonos prisa, que tengo que resolver un problema de cuatro operaciones.

Los padres de los chicos

Lunes 6

Esta mañana estaba el corpulento padre de Stardi esperando a su hijo, por temor de que se encontrara otra vez con Franti; pero dicen que éste no volverá a aparecer porque piensan meterlo en un reformatorio. Había muchos padres esta mañana. Entre ellos se encontraba el revendedor de leña, el padre de Coretti, fiel retrato de su hijo, ágil, alegre, con sus bigotillos puntiagudos y una cinta bicolor en el ojal de la solapa. Ya conozco a casi todos los padres de los chicos, de verlos siempre allí. Hay una abuela encorvada, con la cofia blanca, que ya llueva, nieve o truene, viene cuatro veces al día a traer y a llevar a su nietecito de primero superior; le quita y le pone el abrigo, le arregla la corbata, le sacude el polvo, lo atusa, le mira los cuadernos; se nota que no tiene otro pensamiento, que no hay para ella nada más hermoso en el mundo. También viene a menudo el capitán de

153

artillería, padre de Robetti, el de las muletas; y puesto que todos los compañeros al pasar hacen una caricia a su hijo, él devuelve a todos la caricia o el saludo, y temiendo que se le olvide alguno, a todo el mundo hace una inclinación de cabeza, y cuanto más pobres y mal vestidos van, tanto más contento parece y les da las gracias. A veces, también se ven cosas tristes; un señor que hacía un mes que no venía porque se le había muerto un hijo, y mandaba a la criada a recoger al otro, volvió ayer y al ver las aulas y a los compañeros de su niño muerto se fue a un rincón y prorrumpió en sollozos, cubriéndose la cara con las manos. El director lo tomó de un brazo y lo condujo a su despacho. Hay padres y madres que conocen por sus nombres a todos los compañeros de sus hijos. Hay chicas de la escuela vecina y alumnos del gimnasio que vienen a esperar a sus hermanos. Suele venir un señor anciano, que era coronel, y cuando un muchacho deja caer un cuaderno o una pluma, él los recoge. Se ven también señoras elegantemente vestidas que hablan de cosas de la escuela con otras que llevan un pañuelo en la cabeza y la cesta en el brazo, y dicen:

—¡Ah, esta vez el problema ha sido muy difícil! ¡La lección de gramática de esta mañana no terminaba nunca!

Cuando alguno se enferma, todas lo saben, y cuando se restablece, todas se alegran. Precisamente, esta mañana había ocho o diez señoras y obreras que rodeaban a la madre de Crossi, la verdulera, para saber noticias de un pobre chico de la clase de mi hermano que vive en su mismo patio y está muy grave. Parece que la escuela los hace a todos iguales y amigos.

El número 78

Ayer por la tarde vi una escena conmovedora. Hacía ya varios días que la verdulera, cada vez que pasaba junto a Derossi, lo miraba, lo miraba, con una expresión de gran afecto; porque Derossi, después de haber hecho ese descubrimiento del tintero y del preso número 78, le ha tomado mucho cariño a su hijo, Crossi, el pelirrojo del brazo muerto, y lo ayuda en las tareas escolares, le sugiere las respuestas, le regala papel, plumillas, lápices; en suma, lo trata como a un hermano, como para compensarlo de la desgracia de su padre, que él ignora. Hacía varios días que la verdulera lo miraba y parecía no querer ya quitarle los ojos de encima, porque es una buena mujer que vive para su hijo y es Derossi quien lo ayuda y le permite hacer un buen papel; Derossi, un señor y el primero de la clase, le parece a ella un rey, un santo.

Lo miraba continuamente y parecía querer decirle algo y no atreverse. Pero ayer por la mañana, finalmente, se armó de valor, lo detuvo frente a un portal y le dijo:

—Perdone usted, señorito, que es tan bueno y cariñoso con mi hijo, le ruego que acepte este pequeño recuerdo de una pobre madre.

Y sacó de la cesta de las hortalizas una cajita de cartón blanco y dorado. Derossi se ruborizó y la rechazó diciendo resueltamente:

—No, désela a su hijo; yo no quiero nada.

La mujer se quedó apenada y le pidió disculpas, balbuceando:

—Yo no quería ofenderlo...; no son más que caramelos.

Pero Derossi volvió a decirle que no, sacudiendo la

cabeza. Entonces ella, tímidamente, sacó de la cesta un manojito de rábanos y le dijo:

—Acepte al menos esto; son frescos; lléveselos a su mamá.

Derossi sonrió y dijo:

—No, gracias, no quiero nada; haré siempre lo que pueda por Crossi, pero no puedo aceptar nada; de todas maneras, muchas gracias.

—Pero no se ha ofendido, ¿verdad? —preguntó ansiosamente la mujer.

Derossi le aseguró que no, sonriendo, y se marchó mientras ella exclamaba contenta:

—¡Oh, qué buen muchacho; nunca he visto un chico tan bueno y tan guapo como él!

Y con eso parecía haber terminado todo. Pero he aquí que por la tarde, a las cuatro, en vez de la madre se acerca el padre de Crossi, con ese rostro pálido y melancólico. Detuvo a Derossi y por la manera como lo miró comprendí en seguida que sospechaba que comprendía su secreto; lo miró fijamente y le dijo con voz triste y cariñosa:

—Usted quiere mucho a mi hijo... ¿Por qué siente tanto afecto hacia él?

Derossi enrojeció. Habría querido responder: «Lo quiero porque ha sido desgraciado; porque también usted, su padre, ha sido más desventurado que culpable, ha expiado noblemente su delito y es un hombre de buen corazón.» Pero le faltó valor para decirlo, porque en el fondo aún sentía temor, casi lo aterrorizaba aquel hombre que había derramado la sangre de otro y había estado seis años en la cárcel. Mas el hombre lo adivinó todo y, bajando la voz, le dijo al oído, casi temblando:

—Quieres al hijo, pero no quieres mal..., tampoco desprecias al padre, ¿verdad?

—¡No, no! ¡Todo lo contrario! —exclamó Derossi en un arrebato que le salía del alma.

156

El hombre, entonces, inició un gesto impetuoso como para abrazarlo, pero no se atrevió; se limitó a coger con dos dedos uno de los rizos rubios, lo estiró y lo dejó escapar; luego se llevó la mano a la boca y se besó la palma mirando a Derossi con los ojos húmedos, como para decirle que aquel beso era para él. Después tomó de la mano a su hijo y se alejó lentamente.

Un niño muerto

Lunes 13

Ha muerto el niño que vivía en el mismo patio que la verdulera, el de primero superior, compañero de mi hermano. La maestra Delcatti vino el sábado por la tarde muy afligida a darle la noticia al maestro; inmediatamente Garrone y Coretti se ofrecieron para llevar el ataúd. Era un excelente chico, había ganado la medalla la semana pasada; quería a mi hermano y le había regalado una alcancía rota; siempre que lo encontraba mi madre lo acariciaba. Llevaba una gorra con dos tiras de paño rojo. Su padre es mozo de cordel en los ferrocarriles. Ayer por la tarde, domingo, a las cuatro y media, fuimos a su casa para acompañarlo hasta la iglesia. Viven en la planta baja. En el patio había ya muchos chicos de primero superior con sus madres y con las velas, cinco o seis maestras y algunos vecinos. La maestra de la pluma roja y la Delcatti habían entrado y las veíamos llorar a través de una ventana abierta; se oía sollozar muy fuerte a la madre del niño. Dos señoras, madres de dos condiscípulos del muerto, habían llevado dos guirnaldas de flores. A las cinco en punto nos pusimos en marcha. Iba delante un muchacho que llevaba la cruz, detrás un cura y después el ataúd, una caja muy pequeña, ¡pobre niño!, cubierta con un paño negro y rodeada por las guirnaldas de las señoras. En el paño habían prendido la medalla y las tres menciones honoríficas que el chico había ganado a lo largo del año. Llevaban el ataúd Garrone, Coretti y dos chicos de la vecindad. Detrás venía en primer lugar la Delcatti, que lloraba como si el niño muerto fuese suyo, luego las otras maestras y a continuación los chicos, algunos muy pequeños, que llevaban ramitos de violetas en una mano y miraban con estupor el féretro, dando la otra mano a sus madres, que sostenían por ellos las velas. Oí que uno decía:

—¿Ahora ya no vendrá más a la escuela?

Cuando el ataúd salió del patio se oyó un grito deseperado; era la madre del niño, en la ventana; pero en seguida la hicieron volver al interior. Llegados a la calle nos encontramos con los chicos de una escuela que pasaban en doble fila; al ver el féretro con la medalla y a las maestras, todos se quitaron la gorra. Pobre niño, se ha dormido para siempre con su medalla. Ya no veremos más su gorrita roja. Estaba bien; enfermó y a los cuatro días murió. El último día se levantó con mucho esfuezo para hacer su tarea de vocabulario y quiso tener su medalla sobre la cama por miedo a que se la quitasen. ¡Ya nadie te la quitará, pobre pequeño! Adiós, adiós. Siempre nos acordaremos de ti en la escuela. Descansa en paz, niño.

La víspera del 14 de marzo

La jornada de hoy ha sido más alegre que la de ayer. ¡Trece de marzo! Víspera de la distribución de los premios en el teatro Vittorio Emanuele, la fiesta hermosa y grande de todos los años. Esta vez no se escogerá al azar a los chicos que deben subir al escenario para presentar los diplomas de los premios a los señores que los distribuyen. El director vino esta mañana al terminar la clase y dijo:

—Muchachos, una buena noticia.

Luego llamó:

—¡Coraci!

El calabrés se puso en pie.

—¿Quieres ser uno de los que presentan los diplomas a las autoridades, mañana en el teatro?

El calabrés respondió que sí.

—Bien —dijo el director—, así tendremos también un representante de Calabria. Será muy bonito. Este año el ayuntamiento ha querido que los diez o doce muchachos que presentan los premios sean chicos de todas las partes de Italia, provenientes de las escuelas públicas de la ciudad. Tenemos veinte escuelas con cinco sucursales: siete mil alumnos. Entre un número tan grande no fue difícil encontrar un chico de cada una de las regiones italianas. En la escuela Torquato Tasso se han encontrado dos representantes de las islas, un sardo y un siciliano; la escuela Boncompagni ha dado un pequeño florentino, hijo de un tallista; hay un romano, nacido en Roma, en la escuela Tommaseo; vénetos, lombardos, romañoles se encontraron muchos; un napolitano nos lo proporciona la escuela Monviso, es hijo de un oficial; nosotros damos un genovés y un calabrés, tú, Coraci. Con el piamontés serán doce. Hermoso, ¿no os parece? Serán vuestros hermanos de todas las partes de Italia los que os darán los premios. Prestad atención: aparecerán en el escenario los doce a la vez. Recibidlos con un gran aplauso. Son niños, pero representan al país como si fueran hombres: una pequeña bandera tricolor simboliza a Italia tanto como una bandera grande, ¿no es verdad? Aplaudidlos, pues, calurosamente. Demostrad que también vuestros pequeños corazones se inflaman y que también vuestras almas de diez años se exaltan ante la sagrada imagen de la patria.

Dicho esto se marchó y el maestro dijo sonriendo:

—Así que tú, Coraci, serás diputado por Calabria.

Entonces todos aplaudieron, riendo y cuando estuvimos en la calle rodeamos a Coraci, lo cogimos por las piernas, lo alzamos y comenzamos a llevarlo en triunfo, gritando:

—¡Viva el diputado de Calabria!

Lo hacíamos bromeando, naturalmente, pero de ninguna manera para mofarnos de él; al contrario, más bien para festejarlo de corazón, que es un chico que agrada a todos. El sonreía. Y lo llevamos así hasta la esquina, donde topamos con un señor de barba negra que se echó a reír. El calabrés dijo:

—Es mi padre.

Entonces los chicos pusieron al hijo entre sus brazos y escaparon en todas direcciones.

El reparto de los premios

14 de marzo

Hacia las dos el teatro estaba abarrotado; platea, galerías, palcos, escenario, todo lleno de bote en bote; miles de caras; señores, maestros, obreros, mujeres del pueblo, criaturas; era una marejada de cabezas y de manos, un temblor de plumas, de cintas y de rizos, un murmullo denso y festivo que alegraba el ánimo. El teatro estaba todo adornado con festones de paño rojo, blanco y verde. En la platea habían colocado dos escalerillas, una a la derecha, por donde los premiados debían subir al escenario, y otra a la izquierda, por la cual bajarían después de haber recibido el premio. En la parte anterior del escenario había una fila de sillones rojos, y del respaldo de aquel que estaba en el centro colgaba una pequeña corona de laurel; en el fondo de la escena se veía un trofeo de banderas, y en uno de los lados una mesita cubierta con un paño verde donde estaban todos los diplomas, atados con cintas tricolores. La banda de música estaba en el foso junto al escenario; los maestros y las maestras llenaban la mitad de la primera galería, que había sido reservada para ellos; las butacas y los pasillos de la platea estaban atestados de centenares de chicos que debían cantar, con las partitura en la mano. Al fondo y en derredor se veía ir y venir a maestros y maestras que ponían en fila a los premiados, y muchísimos padres daban un último toque a los cabellos y a las corbatas de sus hijos.

Cuando entré con mi familia en el palco vi en otro de enfrente a la maestrita de la pluma roja, que reía, con sus hermosos hoyuelos en las mejillas, y con ella a la maestra de mi hermano, a la «monjita», toda vestida de negro, y a mi buena maestra de primero superior, pero tan pálida, la pobrecilla, y tosía tan fuerte que se le oía de una parte a otra del teatro. En la platea distinguí en seguida ese querido rostro de Garrone y apretada contra su hombro la pequeña cabeza rubia de Nelli. Un poco más allá vi a Garoffi, con su nariz ganchuda, muy atareado recogiendo las listas impresas de los premiados; tenía ya un gran fajo, seguramente para hacer alguno de sus negocios..., que mañana sabremos. Cerca de la puerta estaba el vendedor de leña con su mujer, vestidos de fiesta, al lado de su hijo, que tiene un tercer premio de segundo; me quedé asombrado de que no llevase su gorra de piel de gato y la blusa de color chocolate; esta vez iba vestido como un señorito. En una galería vi por un instante a Votini, con un gran cuello de encaje, luego desapareció.

161

En un palco de proscenio, lleno de gente, estaba el capitán de artillería, el padre de Robetti, el que salvó a un niño de ser arrollado.

Cuando dieron las dos la banda empezó a tocar y por la escalerilla de la derecha subieron el alcalde, el gobernador, el asesor, el superintendente provincial y muchos otros señores, todos vestidos de negro, que fueron a sentarse en los sillones rojos del proscenio. La banda dejó de tocar. Se adelantó el director de canto con una batuta en la mano. A una señal suya, todos los chicos de la platea se pusieron en pie, y a otra, comenzaron a cantar. Eran setecientos que interpretaban una canción bellísima, setecientas voces de niños que cantaban, inmóviles; era un canto dulce, límpio, lento, que parecía de iglesia. Cuando callaron, todos aplaudieron; después se guardó silencio.

El reparto de los premios iba a empezar. Ya se había adelantado sobre el escenario, con su cabeza pelirroja de ojos vivarachos, mi pequeño maestro de segundo, que debía leer los nombres de los premiados. Se esperaba que entraran los doce chicos para presentar los diplomas. Los periódicos ya habían informado que serían niños de todas las provincias de Italia. Todos lo sabían y los esperaban mirando con curiosidad hacia el sitio por donde debían aparecer; también el alcalde y los otros señores, como el teatro entero, estaban en silencio.

Llegaron de pronto, corriendo hasta el proscenio, y se alinearon allí, los doce, sonrientes. Todo el teatro, tres mil personas, se levantó de un salto y prorrumpió en un aplauso semejante al estallido de un estruendo. Los chicos permanecieron un instante como desconcertados.

—¡He aquí a Italia! —gritó una voz desde el escenario.

En seguida reconocí a Coraci, el calabrés, vestido de negro, como siempre. Un señor del ayuntamiento, que estaba con nosotros, los conocía a todos y le indicaba a mi madre:

—Aquel pequeño y rubio es el representante de Venecia. El romano es ese alto de pelo ensortijado.

Había dos o tres con ropas de señores; los otros eran hijos de obreros, pero todos muy dignos y limpios. El florentino, que era el más pequeño, llevaba una faja azul en torno a la cintura. Pasaron todos por delante del alcalde, que los besó en la frente uno a uno, mientras a su lado un señor le decía por lo bajo y sonriendo los nombres de las ciudades: «Florencia, Nápoles, Bolonia, Palermo...»; y por cada uno que pasaba el teatro entero aplaudía. Después se dirigieron presurosos hacia la mesa a recoger los diplomas; el maestro empezó a leer la lista, mencionando las escuelas, los cursos y los nombres. Los premiados comenzaron a subir.

Estaban pasando los primeros cuando se oyó una suave música de violines desde detrás del escenario, que no cesó mientras duró el desfile, una melodía dulce y repetida que parecía un murmullo de muchas voces quedas, las voces de todas las madres y de todos los maestros y maestras de un coro de consejos, ruegos y amorosos reproches. Mientras tanto, los premiados pasaban uno tras otro ante aquellos señores sentados que entregaban los diplomas con una palabra o una caricia a cada uno. Desde la platea y las galerías los chicos aplaudían cada vez que pasaba uno muy pequeño, o uno que por sus ropas parecía pobre, y también a aquellos de grandes cabelleras rizadas o vestidos de rojo y de blanco. Había algunos de primero superior que llegados al escenario se confundían y no sabían hacia dónde dirigirse, y todo el teatro reía. Pasó uno, no más alto de tres palmos, con un gran lazo de cinta rosa en la espalda, que avanzando a duras penas tropezó en la alfombra y cayó; el gobernador lo puso otra vez en pie entre risas y aplausos. Otro resbaló en la escalerilla y fue a parar a la platea; se oyeron gritos;

163

pero no se había hecho daño. Desfilaron chicos de toda laya, caras de granujillas, caras asustadas, los que enrojecían como amapolas, chiquillos cómicos que se reían en las narices de todo el mundo y que en cuanto regresaban a la platea eran atrapados por sus padres, que se los llevaban. Cuando le tocó el turno a nuestra escuela, ¡entonces sí que me divertí! Pasaron muchos que conocía. Subió Coretti, con ropas nuevas de la cabeza a los pies y su hermosa sonrisa alegre que dejaba al descubierto todos sus blancos dientes, y sin embargo, ¡sabe Dios cuántas arrobas de leña había ya cargado aquella mañana! El alcalde, al darle el diploma, le preguntó qué era una señal roja que tenía en la frente y le puso una mano en el hombro; busqué con la mirada a sus padres, en la platea, y vi que reían, tapándose la boca con la mano. Luego pasó Derossi, vestido de azul, los botones relucientes, con todos aquellos rizos de oro, ágil, desenvuelto, con la frente alta, tan hermoso, tan simpático que le habría enviado un beso; todos aquellos señores querían hablarle y estrecharle la mano. Después el maestro grito: «¡Giulio Robetti!», y vimos avanzar al hijo del capitán de artillería con sus muletas. Centenares de chicos conocían el hecho, en un instante circuló la voz, estalló una salva de aplausos y de gritos que hizo temblar el teatro, los hombres se pusieron de pie y las mujeres empezaron a agitar sus pañuelos. El pobre chico se detuvo en medio del escenario, aturdido y tembloroso... El alcalde lo atrajo hacia su sitio, le dio el premio y un beso; luego cogió la pequeña corona de laurel que colgaba del respaldo del sillón y la colocó en el travesaño de una muleta... Después lo acompañó hasta el palco del proscenio donde estaba su padre, el capitán, que lo levantó en vilo y lo metió dentro, en medio de un griterío indescriptible de vítores. Mientras tanto continuaba aquella suave y dulce música de violines y los chicos seguían pasando; los de la escuela de la Consolata, casi todos hijos de vendedores

164

de mercado; los de la escuela Vanchiglia, hijos de obreros; los de Boncompangni, muchos de los cuales son hijos de campesinos; los de la escuela Rayneri, que fue la última. En cuanto terminó la entrega de premios, los setecientos chicos de la platea cantaron otra bella canción; luego habló el alcalde y a continuación el asesor, que terminó su discurso diciendo:

—...¡Pero no salgáis de aquí sin antes enviar un saludo a quienes tanto se preocupan por vosotros, a los que os han consagrado todas la fuerzas de su inteligencia y de su corazón, a quienes viven y mueren por vosotros! ¡Allí los tenéis!

Y señaló la galería de los maestros. Entonces, en las otras galerías, en los palcos, en la platea, todos los chicos se pusieron en pie y, gritando, tendieron los brazos hacia las maestras y los maestros, que respondieron agitando las manos, los sombreros y los pañuelos, todos de pie y conmovidos. Después la banda tocó una vez más y el público envió un último saludo estruendoso a los doce niños de todas las provincias de Italia que se presentaron en el proscenio con las manos entrelazadas, bajo una lluvia de ramilletes de flores.

Un altercado

Lunes 20

Sin embargo, no ha sido por envidia, por haber recibido él un premio y yo no, que esta mañana he reñido con Coretti. No, no ha sido por envidia. Pero he obrado mal. El maestro lo había puesto a mi lado; yo escribía en mi cuaderno de caligrafía y él me golpeó con el codo: me hizo hacer un borrón y también manchar el cuento

mensual, *Sangre romañola,* que debía copiar por el albañilito, que está enfermo. Me enfadé y le solté una pala-
brota. El me dijo sonriendo:

—No lo he hecho adrede.

Debería haberlo creído porque lo conozco; pero me
desagradó que sonriese y pensé: «¡Oh, ahora que ha
recibido un premio se ha vuelto soberbio!», y poco después, para vengarme, le di un codazo que le hizo estro-
pear la página. Entonces, rojo de rabia, me dijo:

—¡Tú sí que lo has hecho aposta! —y levantó la mano;
pero la retiró porque el maestro nos observaba, añadiendo—: ¡Te espero a la salida!

Yo me quedé desconcertado, se me fue la rabia, me
arrepentí. No, Coretti no podía haberlo hecho adrede.
Es bueno, pensé. Me acordaba de cuando lo había visto
en su casa, cómo trabajaba, cómo cuidaba de su madre
enferma, de la alegre visita que nos hizo después y de
cómo había gustado a mi padre. ¡Cuánto habría dado por
no haberle dicho esa palabra ni haberme portado tan
groseramente! Pensaba en el consejo que me habría
dado mi padre: «¿Has sido injusto?» «Sí.» «Entonces
pídele perdón.» Pero a esto no me atrevía, me avergonzaba tener que humillarme. Lo miraba de reojo, veía su
blusa descosida sobre el hombro, quizá porque había
cargado demasiada leña; sentí que lo quería y me dije:
«Vamos, ánimo», pero la palabra «perdóname» no quería salir de mi garganta. De vez en cuando me lanzaba
una mirada hosca, aunque me parecía más apesadum-
brado que enojado. Pero entonces también yo lo miraba
torvamente, para demostrarle que no tenía miedo.
Me repitió:

—¡Nos veremos a la salida!

Y yo:

—¡Allí te espero!

Pero pensaba en lo que mi padre me había dicho una
vez: «Si no tienes razón, defiéndete; mas no golpees.» Y

166

decía para mis adentros: «Me defenderé; pero no ata-
caré.» Pero me sentía descontento, triste, no oía ya al
maestro. Finalmente llegó el momento de salir. Cuando
estuve solo en la calle, vi que él me seguía. Me detuve y lo
esperé con la regla en la mano. Se acercó, yo alcé la
regla.

—No, Enrico —dijo con su amable sonrisa, apartando
la regla con la mano—, seamos amigos como antes.

Yo quedé un momento aturdido, luego me pareció
sentir que una mano me empujaba por el hombro y me
encontré en sus brazos. El me besó y me dijo:

—Basta de broncas entre nosotros, ¿no te parece?

—¡Sí! ¡Nunca más! ¡Nunca más! —repuse.

Y nos separamos contentos. Pero cuando llegué a casa
y creyendo satisfacerlo se lo conté todo a mi padre, él se
irritó y me dijo:

—Debiste ser tú el primero en tenderle la mano,
puesto que eras el culpable.

Luego añadió:

—¡No debiste alzar la regla contra un compañero
mejor que tú, contra el hijo de un soldado!

Y arrancándome la regla de las manos, la hizo dos
pedazos y la arrojó contra la pared.

Mi hermana

Viernes 24

*¿Por qué, Enrico, después de que nuestro padre te hubo repro-
chado tu mal comportamiento con Coretti, aún me has hecho esa
ofensa? No puedes imaginarte la pena que he sentido. ¿No sabes
que cuando eras pequeñito yo pasaba horas enteras junto a tu cuna,
en lugar de ir a divertirme con mis amigas, y que cuando estabas*

167

enfermo, todas las noches dejaba mi cama para ver si te ardía la
frente? ¿No sabes, tú que ofendes a tu hermana, que si se abatiera
sobre nosotros una tremenda desgracia, yo haría de madre para ti y
te amaría como a un hijo? ¿Que cuando nuestros padres ya no exis-
tan yo seré tu mejor amiga, la única con la que podrás hablar de
nuestros muertos y de tu infancia? ¿Y que si fuese necesario trabja-
ría para ti, Enrico, para ganar el pan y hacerte estudiar, y que no
dejaré de quererte cuando ya seas grande, que te seguiré con mi pen-
samiento cuando estés lejos, siempre, porque hemos crecido juntos y
llevamos la misma sangre? Oh, Enrico, estoy segura de que cuando
seas un hombre, si te ocurre una desgracia, si te encuentras solo,
seguramente me buscarás, vendrás a decirme: «Silvia, hermana
mía, déjame estar contigo, hablemos de nuestra madre, de nuestra
casa, de aquellos hermosos días tan lejanos.» Tú, Enrico, siempre
encontrarás a tu hermana con los brazos abiertos. Sí, querido
Enrico, y perdóname el reproche que te hago en estas líneas. Yo no
me acordaré de ninguna falta tuya, y aunque me dieras otros dis-
gustos no me importaría; siempre serás, pese a todo, mi hermano,
sólo me acordaré de haberte tenido en brazos cuando eras peque-
ñito, de haber amado contigo a nuestros padres, de haberte visto
crecer, de haber sido por tantos años tu más fiel compañera. Pero tú
escríbeme alguna palabra cariñosa en este mismo cuaderno; pasaré
a leerla antes de la tarde. Entre tanto, para demostrarte que no
estoy enfadada contigo, viendo que estabas cansado, he copiado por
ti el cuento mensual, Sangre romañola, *que debías escribir en*
lugar del albañilito enfermo. Lo encontrarás en el cajón de la
izquierda de tu mesa; lo he escrito esta noche, mientras dormías.
Escribe alguna palabra, Enrico, te lo ruego.

TU HERMANA SILVIA

No soy digno de besarte las manos.

ENRICO

168

SANGRE ROMAÑOLA
(Cuento mensual)

Aquella noche la casa de Ferruccio estaba más silenciosa que de costumbre. El padre, que tenía una pequeña tienda de mercería y baratijas, había ido de compras a Forlì, y su mujer lo había acompañado con Luigina, la pequeña, para llevarla a un médico que debía operarle un ojo enfermo; regresarían a la mañana siguiente. Faltaba poco para la medianoche. La mujer que venía a hacer las faenas de la casa se había marchado al oscurecer. En la casa no quedaban más que la abuela, paralítica de las piernas, y Ferruccio, un chico de trece años. Era una casita de planta baja, al lado de la carretera, a un tiro de fusil de un pueblo cercano a Forlì, ciudad de la Romagna; cerca de ella sólo había una casa deshabitada, arruinada dos meses antes por un incendio, en la cual aún se veía el letrero de una posada. Detrás de la casita había un pequeño huerto rodeado de un seto, al que daba una puertecilla rústica. La puerta de la tienda, que era también la de la casa, se abría sobre la carretera. Alrededor se extendía la campiña solitaria, vastos campos cultivados plantados de moreras.

Faltaba poco para la medianoche; llovía, soplaba el viento. Ferruccio y la abuela, todavía levantados, estaban en la cocina; entre ésta y el huerto había un cuartito lleno de muebles viejos. Ferruccio había regresado a casa a las once, después de una ausencia de muchas horas, y la abuela lo había esperado despierta, llena de ansiedad, fijada a un ancho sillón en el que solía pasar toda la jornada, y a menudo también la noche entera, porque su respiración dificultosa no le permitía estar acostada.

Llovía y el viento arrojaba el agua contra los cristales; la noche era muy oscura. Ferruccio había vuelto cansado, embarrado, con la chaqueta rota y la marca lívida

169

de una pedrada en la frente; los muchachos se habían apedreado, habían venido a las manos, como de costumbre; por si fuera poco, había jugado y perdido todo su dinero, y su gorra se había quedado en una zanja.

Aunque la cocina estaba sólo alumbrada por una lamparilla de aceite colocada en la esquina de una mesa, junto al sillón, la pobre abuela había visto al momento el estado lastimoso que traía el nieto y en parte había adivinado y en parte le había hecho confesar sus pillerías.

Ella quería con toda el alma a ese muchacho. Cuando se enteró de todo se puso a llorar.

—¡Ah, no —dijo tras un largo silencio—, tú no tienes corazón para tu pobre abuela! ¡Eres un desalmado aprovechándote de este modo de la ausencia de tu padre y de tu madre para darme disgustos! ¡Me has dejado sola todo el día! ¡No has tenido ni siquiera un poco de compasión! ¡Cuidado, Ferruccio! ¡Vas por mal camino y te conducirá a un triste final! He visto a otros empezar como tú y acabar mal. Se comienza escapando de casa, riñendo con los otros muchachos, jugando por dinero; después, poco a poco, de las pedradas se pasa a los navajazos, del juego a los otros vicios, y de los vicios... al robo.

Ferruccio la escuchaba, tieso, a tres pasos de distancia, apoyado en un aparador, con la barbilla sobre el pecho, las cejas fruncidas, todavía hirviendo por la cólera de la reyerta. Un mechón de hermosos cabellos castaños le atravesaba la frente y sus ojos azules estaban inmóviles.

—Del juego al robo —repitió la abuela, sin dejar de llorar—. Piensa en eso, Ferruccio. Piensa en ese desgraciado de aquí, del pueblo, en Vito Mozzoni, que ahora está vagabundeando por la ciudad; que a los veinticuatro años ha estado ya dos veces en la cárcel y ha hecho morir de pena a su pobre madre, que yo conocía, y su padre ha huido a Suiza, desesperado. Piensa en ese miserable, al que tu padre se avergüenza de devolverle el saludo, siempre en compañía de canallas peores que él, hasta el día en que termine en prisión. Pues bien, yo lo he conocido de muchacho, ha empezado como tú. Piensa que puedes llevar a tus padres hacia el mismo fin que los suyos.

Ferruccio callaba. No tenía un corazón malvado, todo lo contrario; sus bribonadas se debían más bien a un exceso de vitalidad y de audacia que a una mala índole, y su padre lo había acostumbrado mal precisamente por esto; sabiéndolo capaz, en el fondo, de los mejores sentimientos y también, puesto a prueba, de una acción noble y generosa, le había soltado las riendas y esperaba que sentara la cabeza por sí mismo. Era bueno, sin duda, pero terco, y aun cuando tenía el corazón encogido por el arrepentimiento, era muy difícil que dejara escapar de su boca esas palabras que nos hacen perdonar: «Sí, me he portado mal, no lo haré más, te lo prometo, perdóname.» A veces tenía el alma llena de ternura, pero el orgullo no la dejaba salir.

—¡Ah, Ferruccio! —continuó la abuela, viéndolo así, mudo—. ¡No me dices una sola palabra de arrepentimiento! ¡Tú ves en qué estado me encuentro, que ya podrían sepultarme! ¡No deberías hacerme sufrir de este modo, hacer llorar a la madre de tu mamá, tan vieja, tan cercana a sus últimos días! ¡Tu pobre abuela que tanto te ha querido siempre; que te acunaba noches enteras cuando eras niño de pocos meses y que no comía por entretenerte; no, tú no lo sabes! Yo decía siempre: «¡El será mi consuelo!» ¡Y ahora me haces morir! Yo daría de buena gana esta poca vida que me queda por verte ser bueno, obediente como en aquellos días…, cuanto te llevaba a la ermita, ¿te acuerdas, Ferruccio?; me llenabas los bolsillos con hierbas y piedrecitas, y yo te traía a casa en brazos, dormido. Entonces querías a tu pobre abuela. ¡Y ahora que estoy paralítica y que necesito de tu cariño como el aire para respirar, porque no tengo otra cosa en

171

el mundo...! ¡Pobre de mí, medio muerta como estoy, Dios mío!

Ferruccio estaba por arrojarse a los brazos de su abuela, vencido por la emoción, cuando le pareció oír un ruido ligero, un crujido en el cuartito vecino, el que daba al huerto. Pero no distinguió si se trataba de los postigos sacudidos por el viento o de otra cosa.

Aguzó el oído.

La lluvia tamborileaba.

El ruido se repitió. La anciana también lo oyó.

—¿Qué es? —preguntó la abuela, al cabo de un momento, turbada.

—La lluvia —murmuró el chico.

—Entonces, Ferruccio —dijo la anciana, enjugándose los ojos—, ¿me prometes ser bueno y no hacer llorar a tu pobre abuela...?

Un leve ruido la interrumpió de nuevo.

—¡Pero no me parece que sea la lluvia! —exclamó, palideciendo—. ¡Ve a ver!

Mas añadió en seguida:

—¡No, quédate aquí! —y agarró a Ferruccio por la mano.

Contuvieron la respiración. No oían más que el ruido del agua. Pero después un escalofrío los estremeció.

Les había parecido oír un rumor de pasos en el cuartito.

—¿Quién es? —preguntó el muchacho, hablando con dificultad.

Nadie respondió.

—¿Quién es? —repitió Ferruccio, helado de miedo.

Pero apenas hubo terminado de pronunciar esas palabras, ambos lanzaron un grito de terror. Dos hombres habían penetrado de un salto en la cocina; uno aferró al chico y le tapó la boca con la mano; el otro apretó la garganta de la anciana. El primero dijo:

—¡Silencio, si no quieres morir!

172

El otro:

—¡Cállate! —y alzó un puñal.

Uno y otro llevaban un pañuelo oscuro sobre la cara, con dos agujeros delante de los ojos.

Durante un momento no se oyó otra cosa que la respiración afanosa de los cuatro y el golpeteo de la lluvia; la anciana tenía los ojos desorbitados y de su garganta brotaban estertores.

El que sujetaba al chico le dijo al oído:

—¿Dónde guarda tu padre el dinero?

—Allá..., en el armario.

—Ven conmigo —dijo el hombre.

Y lo arrastró hasta el cuartito, firmemente cogido por la garganta. En el suelo había una linterna sorda.

—¿Dónde está el armario?

El chico, medio ahogado, lo señaló.

Entonces, para estar seguro del muchacho, el hombre lo puso de rodillas ante el armario, apretándole con fuerza el cuello entre sus piernas, de manera que pudiese estrangularlo si gritaba, y teniendo el cuchillo entre los dientes y la linterna en una mano, con la otra sacó del bolsillo un hierro aguzado, lo metió en la cerradura, hurgó, rompió, abrió las puertas de par en par, revolvió con furia las cosas, se llenó los bolsillos, cerró, volvió a abrir y siguió rebuscando; después aferró otra vez al chico por la garganta y lo empujó hacia la cocina, donde el otro tenía aún asida a la anciana, convulsa, con la cabeza caída y la boca abierta.

Este preguntó en voz baja:

—¿Lo has encontrado?

Su compañero respondió afirmativamente y añadió:

—Ve a ver la puerta.

El que aferraba a la anciana corrió hacia la puerta que daba al huerto para ver si había alguien, y desde allí, con una voz que parecía un silbido, dijo:

—Ven.

El que había quedado en la cocina sujetando todavía a Ferruccio, mostró el cuchillo al chico y a la anciana, que volvía a abrir los ojos, y les dijo:

—¡Ni una palabra o vuelvo y os degüello!

Y los miró fijamente durante unos segundos.

En ese momento se oyeron a lo lejos, por la carretera, muchas voces que cantaban. El ladrón volvió rápidamente la cabeza hacia la puerta, y con aquel brusco movimiento se le cayó el pañuelo de la cara.

La anciana lanzó un grito:

—¡Mozzoni!

—¡Maldita! —rugió el ladrón, al verse reconocido—. ¡Tienes que morir!

Y arremetió con el cuchillo en alto contra la mujer, que se desvaneció en el acto.

El asesino descargó el golpe.

Pero con un movimiento rapidísimo, lanzando un grito de desesperación, Ferruccio se había arrojado sobre la abuela y la había cubierto con su cuerpo.

El asesino huyó chocando con la mesa y derribando la lámpara, que se apagó.

El chico resbaló lentamente sobre la abuela hasta quedar de rodillas, y permaneció en esa actitud, con los brazos en torno a la cintura de ella y la cabeza en su regazo.

Pasaron algunos momentos; la oscuridad era densa, el canto de los campesinos se iba alejando por los campos. La anciana volvió en sí.

—¡Ferruccio! —llamó con voz apenas audible, entrechocando los dientes.

—¡Abuela! —respondió el chico.

La mujer hizo un esfuerzo para hablar, pero el terror le paralizaba la lengua. Estuvo un rato en silencio, temblando violentamente.

Después logró preguntar:

—¿Se han marchado ya?

174

—Sí.

—No me han matado —murmuró la anciana con voz sofocada.

—No..., está a salvo —dijo Ferruccio con voz débil—. Está a salvo, abuelita. Se han llevado el dinero. Pero papá... había dejado muy poco.

La abuela suspiró.

—Abuela —dijo Ferruccio, siempre de rodillas, estrechándola por la cintura—, abuela querida..., me quieres, ¿verdad?

—¡Oh, Ferruccio! ¡Hijito querido! —repuso ella cogiéndole la cabeza—. ¡Qué susto has debido llevarte! ¡Oh, Dios misericordioso! Enciende la luz... No, no, quedémonos a oscuras, todavía tengo miedo.

—Abuela —dijo el chico—, siempre le he dado disgustos...

—No, Ferruccio, no digas eso; ya lo he olvidado todo, ¡te quiero mucho!

—Le he dado muchos disgustos —continuó Ferruccio, con esfuerzo, la voz temblorosa—, pero... siempre la he querido, ¿me perdona...? Perdóneme, abuela.

—Sí, hijo, te perdono, te perdono de todo corazón. ¿Cómo no habría de perdonarte? Levántate, no estés así de rodillas, niño mío. No te regañaré nunca más. ¡Eres bueno, muy bueno! Enciende la luz. Alegremos un poco nuestro ánimo. Levántate, Ferruccio.

—Gracias, abuela —dijo el chico con la voz siempre más débil—. Ahora... estoy contento. Se acordará de mí, abuela...; ¿verdad? ¿Se acordará siempre de mí..., de su Ferruccio?

—¡Ferruccio mío! —exclamó la abuela, extrañada e inquieta, cogiéndole por los hombros e inclinando la cabeza como para mirarle la cara.

—Acuérdese de mí —murmuró aún el chico con una voz que parecía un soplo—. Déle un beso a mi madre..., a mi padre..., a Luigina... Adiós, abuela.

—¡En nombre del cielo!, ¿qué tienes? —gritó la anciana palpando precipitadamente la cabeza del muchacho, que se había desplomado sobre sus rodillas; luego, con toda la voz que le quedaba, clamó desesperadamente—: ¡Ferruccio! ¡Ferruccio! ¡Ferruccio! ¡Niño mío! ¡Amor mío! ¡Angeles del cielo, ayudadme!

Pero Ferruccio ya no respondió. El pequeño héroe, el salvador de la madre de su madre, herido de una puñalada en la espalda, había entregado a Dios su alma intrépida y hermosa.

El albañilito moribundo

Martes 28

El pobre albañilito está gravemente enfermo; el maestro nos dijo que fuéramos a verlo y convinimos en ir juntos Garrone, Derossi y yo. Stardi también habría venido, pero como el maestro nos puso como tarea describir el *Monumento a Cavour,* nos dijo que debía ir a ver el monumento para hacer su descripción con la mayor exactitud posible. Por hacer una prueba, invitamos también a ese engreído de Nobis, que respondió: «No», sin añadir nada más. Votini también se excusó, quizá por miedo a mancharse las ropas de cal. Fuimos al salir de la escuela, a las cuatro. Llovía a cántaros. Por el camino, Garrone se detuvo y dijo, con la boca llena de pan:

—¿Qué le compramos? —haciendo sonar unas monedas en el bolsillo.

Pusimos dos *soldi* cada uno y compramos tres naranjas grandes. Subimos a la buhardilla. Delante de la puerta, Derossi se quitó la medalla y se la metió en el bolsillo. Le pregunté por qué.

176

—No sé —repuso—, para no parecer..., creo que es más delicado entrar sin medalla.

Llamamos; nos abrió el padre, ese hombretón que parece un gigante; tenía la cara descompuesta, como si estuviese asustado.

—¿Quiénes sois? —preguntó.

Garrone repuso:

—Somos compañeros de escuela de Antonio; le traemos tres naranjas.

—¡Ah, pobre Tonino —exclamó el albañil sacudiendo la cabeza—, me temo que no pueda ya comer vuestras naranjas! —y se secó los ojos con el dorso de la mano.

Nos hizo pasar; entramos en un desván y vimos al albañilito durmiendo en una pequeña cama de hierro; su madre estaba reclinada sobre el lecho con la cara entre las manos y apenas si se volvió para mirarnos; en una de las paredes colgaban pinceles, una piqueta y una criba para cal; sobre los pies del enfermo estaba extendida la chaqueta del albañil, blanca de yeso. El pobre chico había enflaquecido, se le veía muy pálido, con la nariz afilada y la respiración corta. ¡Oh, querido Tonino, tan bueno y alegre, pequeño amigo mío, qué pena me dio verlo! ¡Cuánto habría dado por volver a verle el morro de liebre, pobre albañilito! Garrone puso una naranja sobre la almohada, junto a su cara; el olor lo despertó, la cogió en seguida, pero después la soltó y miró fijamente a Garrone.

—Soy yo —le dijo éste—, Garrone, ¿me reconoces?

El niño sonrió débilmente, levantó con fatiga su pequeña mano y se la tendió a Garrone, que tomándola entre las suyas y apoyando en ella la mejilla, le dijo:

—Animo, ánimo, albañilito; pronto estarás bien, volverás a la escuela y el maestro te pondrá a mi lado, ¿no estás contento?

Pero el chico no respondió. La madre estalló en sollozos:

—¡Oh, mi pobre Tonino! ¡Mi pobre Tonino! ¡Tan bueno, mi niño, y Dios nos lo quiere llevar!

—¡Cállate! —le gritó el albañil, desesperado—. ¡Cállate, por el amor de Dios, o pierdo la cabeza!

Después nos dijo precipitadamente:

—Marchaos, marchaos ya, muchachos; gracias; marchaos, ¿que podéis hacer aquí? Gracias, volver a vuestras casas.

El niño había vuelto a cerrar los ojos y parecía muerto.

—¿Necesita usted que lo ayudemos en algo? —preguntó Garrone.

—No, hijo mío, gracias —repuso el albañil—, marchaos a casa.

Y dicho esto nos llevó hasta el rellano y cerró la puerta. Pero no habíamos llegado a la mitad de la escalera cuando lo oímos gritar:

—¡Garrone! ¡Garrone!

Subimos a toda prisa.

—¡Garrone —gritó el albañil con el rostro demudado—, te ha llamado por tu nombre! ¡Hacía dos días que no hablaba; te ha llamado dos veces, quiere verte; ven en seguida! ¡Ah, santo Dios, si esto fuese una buena señal!

—Hasta luego —nos dijo Garrone—; yo me quedo —y entró rápidamente en la casa con el albañil.

Derossi tenía los ojos llenos de lágrimas. Le dije:

—¿Lloras por el albañilito? Ha hablado, se pondrá bien.

—Así lo creo —repuso—, pero no pensaba en él... ¡Pensaba en lo bueno que es Garrone, en su alma noble!

El conde Cavour

Debes hacer la descripción del monumento al conde Cavour. Puedes hacerla. Mas por ahora no podrás comprender quién ha sido el conde Cavour. Por lo pronto has de saber lo siguiente: él fue por muchos años el primer ministro del Piamonte; fue él quien envió el ejército piamontés a Crimea, a recobrar con la victoria de Chórnaia nuestra gloria militar caída en Novara; fue él quien hizo bajar desde los Alpes a ciento cincuenta mil franceses para echar a los austriacos de Lombardía; gobernó a Italia en el período más solemne de nuestra revolución y dio en aquellos años el más poderoso impulso a la santa empresa de la unificación de la patria, él, con su ingenio luminoso, con invencible constancia y con una laboriosidad sobrehumana. Muchos generales pasaron horas terribles en el campo de batalla, pero él las sufrió más terribles aún en su despacho, cuando su enorme obra podía derrumbarse de un momento a otro como un frágil edificio ante la sacudida de un terremoto; pasó horas, noches de lucha y de angustia de las que salió con la razón trastornada y con la muerte en el corazón. Este gigantesco y tempestuoso trabajo le acortó en veinte años la vida. Pero aun devorado por la fiebre que debía llevarlo a la tumba, luchaba desesperadamente con la enfermedad, tratando de hacer algo por su país. «Es extraño —decía con dolor en su lecho de muerte—, ya no sé leer, no puedo ya leer.» Mientras le sacaban sangre y aumentaba la fiebre, pensaba en su patria, decía imperiosamente: «Curadme; mi mente se oscurece; tengo necesidad de todas mis facultades para ocuparme de graves asuntos.» Cuando estaba a su cabecera y él le decía anhelante: «¡Tengo muchas cosas que deciros, Señor, muchas cosas que mostraros; pero estoy enfermo, no puedo, no puedo!», y se sentía desolado. Su pensamiento febril siempre se dirigía al Estado, a las nuevas provincias italianas que se habían unido a nosotros, a las muchas cosas que quedaban por hacer. Ya presa del delirio, exclamaba: «Educad a la infancia, educad a la infancia y a la juventud... Gobernad con la libertad.» El deliro crecía, la muerte lo acosaba, él invocaba con palabras ardientes al general Garibaldi, con el que había tenido discrepancias, a Venecia y a Roma, que todavía no eran libres; tenía vastas visiones del porvenir de Italia y de Europa; soñaba con una invasión extranjera, preguntaba dónde estaban los cuerpos del ejército y los generales, temía aún por noso- tros, por su pueblo. Su gran dolor, ¿comprendes?, no era morir, sino ver que se le escapaba la patria que aún tenía necesidad de él y por la cual había gastado en pocos años las fuerzas desmesuradas de su milagroso organismo. Murió con el grito de batalla en la garganta; su muerte fue grande como su vida. Ahora, Enrico, piensa un poco; ¡qué es nuestro trabajo, que sin embargo nos pesa tanto, qué son nuestros dolores, nuestra misma muerte, comparados con las fati- gas, los afanes formidables, las agonías tremendas de aquellos hom- bres que tienen sobre su corazón la responsabilidad de un mundo! Piensa en ello, hijo cuando pases ante esa imagen de mármol, y dile en tu corazón: «¡Gloria a ti!»

TU PADRE

ABRIL

Primavera

¡Primero de abril! Sólo quedan tres meses. Esta ha sido una de las más bellas mañanas del año. Yo estaba contento, en la escuela, porque Coretti me había propuesto ir pasado mañana a ver la llegada del rey, junto con su padre, *que lo conoce,* y mi madre me había prometido llevarme, ese mismo día, a visitar el parvulario de la avenida de Valdocco. También estaba alegre por la mejoría del albañilito y porque ayer por la tarde, al pasar, el maestro le dijo a mi padre: «Va bien, va bien.» Además, era una hermosa mañana de primavera. Desde la ventana de la escuela se veía el cielo azul, los árboles del jardín todos cubiertos de brotes y las ventanas de las casas abiertas de par en par con las macetas ya verdeciendo. El maestro no reía, porque nunca lo hace, pero estaba de buen humor, hasta el punto de que esa arruga recta que tiene en la frente había casi desaparecido y explicaba bromeando un problema en la pizarra. Se veía que gozaban respirando el aire del jardín que entraba por las ventanas abiertas, lleno de buen olor fresco a tierra y a hojas, que hacía pensar en paseos por el campo. Mientras explicaba la lección se oía a un herrero de una calle vecina que golpeaba sobre el yunque y a una mujer que cantaba para dormir a un niño en la casa de enfrente; lejos, en el cuartel de la Cernaia, sonaban las trompetas. Todos parecían contentos, incluso Stardi. En cierto momento el herrero empezó a golpear más fuerte, la mujer a cantar más alto. El maestro se interrumpió y prestó atención. Luego dijo lentamente, mirando por la ventana:

—El cielo que sonríe, una madre que canta, un hombre honesto que trabaja, niños que estudian..., éstas son las cosas buenas.

Cuando dejamos el aula vimos que también los demás estaban alegres; todos marchaban en fila pisando fuerte y canturreando, como en vísperas de unas vacaciones de cuatro días; las maestras bromeaban; la de la pluma roja brincaba detrás de sus niños como una colegiala; los padres de los alumnos conversaban entre sí riendo y la madre de Crossi, la verdulera, llevaba tantos ramitos de violetas en la cesta que todo el salón estaba perfumado. Nunca me sentí tan alegre como esta mañana al ver a mi madre esperándome en la calle. Y se lo dije yendo a su encuentro:

—Estoy contento; ¿qué es lo que me pone tan alegre esta mañana?

Mi madre repuso sonriendo que era la bella estación y la conciencia tranquila.

El rey Umberto

Lunes 3

A las diez en punto mi padre vio por la ventana a Coretti, el revendedor de leña, y a su hijo esperándome y me dijo:

182

—Ahí están, Enrico, ve a ver a tu rey.

Bajé como una exhalación. Padre e hijo estaban aún más animados que de costumbre y nunca pensé que fueran tan parecidos entre sí como esta mañana; el padre llevaba en la solapa de su chaqueta la medalla al valor, entre otras dos conmemorativas, y los bigotillos rizados y puntiagudos como dos alfileres.

Nos pusimos en seguida en camino hacia la estación de ferrocarril, adonde el rey debía llegar a las diez y media. El padre de Coretti fumaba su pipa y se frotaba las manos.

—¿Sabéis —decía— que no he vuelto a verlo desde la guerra del sesenta y seis? ¡La friolera de quince años y seis meses! Primero, tres años en Francia, luego en Mondovì, y aquí que habría podido verlo, nunca se ha dado la maldita casualidad de que me encontrase en la ciudad cuando él venía. ¡Lo que son las coincidencias!

El llamaba «Umberto» al rey, como a un camarada. «Umberto mandaba la 16.ª división, Umberto tenía veintidós años y tantos días, Umberto montaba un caballo así y así.»

—¡Quince años! —decía en voz alta, alargando el paso—. Tengo muchas ganas de volver a verlo. Lo he dejado príncipe, lo encuentro rey. También yo he cambiado, he pasado de soldado a vendedor de leña —y se reía.

El hijo le preguntó:

—¿Te reconocería si te viese?

El padre se echó a reír.

—¡Estás loco! —repuso—. ¡No faltaba más! El, Umberto, era uno solo y nosotros, tantos como las moscas. ¡Si hubiese tenido que mirarnos uno a uno...!

Llegamos a la avenida de Vittorio Emanuele; había mucha gente que se dirigía hacia la estación. Pasaba una compañía de alpinos con sus trompas. Luego dos carabineros al galope. La mañana era serena y luminosa.

—¡Sí —exclamó el padre de Coretti, animándose—; será un gran placer volver a ver a mi general de división! ¡Ah, qué pronto he envejecido! Me parece que era ayer mismo que llevaba la mochila a la espalda y el fusil entre las manos en medio de aquella barahúnda, la mañana del 24 de junio, cuando estaba por empezar la pelea. Umberto iba y venía con sus oficiales mientras tronaba a lo lejos el cañón; y todos lo miraban y decían: «¡Con tal que no haya una bala también para él!» Estaba a mil millas de pensar que poco después lo tendría tan cerca, ante las lanzas de los ulanos austriacos; ¡ahí, a cuatro pasos, hijos míos! Hacía un día hermoso, el cielo como un espejo, ¡pero un calor...! Veamos si se puede entrar.

Habíamos llegado a la estación; nos encontramos con un gran gentío de coches, guardias, carabineros, asociaciones con banderas. Estaba tocando la banda de un regimiento.

El padre de Coretti intentó entrar bajo el pórtico, pero se lo impidieron. Entonces pensó en meterse en las primeras filas de la muchedumbre que flanqueaba la salida, y abriéndose paso con los codos, consiguió avanzar seguido de nosotros.

Pero el balanceo de la multitud nos llevaba de aquí para allá. El vendedor de leña miraba el primer pilar del pórtico donde los guardias no dejaban entrar a nadie.

—Venid conmigo —dijo de pronto.

Y aferrándonos por las manos atravesó de dos saltos el espacio libre y se plantó allí, pegado al muro.

Acudió en seguida un sargento de policía y le dijo:

—Aquí no se puede estar.

—Soy del cuarto batallón del 49 —repuso Coretti, tocándose la medalla.

—Quédese.

—¿No digo yo? —exclamó Coretti, triunfante—. ¡El *cuarto del cuarenta y nueve* es una palabra mágica! ¿No tengo derecho a verlo a placer a mi general, yo que he estado en el cuadro? ¡Si lo he visto de cerca entonces, me parece justo que lo vea de cerca también ahora! ¡Y digo mi general! ¡Si en realidad ha sido mi comandante de batallón durante una media hora larga! ¡Porque en aquellos momentos era él quien mandaba el batallón, ahí en medio, y no el mayor Ubrich, qué demonio!

Entre tanto se veía dentro y fuera de la sala de espera un gran revoltijo de señores y oficiales; delante de la puerta se alineaban los carruajes con los servidores vestidos de rojo.

Coretti preguntó a su padre si el príncipe Umberto tenía el sable en la mano cuando estaba en el cuadro.

—Debió de empuñarlo —repuso— si quería parar una lanzada, que podía alcanzarlo a él como a otro cualquiera. ¡Ah, los demonios desencadenados! ¡Se nos echaron encima como la ira de Dios, así vinieron! Giraban entre los grupos, los cuadros, los cañones como arremolinados por un huracán, desbaratándolo todo. Era una confusión de caballería ligera de Alessandria, de lanceros de Foggia, de infantería, de ulanos, de *bersaglieri,* un infierno en el que ya no se comprendía nada. Me pareció oír gritar: «¡Alteza! ¡Alteza!», vi venir las lanzas caladas, disparamos los fusiles, una nube de humo lo ocultó todo... Después se disipó... El suelo estaba cubierto de caballos y de ulanos heridos y muertos. Volví la cabeza y vi en medio de nosotros a Umberto en su caballo, mirando a su alrededor, tranquilo, con aire de preguntar: «¿Alguno de mis muchachos ha sufrido un rasguño?» Y le gritamos: «¡Viva!», en la cara, como locos. ¡Santo Dios, qué momento...! Ya llega el tren.

La banda empezó a sonar, los oficiales acudieron, la multitud se alzó sobre la punta de los pies.

El padre de Coretti no podía contener su impaciencia.

—¡Ah, cuando pienso en él siempre lo veo allá! Está

bien eso del cólera, los terremotos y qué sé yo; también allí ha sabido comportarse; pero yo siempre lo conservo en mi mente como lo vi entonces, en medio de nosotros, con aquella cara tranquila. Estoy seguro de que también él se acuerda del cuarto del 49, aun ahora que es rey, y que le gustaría tenernos en alguna ocasión a su mesa, todos juntos, los que estábamos a su alrededor en aquellos momentos. Ahora tiene generales, señorones, entorchados; entonces sólo tenía pobres soldados! ¡Nuestro general de veintidós años, nuestro príncipe, confiado a nuestras bayonetas...! ¡Quince años que no lo veo...! ¡Nuestro Umberto, vaya...! ¡Ah, esta música me hace hervir la sangre, palabra de honor!

Un estallido de gritos lo interrumpió, miles de sombreros se alzaron en el aire, cuatro señores vestidos de negro subieron a la primera carroza.

—¡Es él! —gritó Coretti, y quedó como encantado.

Luego dijo en voz baja:

—¡Virgen santa, cómo ha encanecido!

Los tres nos descubrimos. La carroza avanzaba lentamente entre la multitud que gritaba y agitaba los sombreros. Yo miraba al padre de Coretti. Parecía otro: más alto, serio, un poco pálido, erguido y pegado al pilar.

La carroza llegó ante nosotros, a un paso de la columna.

—¡Viva! —gritaron muchas voces.

—¡Viva! —gritó Coretti, después de los otros.

El rey lo miró a la cara y luego clavó los ojos por un instante en las tres medallas.

Entonces Coretti perdió la cabeza y aulló:

—¡Cuarto batallón del cuarenta y nueve!

El rey, que ya miraba a otra parte, volvió la cabeza hacia nosotros y, mirando fijamente a los ojos a Coretti, tendió la mano fuera de la carroza.

Coretti dio un salto hacia delante y se la estrechó. La carroza pasó, irrumpió la muchedumbre y nos separó;

perdimos de vista al padre de Coretti. Pero fue sólo por un momento. En seguida lo encontramos, anhelante, con los ojos húmedos, llamando a su hijo y con la mano en alto. El chico se lanzó hacia él, que le gritó:

—¡Aquí, pequeño, que todavía tengo la mano caliente!

Y le pasó la mano por la cara, diciendo:

—Esta es una caricia del rey.

Y permaneció allí embelesado, con los ojos fijos en la carroza lejana, sonriendo, con la pipa entre las manos, en medio de un grupo de curiosos que lo miraban. «Es uno del cuadro del 49», decían. «Es un soldado que conoce al rey.» «El rey lo ha reconocido.» «Le ha tendido la mano.» «Ha entregado un memorial al rey», dijo uno con voz más fuerte.

—No —replicó Coretti, volviéndose bruscamente—; yo no le he dado ninguna petición. Otra cosa le daría, si me la pidiese...

Todos lo miraron.

Y él dijo simplemente:

—Mi sangre.

El parvulario

Martes 4

Mi madre, como me lo había prometido, me llevó ayer, después de almorzar, al jardín de la infancia de la avenida de Valdocco, para recomendar ante la directora a una hermanita de Precossi. Yo no había visto nunca un parvulario. ¡Cómo me divirtieron! Eran doscientos, entre niños y niñas, tan pequeños que los nuestros de primero inferior a su lado son unos hombres. Llegamos cuando entraban en fila en el refectorio, donde había dos mesas larguísimas con muchos agujeros, y en cada uno de ellos una escudilla negra llena de sopa de arroz y judías, con una cuchara de estaño lacado. Apenas entraban, algunos se sentaban en el suelo y se plantaban allí hasta que acudían las maestras a levantarlos; muchos se detenían ante una escudilla creyendo que aquél era su sitio e inmediatamente engullían una cucharada; llegaba una maestra y decía: «¡Adelante!»; avanzaban tres o cuatro pasos y se zampaban otra cucharada; y así hasta que llegaban a su puesto, después de haber picoteado por el camino casi media sopita a costa de los demás. Finalmente, a fuerza de empujar y de gritar: «¡Despabilaos! ¡Despabilaos!», los pusieron a todos en orden y empezaron la plegaria. Pero todos aquellos de las filas de dentro, los que para rezar debían dar la espalda a la escudilla, volvían la cabeza para no perderla de vista y que nadie pescase en ella, y rezaban con las manos juntas y los ojos hacia el cielo, pero con el corazón en la sopa. Después empezaron a comer. ¡Ah, qué entretenido espectáculo! Uno comía con dos cucharas, otro con las manos; muchos cogían las judías una a una y se las metían en los bolsillos; otros, en cambio, las envolvían apretadamente en sus batitas y las machacaban para hacer una pasta. No faltaban quienes no comían por ver volar las moscas y algunos tosían esparciendo una lluvia de arroz a su alrededor. Aquello parecía un gallinero. Pero era gracioso. Lucían muy bien las dos filas de las niñas, todas con los cabellos atados en la coronilla con cintas rojas, verdes y azules. Una maestra preguntó a una fila de ocho chiquillas: «¿Dónde nace el arroz?» Las ocho abrieron de par en par la boca llena de comida y respondieron a coro, cantando: «Na-ce en el a-gua.» Luego la maestra ordenó: «¡Levantad las manos!», y fue hermoso ver alzarse todos aquellos bracitos que pocos meses antes estaban aún entre pañales y agitarse todas esas manecitas que parecían mariposas blancas y rosadas.

Salieron al recreo después de coger las cestillas con la merienda que estaban colgadas en las paredes. Fueron al jardín y se desparramaron, sacando sus provisiones: pan, ciruelas cocidas, un trocito de queso, un huevo duro, un ala de pollo. En un instante todo el jardín quedó cubierto de migajas, como si se hubiese diseminado el cebo para una bandada de pájaros. Comían de las más extrañas maneras, como los conejos, los ratones, los gatos, royendo, lamiendo, chupando. Había un chiquillo que sostenía una barrita de pan apoyando una de las puntas en su pecho y la untaba con un níspero, como si lustrase un sable. Unas niñas estrujaban dentro del puño ciertos quesillos blandos que chorreaban entre sus dedos como leche y se deslizaban dentro de las mangas, y ellas como si tal cosa. Corrían y se perseguían con las manzanas y los panecillos entre los dientes, como los perros. Vi a tres que hurgaban con un palillo dentro de un huevo duro creyendo descubrir sus tesoros, lo vertían en el suelo y luego recogían uno a uno los trocitos, con una gran paciencia, como si fuesen perlas. Aquellos que llevaban alguna cosa extraordinaria tenían a su alrededor a ocho o diez con la cabeza inclinada mirando dentro de la cestilla del mismo modo como habrían mirado a un pequeñito no más alto que un tapón que tenía en la mano un cucurucho de azúcar, todos haciéndole cumplidos para que les dejara bañar el pan, y él a algunos se lo permitía y a otros, después de hacerse rogar, sólo les daba a chupar el dedo.

Entre tanto mi madre había venido al jardín y acariciaba ora a uno, ora a otro. Muchos revoloteaban en torno a ella y hasta se le echaban encima para pedirle un beso, con la cara hacia arriba, como si mirasen un tercer piso, abriendo y cerrando la boca como pidiendo de mamar. Uno le ofreció un gajo de naranja mordisqueado, otro una cortecita de pan; una niña le dio una hoja; otra le mostró con gran seriedad la punta del índice, donde, si se miraba atentamente, se veía una ampollita microscópica que se había hecho el día anterior tocando la llama de una vela. Le ponían ante los ojos, como grandes maravillas, insectos pequeñísimos, que no sé cómo hacían para divisarlos y cogerlos, pedazos de tapones de corcho, botoncitos de camisa, florecillas arrancadas de las macetas. Un chiquillo con la cabeza vendada, que quería ser escuchado a toda costa, le tartamudeó no sé qué historia de un tumbo, de la que no se entendió nada; otro quiso que mi madre se inclinara y le dijo al oído: «Mi padre hace cepillos.» Mientras tanto aquí y allá ocurrían mil desgracias que hacían correr a las maestras: niñas que lloraban porque no podían deshacer un nudo del pañuelo, otras que disputaban a zarpazos y chillidos por dos semillas de manzana, un chiquillo que había caído boca abajo sobre un banquito volcado y sollozaba por esa catástrofe, sin poder levantarse.

Antes de marcharnos, mi madre cogió en brazos a tres o cuatro; entonces acudieron desde todas partes para que los alzara, con las caras manchadas de yema de huevo y de jugo de naranja, y éste le agarraba las manos, aquél le aferraba un dedo para ver el anillo; uno tiraba de la cadenita del reloj y otra quería cogerle las trenzas. «¡Cuidado —decían las maestras—, que le estropean el vestido!» Pero mi madre no se preocupaba por el vestido y continuaba besándolos, y ellos cada vez más apretados encima de ella, los más próximos con los brazos extendidos como si quisieran trepar y los más distantes tratando de avanzar por entre la multitud, todos gritando: «¡Adiós!» «¡Adiós!» «¡Adiós!» Al fin logró escapar del jardín. Entonces todos corrieron a asomarse por entre los barrotes de la verja para verla pasar, sacando los brazos afuera, saludándola, ofreciéndole todavía pedazos de pan, trocitos de níspero y cortezas de queso, gritando todos juntos: «¡Adiós!» «¡Adiós!» «¡Adiós!» «¡Vuelve mañana!» «¡Ven otra vez!»

Mi madre, escapando, deslizó aún una mano sobre aquellas cien manecitas tendidas como sobre una guirnalda de rosas vivas, y finalmente llegó salva a la calle, toda cubierta de migajas y de manchas, ajada y desgreñada, con una mano llena de flores y los ojos henchidos de lágrimas, contenta, como si acabase de salir de una fiesta. Allá dentro se oía aún el vocerío; parecía un gran cuchicheo de pájaros que decían: «¡Adiós!» «¡Adiós!» «¡Venga otra vez, señora!»

En gimnasia

Miércoles 5

Dado que continúa haciendo un tiempo espléndido, nos han hecho pasar de la gimnasia en el salón a la de los aparatos, en el jardín. Garrone estaba ayer en el despacho del director cuando vino la madre de Nelli, esa señora rubia vestida de negro, para pedir que se dispensara a su hijo de los nuevos ejercicios. Cada palabra le costaba un esfuerzo y hablaba teniendo una mano sobre la cabeza de su niño.

—El no puede... —dijo al director.

Pero Nelli se mostró tan afligido de que lo excluyeran de los aparatos, de tener que sufrir una humillación más...

—Verás, mamá, que podré hacerlo como los otros —decía.

Su madre lo miraba en silencio con un aire de compasión y de cariño. Después dijo vacilando:

—Temo por sus compañeros...

Quería decir: «Temo que se burlen de él.»

Pero Nelli repuso:

—Eso no me importa...; además, está Garrone. Me basta con que él no se ría.

Y entonces lo dejaron venir. El maestro, ese de la herida en el cuello que ha estado con Garibaldi, nos llevó inmediatamente a las barras verticales, que son muy altas, y había que trepar hasta la cima y ponerse de pie sobre el eje transversal. Derossi y Coretti se encaramaron como dos monos; también el pequeño Precossi trepó ágilmente, aunque estorbado por ese chaquetón que le llega hasta las rodillas, y para hacerlo reír mientras subía todos le repetían su estribillo: «Perdona, perdona.» Stardi resoplaba, enrojecía como un pavo, apretaba los dientes y parecía un perro rabioso; pero aun a costa de reventar habría llegado hasta arriba, y llegó, en efecto; también Nobis, y cuando estuvo allá en lo alto adoptó una postura de emperador; pero Votini resbaló dos veces, a pesar de su bonito traje nuevo a rayas azules, hecho expresamente para la gimnasia. Para subir con más facilidad todos se habían embadurnado las manos con pez griega, colofonía, como la llaman; y es ese traficante de Garoffi, por supuesto, el que la provee a todos, en polvo, vendiéndola a un *soldo* el cucurucho y ganando. Luego le tocó a Garrone, que subió masticando pan, como si tal cosa, y creo que habría sido capaz de llevar a uno de nosotros sobre sus hombros, de tan robusto y fuerte que es ese torito. Después de Garrone llegó el turno de Nelli. Apenas lo vieron asirse a la barra con esas manos largas y delgadas muchos empezaron a reírse y a mofarse; pero Garrone cruzó sus gruesos brazos sobre el pecho y lanzó a su alrededor unas miradas tan expresivas, dando a entender con toda claridad que repartiría en seguida cuatro bofetones, aun en presencia del maestro, que todos dejaron de reír en el acto. Nelli comenzó a trepar; padecía, pobrecito, la cara se le ponía morada, respiraba fuerte, le corría el sudor por la frente. El maestro dijo:

—Baja.

Pero él no obedeció, se esforzaba, obstinado; de un momento a otro yo esperaba verlo caer medio muerto. ¡Pobre Nelli! Pensaba en lo que habría sufrido mi madre si yo hubiese sido como él, pobre madre mía. Pensando en esto quería aún más a Nelli y no sé lo que habría dado para que consiguiera subir, para poder empujarlo sin ser visto. Mientras tanto, Garrone, Derossi, Coretti decían:

—¡Arriba, arriba, Nelli, vamos, ya falta poco, ánimo!

Nelli hizo otro violento esfuerzo, lanzando un gemido, y se encontró a dos palmos del eje.

—¡Bravo! —gritaron los otros—. ¡Ánimo! ¡Un empujón más!

Y Nelli aferró el eje. Todos aplaudieron.

—¡Muy bien! —dijo el maestro—. Pero ya basta; abajo.

Mas Nelli quería empinarse como los otros, y penosamente logró poner los codos sobre el eje, después las rodillas y luego los pies; finalmente se irguió, y jadeando y sonriendo nos miró. Volvimos a aplaudir; entonces él miró hacia la calle. Me volví en esa dirección y a través de las plantas que cubrían la verja del jardín vi a su madre que se paseaba por la acera sin atreverse a mirar. Nelli bajó y todos lo felicitaron; estaba excitado, la cara encendida, le brillaban los ojos, no parecía el mismo. Más tarde, a la salida, su madre se le acercó y le preguntó un poco inquieta, abrazándolo:

—Y bien, pobre hijo, ¿cómo te ha ido? ¿Cómo te ha ido?

Todos los compañeros respondieron a la vez:

—¡Lo ha hecho muy bien! Ha subido como nosotros. Es fuerte, ¿sabe usted? Es ágil. Puede hacerlo igual que los demás.

¡Hubo que ver, entonces, la alegría de aquella señora! Quiso darnos las gracias y no pudo, estrechó la mano a tres o cuatro, hizo una caricia a Garrone y se llevó a su hijo. Los vimos durante un buen trecho caminar de prisa, hablando y gesticulando, contentos como nunca los había visto nadie.

El maestro de mi padre

Martes 11

¡Qué hermoso viaje hice ayer con mi padre! He aquí cómo aconteció. Anteayer, después de la comida, mi padre estaba leyendo el periódico y lanzó una exclamación de asombro. Luego dijo:

—¡Y yo que lo creía muerto hace veinte años! ¿Sabéis que aún está vivo mi primer maestro, Vincenzo Crosetti, que tiene ochenta y cuatro años? Leo aquí que el Ministerio le ha dado la medalla al mérito por sesenta años de enseñanza. Se-sen-ta años, ¿comprendéis? Y no hace más de dos años que ha dejado de dar clases. ¡Pobre Crosetti! Vive a una hora de tren de aquí, en Condove, el pueblo de nuestra antigua jardinera de la quinta de Chieri.

Y añadió:

—Enrico, iremos a verlo.

Y durante toda la noche no habló más que de él. El nombre de su maestro de la primaria traía a su memoria mil cosas de cuando era un niño, sus primeros compañeros, su mamá muerta.

—¡Crosetti! —exclamaba—. Tenía cuarenta años cuando yo estaba en su clase. Todavía me parece verlo. Un hombrecillo ya un poco encorvado, de ojos claros, con la cara siempre afeitada. Severo, mas de agradables maneras, nos quería como un padre, pero no nos perdonaba ninguna falta. Había sido campesino y consi-

194

guió ascender a fuerza de estudio y de privaciones. Un hombre de bien. Mi madre le tenía mucho afecto y mi padre lo trataba como amigo. ¿Cómo ha ido a parar a Condove desde Turín? No me reconocerá, por cierto. No importa, lo reconoceré yo. ¡Han pasado cuarenta y cuatro años! Cuarenta y cuatro años, Enrico; mañana iremos a verlo.

Y ayer por la mañana, a las nueve, estábamos en la estación de ferrocarril de Susa. Yo habría querido que viniese también Garrone; pero no pudo porque su madre está enferma. Era un hermoso día de primavera. El tren corría entre los prados verdes y los setos en flor y se respiraba un aire perfumado. Mi padre estaba contento y de vez en cuando me ponía el brazo en torno al cuello y me hablaba como a un amigo, mirando la campiña.

—¡Pobre Crosetti! —decía—. El ha sido conmigo el primer hombre cariñoso y bienhechor, después de mi padre. No he olvidado sus buenos consejos, ni tampoco ciertos reproches secos que me hacían regresar a casa con la garganta en un puño. Tenía unas manos gruesas y cortas.

Lo veo aún entrar en el aula; ponía su bastón de caña en un rincón y colgaba la capa en la percha, siempre con el mismo gesto. Y todos los días el mismo humor, concienzudo, atento y lleno de buena voluntad como si diese clase por primera vez. Lo recuerdo como si lo oyese ahora cuando me decía: «¡Bottini, eh, Bottini! El índice y el medio sobre la pluma!» ¡Seguramente estará muy cambiado después de cuarenta y cuatro años!

En cuanto llegamos a Condove fuimos a buscar a nuestra antigua jardinera de Chieri, que tiene una tienducha en una callejuela. La encontramos con sus niños; nos agasajó mucho, nos dio noticias de su marido, que debe regresar de Grecia, en donde está trabajando hace ya tres años, de su hija mayor, que está en el Instituto de los sordomudos, en Turín. Después nos indicó el camino para ir a casa del maestro, a quien todos conocen.

Salimos del pueblo y tomamos un sendero que subía, bordeado de setos floridos.

Mi padre ya no hablaba, parecía absorto en sus recuerdos, por momentos sonreía y luego meneaba la cabeza.

De pronto se detuvo y dijo:

—Ahí está. Apuesto a que es él.

Un viejecillo con la barba blanca y un ancho sombrero bajaba hacia nosotros por la senda, apoyándose en un bastón; arrastraba los pies y le temblaban las manos.

—Es él —repitió mi padre, apretando el paso.

Cuando estuvimos cerca nos detuvimos. El anciano miró a mi padre. Tenía el rostro todavía fresco y los ojos claros y vivos.

—¿Es usted el maestro Vicenzo Crosetti? —preguntó mi padre quitándose el sombrero.

El anciano también se descubrió y repuso:

—Sí, soy yo —con una voz algo trémula, pero llena.

—Pues bien —dijo mi padre tomándole una mano—, permítame usted que un antiguo alumno suyo le estreche la mano y le pregunte cómo está. He venido de Turín para verlo.

El anciano lo miró sorprendido. Luego dijo:

—Es demasiado honor para mí...; no sé... ¿Cuándo fue mi alumno? Perdóneme. Dígame su nombre, por favor.

Mi padre dijo su nombre, Alberto Bottini, el año y el lugar; y añadió:

—Usted no se acordará de mí, es natural. ¡Pero yo lo reconozco perfectamente!

El maestro inclinó la cabeza, miró al suelo pensando y murmuró dos o tres veces el nombre de mi padre, que mientras tanto lo miraba fijamente, sonriendo.

De repente el anciano alzó la cabeza, con los ojos muy abiertos, y dijo lentamente:

196

—¿Alberto Bottini? ¿El hijo del ingeniero Bottini que vivía en la plaza de la Consolata?

—El mismo —repuso mi padre tendiendo las manos.

—Entonces... —dijo el anciano—, permítame, estimado señor, permítame.

Y adelantándose abrazó a mi padre; su cabeza blanca apenas le llegaba a los hombros. Mi padre apoyó la mejilla sobre su frente.

—Tenga la bondad de acompañarme —dijo el maestro.

Se volvió y sin hablar emprendió el camino hacia su casa. En pocos minutos llegamos a una era ante una pequeña casa con dos puertas, una de las cuales tenía un trozo de pared encalado a su alrededor.

El maestro abrió la otra puerta y nos hizo entrar en una habitación de paredes blancas. En un rincón había un catre con una colcha de cuadritos blancos y azules, en otro una mesa con una pequeña biblioteca; cuatro sillas y un viejo mapa clavado en la pared; se sentía un buen olor a manzanas.

Nos sentamos los tres. Mi padre y el maestro se miraron un momento en silencio.

—¡Bottini! —exclamó luego el anciano, fijando la mirada en el piso de ladrillos ajedrezado por la luz del sol—. ¡Oh, me acuerdo muy bien! ¡Su madre era muy buena señora! Usted, el primer año, estuvo bastante tiempo en el primer banco de la izquierda, junto a la ventana. ¡Mire usted si me acuerdo! Me parece estar viendo su cabeza rizada.

Luego se quedó un momento pensativo.

—Era un chico vivaracho, ¿eh?, mucho. El segundo año estuvo enfermo de garrotillo. Recuerdo cuando lo trajeron de nuevo a clase, enflaquecido, envuelto en un chal. Han pasado cuarenta años, ¿no es verdad? Ha sido muy amable acordándose de su pobre maestro. Han

197

venido otros, ¿sabe?, años atrás, a visitarme aquí, antiguos alumnos, un coronel, sacerdotes, varios señores.

Preguntó a mi padre cuál era su profesión. Luego dijo:

—Me alegro, me alegro de todo corazón. Se lo agradezco. Hacía mucho tiempo que no venía nadie. Y temo que usted sea el último, estimado señor.

—¡Pero qué dice, por favor! —exclamó mi padre—. Está usted bien, se le ve todavía fuerte. No debe usted decir eso.

—No, no —repuso el maestro—; ¿ve este temblor? —y mostró las manos—. Esta es una mala señal. Me atacó hace tres años, cuando todavía daba clases. Al principio no le hice caso; creía que se me pasaría. Pero, por el contrario, continuó y fue en aumento. Llegó un día en que no pude ya escribir. ¡Ah, aquel día, la primera vez que hice un borrón en el cuaderno de un alumno, fue un golpe mortal para mí, querido señor! Seguí adelante, bastante bien, por algún tiempo; pero al fin no pude más. Después de sesenta años de enseñanza debí decir adiós a la escuela, a los alumnos, al trabajo. Fue duro, ¿sabe?, muy duro. La última vez que di clase me acompañaron todos a casa y me agasajaron; pero yo estaba triste, comprendía que mi vida había acabado. Ya el año anterior había perdido a mi mujer y a mi único hijo. No me quedaron más que dos nietos, campesinos. Ahora vivo con algunos cientos de liras de pensión. No hago nada; los días me parecen interminables. Mi única ocupación, vea usted, es hojear mis viejos libros de escuela, colecciones de periódicos escolares, alguno que otro libro que me han regalado. Ahí están mis recuerdos —dijo señalando la pequeña biblioteca—, todo mi pasado... No me queda otra cosa en el mundo.

Luego, con un tono repentinamente alegre, dijo:

—Quiero darle una sorpresa, querido señor Bottini. Se levantó, se acercó a la mesa y abrió un cajón ancho

198

que contenía muchos paquetes pequeños, todos atados con un cordoncillo y con una fecha escrita, de cuatro cifras. Después de buscar un poco, abrió uno, hojeó muchos papeles, sacó una hoja amarillenta y se la tendió a mi padre. ¡Era un trabajo suyo de cuarenta años atrás! El encabezamiento decía: *Alberto Bottini, Dictado, 3 de abril de 1838.* Mi padre reconoció inmediatamente su gruesa escritura de niño y se puso a leer, sonriendo. Pero de pronto se le humedecieron los ojos. Yo me levanté preguntándole qué le pasaba.

Me rodeó la cintura con un brazo y apretándome contra él me dijo:

—Mira esta hoja. ¿Ves? Estas son las correcciones de mi pobre madre. Ella me reforzaba siempre las *eles* y las *tes.* Las últimas líneas son todas suyas. Había aprendido a imitar mi letra y cuando yo estaba cansado o tenía sueño terminaba la tarea por mí. ¡Santa madre mía!

Y besó la página.

—Aquí están las memorias —dijo el maestro mostrando los otros paquetes—. Cada año he puesto aparte un trabajo de mis alumnos, y están todos aquí, ordenados y numerados. A veces los hojeo, leo unas líneas al azar y vuelven a mi memoria muchas cosas, me parece revivir los viejos tiempos. ¡Cuántos han pasado, señor Bottini! Cierro los ojos y veo muchas caras que se superponen, clases y más clases, cientos y cientos de muchachos, ¡cuántos de ellos quizá ya muertos! De muchos me acuerdo perfectamente. Recuerdo sobre todo a los mejores y a los peores, aquellos que han dado muchas satisfacciones y aquellos que me han hecho pasar momentos tristes; ¡porque también he tenido víboras, es natural, entre un número tan grande! Pero hoy, como puede usted comprender, estoy ya como en el otro mundo y los quiero a todos por igual.

Volvió a sentarse y tomó una de mis manos entre las suyas.

—Y de mí —preguntó mi padre con una sonrisa—, ¿no recuerda ninguna travesura?

—¿De usted, señor? —repuso el viejo, sonriendo también—. No, no por el momento. Mas esto no quiere decir que no las haya hecho. Pero usted era juicioso, era serio para su edad. Me acuerdo de cuánto lo quería su señora madre... ¡Pero ha sido usted muy amable, muy gentil en venir a verme! ¿Cómo ha podido dejar sus ocupaciones para venir a visitar a un pobre y viejo maestro?

—Oiga, señor Crosetti —repuso mi padre vivamente—. No me olvido de la primera vez que mi madre me acompañó a la escuela. Era la primera ocasión en que debía separarse de mí durante dos horas y dejarme fuera de casa en otras manos que no fueran las de mi padre; en suma, en manos de una persona desconocida. Para aquella buena mujer mi entrada en la escuela era como la entrada en el mundo, la primera de una larga serie de separaciones necesarias y dolorosas; la sociedad le arrebataba por primera vez a su hijo para no devolvérselo ya totalmente. Estaba conmovida, y yo también. Me confió a usted con una voz temblorosa y luego, cuando se iba, me saludó aún a través del ventanillo de la puerta con los ojos bañados en lágrimas. Precisamente en ese momento usted le hizo un gesto con la mano, poniéndose la otra sobre el pecho, como para decirle: «Señora, confíe en mí.» Pues bien, aquel gesto suyo, aquella mirada, por los que advertí que usted había comprendido todos los sentimientos, todos los pensamientos de mi madre, esa mirada que decía: «¡Animo!», y ese gesto que era una honesta promesa de protección, de afecto, de indulgencia, yo nunca los he olvidado, han quedado grabados en mi corazón para siempre; este recuerdo es el que me ha hecho venir desde Turín. Y aquí me tiene, después de cuarenta y cuatro años, para decirle: «Gracias, querido maestro.»

El maestro guardó silencio. Me acariciaba los cabellos

con una mano muy temblorosa que saltaba del pelo a la frente, de la frente a los hombros.

Mientras tanto mi padre miraba aquellos muros desnudos, el lecho humilde, un trozo de pan y una botellita de aceite que estaba sobre la ventana, y parecía querer decir: «Pobre maestro, ¿después de sesenta años de trabajo, es éste todo tu premio?»

Pero el bueno del viejo estaba contento y empezó a hablar con vivacidad de nuestra familia, de otros maestros de aquellos años y de los condiscípulos de mi padre, quien no podía acordarse de todos, y uno daba al otro noticia de éste y de aquél. Cuando mi padre interrumpió la conversación para rogarle que bajase al pueblo para almorzar con nosotros, él repuso vivamente:

—No, gracias, se lo agradezco mucho.

Mas parecía indeciso. Mi padre le tomó las manos e insistió.

—¿Pero cómo me las arreglaré para comer con estas pobres manos que temblequean de esta manera? —dijo el maestro—. ¡Es un martirio también para los demás!

—Nosotros lo ayudaremos, maestro —dijo mi padre.

Entonces aceptó, sacudiendo la cabeza y sonriendo.

—¡Hermoso día! —dijo cuando cerraba la puerta—. ¡Un día maravilloso, querido señor Bottini! ¡Le aseguro que no lo olvidaré mientras viva!

Mi padre dio el brazo al maestro, éste me cogió de la mano, y bajamos por la senda. Encontramos dos chiquillas descalzas que guiaban a unas vacas y a un chico que pasó corriendo con un gran haz de paja sobre el hombro. El maestro nos dijo que eran tres colegiales de segundo que por la mañana llevaban a pacer los animales y trabajaban con los pies desnudos en el campo; por la tarde se calzaban e iban al colegio. Era casi mediodía. No encontramos a nadie más. En pocos minutos llegamos a la posada; nos sentamos a una mesa grande, el maestro en el medio, y empezamos a comer en seguida. La posada

201

era silenciosa como un convento. El maestro estaba alegre y la emoción le acentuaba el temblor; casi no podía comer. Pero mi padre le cortaba la carne, le partía el pan y le ponía la sal en la sopa. Para beber necesitaba aferrar el vaso con ambas manos, y aun así le chocaba contra los dientes. Hablaba por los codos, con entusiasmo, de los libros de lectura de su juventud, de los horarios actuales, de los elogios que había recibido de sus superiores, de los reglamentos de estos últimos años, siempre con ese rostro sereno, un poco más encendido que al principio, con voz regocijada y una risa casi juvenil. Mi padre no dejaba de mirarlo, con la misma expresión con que a veces lo sorprendo observándome, en casa, cuando piensa y sonríe para sí, con la cabeza inclinada hacia un costado. El maestro dejó caer un poco de vino sobre su pecho; mi padre se levantó y le limpió con la servilleta.

—¡Ah, no, señor, esto no se lo permito! —protestó riendo.

Decía palabras en latín. Al final alzó el vaso, que le bailaba en la mano, y dijo muy serio:

—¡A su salud, pues, querido señor ingeniero, a la de sus hijos y a la memoria de su querida madre!

—¡A la suya, mi querido maestro! —repuso mi padre apretándole la mano.

Desde el fondo de la sala el posadero y otras personas miraban y sonreían como contentos por el agasajo que se tributaba al maestro de su pueblo.

Cuando salimos eran más de las dos y el maestro quiso acompañarme a la estación. Mi padre le dio nuevamente el brazo y el anciano me tomó de la mano; yo llevaba el bastón. La gente se detenía para mirarnos, porque todos lo conocían; algunos lo saludaban. En un cierto punto del camino oímos a través de una ventana muchas voces de niños que leían a coro, deletreando. El anciano se detuvo y pareció entristecerse.

—Esto, querido señor Bottini, es lo que me apena. Oír las voces de los niños en la escuela y no estar ahí, pensar que está otro. Durante sesenta años he oído esta música y mi corazón se había hecho a ella... Ahora no tengo familia. Ya no tengo hijos.

—No, maestro —le dijo mi padre reanudando la marcha—, usted tiene aún muchos hijos, dispersos por el mundo, que lo recuerdan como yo siempre lo he recordado.

—No, no —repuso con tristeza—; no tengo ya escuela, no tengo a mis hijos. Y sin hijos no viviré mucho. Pronto ha de llegar mi última hora.

—¡No diga eso, maestro, no piense en eso! ¡De todos modos, usted ha hecho mucho bien! ¡Ha empleado su vida noblemente!

El viejo maestro reclinó un momento su cabeza blanca sobre el hombro de mi padre y me apretó la mano. Habíamos llegado a la estación. El tren estaba por partir.

—¡Adiós, maestro! —dijo mi padre, besándolo en las mejillas.

—¡Adiós, gracias, adiós! —repuso cogiendo con sus manos temblorosas una mano de mi padre y apretándola sobre su corazón.

Luego lo besé y sentí su cara toda húmeda. Mi padre me introdujo en el vagón y cuando subía él, quitó rápidamente el tosco bastón de la mano del maestro poniendo en su lugar la hermosa caña de pomo de plata con sus iniciales grabadas, diciéndole:

—Consérvelo como recuerdo mío.

El anciano intentó devolvérselo y coger el suyo, pero mi padre ya estaba dentro del vagón y había cerrado la portezula.

—¡Adiós, mi buen maestro!

—¡Adiós, hijo mío! —repuso el anciano mientras el

tren empezaba a moverse—. ¡Que Dios lo bendiga por el consuelo que ha traído a un pobre viejo!

—¡Hasta la vista! —gritó mi padre con voz conmovida.

Pero el maestro dejó caer la cabeza como diciendo: «No volveremos a vernos.»

—¡Sí, sí —repitió mi padre—, hasta la vista!

Y él repuso, alzando la mano trémula hacia el cielo:

—¡Allá arriba!

Y desapareció de nuestra vista así, con la mano en alto.

Convalecencia

Jueves 20

¡Quién lo hubiera dicho, cuando regresaba tan contento de esa hermosa visita en compañía de mi padre, que por diez días no volvería a ver ni campos ni cielo! He estado muy enfermo, en peligro de muerte. He oído sollozar a mi madre, he visto a mi padre pálido, muy pálido, que me miraba fijamente, a mi hermana Silvia hablar en voz baja con mi hermano y al médico, con las gafas, que en todo momento estaba allí y me decía cosas que yo no comprendía. A decir verdad, he estado a punto de decir adiós a todos. ¡Ah, pobre madre mía! Han pasado por lo menos tres o cuatro días de los cuales no recuerdo casi nada, como si hubiese tenido un sueño embrollado y oscuro. Me parece haber visto junto a mi cama a mi buena maestra de primero superior que se esforzaba en sofocar la tos con el pañuelo para no molestarme; recuerdo confusamente que mi maestro se inclinó para besarme y me pinchó con la barba; he visto pasar como entre la niebla la cabeza de Crossi, los rizos rubios de Derossi, al calabrés vestido de negro y a Garrone que me trajo una mandarina con sus hojas y se fue en seguida porque su madre estaba mal. Después me desperté como de un larguísimo sueño y comprendí que estaba mejor al ver a mi padre y a mi madre que sonreían y oyendo canturrear a Silvia. ¡Oh, ha sido un sueño muy triste! Luego he empezado a mejorar, día a día. Ha venido el albañilito y me ha hecho volver a reír por primera vez con su morro de liebre, ¡y qué bien lo hace ahora que la enfermedad le ha consumido la cara, pobrecillo! Me ha visitado Coretti; también ha venido Garoffi a regalarme dos billetes de su rifa de «un cortaplumas con cinco sorpresas» que compró a un chamarilero de la calle de Bertola. Ayer, por último, mientras dormía, Precossi ha apoyado la mejilla sobre mi mano, sin despertarme, y como venía del taller de su padre con la cara empolvada de carbón, dejó una huella negra sobre mi manga que me ha alegrado ver cuando he despertado. ¡Qué verdes se han puesto los árboles en estos pocos días! ¡Y qué envidia me dan los chicos que veo correr hacia la escuela con sus libros cuando mi padre me lleva a la ventana! Pero dentro de poco también yo volveré. ¡Estoy tan impaciente por volver a ver a todos los chicos, mi pupitre, el jardín, las calles, por saber todo lo que ha ocurrido en este tiempo, por volver a coger mis libros y mis cuadernos, que me parece haber estado ausente un año! ¡Pobre mi madre, cómo ha adelgazado y empalidecido! ¡Y mi padre tiene un aire tan cansado! ¡Los compañeros que han venido a verme caminaban de puntillas y me besaban en la frente! Me pone triste pensar que algún día nos separaremos. Con Derossi y con algún otro quizá continuaremos los estudios juntos, pero ¿todos los demás? Una vez terminada la primaria, adiós; no nos veremos más; no los tendré más junto a mi cama cuando esté enfermo; ¡Garrone, Precossi, Coretti, mis buenos

amigos, mis queridos compañeros, no los veré nunca
más!

Los amigos obreros

Jueves 20

*¿Por qué, Enrico, nunca más? Eso dependerá de ti. Una vez
terminado cuarto irás al Gimnasio y ellos empezarán a trabajar;
pero permaneceréis en la misma ciudad, quizá por muchos años.
¿Por qué, entonces, no habréis de veros? Cuando tú estés en la uni-
versidad o en el liceo irás a buscarlos a sus tiendas o a sus talleres y
te alegrará mucho encontrar a tus compañeros de infancia, ya
hombres, en su trabajo. Estoy seguro de que buscarías a Coretti y a
Precossi dondequiera estuviesen. Irás y pasarás horas enteras en su
compañía. Ya verás, estudiando la vida y el mundo, cuántas cosas
podrás aprender de ellos que ningún otro sabría enseñarte, sobre sus
oficios, su sociedad y tu país. Ten presente que si no conservas estas
amistades será muy difícil que en el futuro adquieras otras similares, quiero decir amistades fuera de la clase social a la que pertene-
ces, y vivirás encerrado en la tuya. El hombre que frecuenta una
sola clase social es como el estudioso que no lee más que un libro.
Proponte, pues, a partir de hoy, conservar esos buenos amigos aun
después de que os separéis, y cultiva desde ahora su amistad con pre-
ferencia, precisamente porque son hijos de obreros. Mira, los hombres de las clases superiores son los oficiales y los obreros son los
soldados del trabajo; pero tanto en la sociedad como en el ejército, el
soldado no es menos noble que el oficial, porque la nobleza está en el
trabajo y no en la ganancia, en el valor y no en el grado; y si existe
una superioridad por los méritos, ella está en los soldados, en los
obreros, que obtienen del esfuerzo propio menor beneficio. Por lo
tanto, entre tus compañeros, quiere y respeta sobre todo a los hijos
de los soldados del trabajo; honra en ellos las fatigas y los sacrifi-*

cios de sus padres; desprecia las diferencias de fortuna y de clase, sobre las cuales sólo los ruines regulan los sentimientos y la cortesía; piensa que la sangre bendita que ha rendido a la patria salió casi toda de las venas de los trabajadores de los talleres y del campo. Quiere a Garrone, a Coretti, quiere a tu «albañilito», que en sus pechos de pequeños obreros encierran corazones de príncipes, y júrate que ningún cambio de fortuna podrá nunca arrancar de tu alma estas santas amistades infantiles. Jura que si dentro de cuarenta años, al pasar por una estación de ferrocarril, reconocieras bajo las ropas de un maquinista a tu viejo Garrone con la cara ennegrecida... ¡ah!, no es necesario que jures: estoy seguro de que subirías de un salto a la máquina y le echarías los brazos al cuello, aunque fueses senador del Reino.

TU PADRE

La madre de Garrone

Viernes 28

Al volver a la escuela recibí una triste noticia. Hacía varios días que Garrone faltaba porque su madre estaba gravemente enferma. El sábado por la tarde murió. Ayer a la mañana, en cuanto entró en el aula, el maestro nos dijo:

—Al pobre Garrone le ha ocurrido la más grande desgracia que puede ocurrirle a un niño. Se le ha muerto la madre. Mañana volverá a clase. Desde ahora, muchachos, os ruego que respetéis el terrible dolor que le desgarra el alma. Cuando entre, saludadlo con cariño y serios; que ninguno bromee ni ría con él, os lo ruego.

Esta mañana, un poco más tarde que los demás, entró el pobre Garrone. Al verlo el corazón me dio un vuelco. Tenía la cara mustia, los ojos enrocejidos y apenas si se sostenía sobre las piernas; parecía como si hubiese estado un mes enfermo, costaba reconocerlo; vestía de negro; daba pena verlo. Todos contenían la respiración y lo miraban. Apenas entrar, al ver aquella aula adonde su madre había venido a buscarlo casi a diario, el pupitre sobre el que tantas veces se había inclinado los días de examen para hacerle una última recomendación y donde él tantas veces había pensado en ella, impaciente por salir corriendo a su encuentro, rompió a llorar desesperadamente. El maestro lo atrajo junto a sí, lo estrechó contra su pecho y le dijo:

—Llora, llora, pobre niño; pero ten valor. Tu madre ya no está aquí, pero te ve, aún te quiere, vive todavía junto a ti y un día volverás a verla, porque tienes un alma buena y honesta como ella. Ten valor.

Luego lo acompañó hasta el pupitre, a mi lado. Yo no me atrevía a mirarlo. Sacó sus cuadernos y sus libros, que no había abierto en muchos días, y abriendo el libro de lectura donde hay una viñeta que representa a una madre de la mano de su hijo, prorrumpió en llanto otra vez y reclinó la cabeza sobre el brazo. El maestro nos hizo señas de dejarlo estar así y comenzó la lección. Yo habría querido decirle algo, pero no atinaba. Le puse una mano sobre el brazo y le dije al oído:

—No llores, Garrone.

El no respondió; sin levantar la cabeza puso su mano sobre la mía y la dejó allí durante un largo rato. A la salida nadie le habló, todos estaban cerca de él, respetuosamente, en silencio. Vi a mi madre que me esperaba y corrí abrazarla; pero ella me rechazó y miraba a Garrone. Al principio no conprendí, luego advertí que Garrone, apartado y solo, me observaba con una indescriptible tristeza, como diciendo: «¡Tú abrazas a tu madre y yo no podré hacerlo nunca más!» Entonces comprendí por qué mi madre me había rechazado.

Giuseppe Mazzini

También esta mañana Garrone vino a clase pálido y con los ojos hinchados por el llanto, y dio apenas una ojeada a los pequeños regalos que para su consuelo habíamos dejado sobre su pupitre. El maestro trajo un libro para leerle unas páginas que le diesen ánimo. Primero nos recomendó que mañana, al toque de mediodía, fuésemos al ayuntamiento a presenciar la entrega de la medalla al valor civil a un muchacho que había salvado a un niño de las aguas del Po y que el lunes él nos dictará la descripción de la ceremonia, en lugar del cuento mensual.

Luego, dirigiéndose a Garrone, que estaba con la cabeza gacha, le dijo:

—Garrone, haz un esfuerzo y escribe tú también lo que voy a dictaros.

Todos cogimos la pluma. El maestro dictó:

«Giuseppe Mazzini, nacido en Génova en 1805, muerto en Pisa en 1872, gran alma de patriota, escritor de talento, inspirador y primer apóstol de la revolución italiana; por amor a la patria vivió cuarenta años en la pobreza, desterrado, perseguido, errante, heroicamente firme en sus principios y en sus propósitos. Giuseppe Mazzini, que adoraba a su madre y había tomado de ella todo lo que en su alma fuerte y noble había de más elevado y puro, escribía así a un fiel amigo para consolarlo de la más grande de las desventuras. Estas son, poco más o menos, sus palabras: "Amigo, ya no volverás a ver a tu madre en este mundo. Esta es la tremenda verdad. No voy a verte porque el tuyo es de esos dolores solemnes y santos que tiene que sufrir y vencer uno solo. ¿Comprendes lo que quiero decir con las palabras: *Es necesario vencer el dolor?* Vencer aquello que el dolor tiene de menos santo, de menos purificador; eso que en vez de mejorar el alma la debilita y la hunde. Pero la otra parte del dolor, la parte noble, la que engrandece y eleva el alma, ésa debe permanecer contigo y no abandonarte jamás. Aquí en la tierra nada puede sustituir a una buena madre. En los dolores, en los consuelos que la vida puede ofrecerte todavía, tú ya no la olvidarás. Pero debes recordarla, amarla, entristecerte por su muerte de un modo digno de ella. Oh, amigo, escúchame. La muerte no existe, no es nada. Ni siquiera se puede comprender. La vida es vida y sigue la ley de la vida, del progreso. Ayer tenías una madre en la tierra, hoy tienes un ángel en otro lugar. Todo lo que es bueno sobrevive con fuerza redoblada a la vida eterna. Por tanto, también el amor de tu madre. Ella te ama ahora más que nunca, y ante ella eres responsable de tus acciones más que antes. De ti depende, de tus obras, encontrarla, volver a verla en la otra vida. En consecuencia, por amor y veneración a ella, debes hacerte mejor y darle alegría con tu vida. De ahora en adelante, en todos tus actos, deberás preguntarte: ¿Lo aprobaría mi madre? Su transformación ha puesto en el mundo un ángel custodio para ti, al que debes referir todas tus cosas. Sé fuerte y bueno, resiste al dolor desesperado y vulgar, ten la serenidad de los grandes padecimientos en las almas grandes; esto es lo que ella quiere."»

—¡Garrone! —añadió el maestro—, *sé fuerte y ten serenidad, esto es lo que ella quiere.* Comprendes?

Garrone asintió con la cabeza mientras gruesas y abundantes lágrimas le caían sobre las manos, el cuaderno y el pupitre.

Valor civil
(Cuento mensual)

Al toque de campanas estábamos con el maestro ante el palacio del ayuntamiento para asistir a la entrega de la medalla al valor civil al chico que había salvado a su compañero de las aguas del Po.

En el balcón de la fachada ondeaba una gran bandera tricolor.

Entramos en el patio de palacio.

Estaba ya lleno de gente. En el fondo se veía una mesa con tapete rojo y papeles encima; detrás de ella una hilera de sillones dorados para el alcalde y la junta. Estaban los ujieres del ayuntamiento con sus jubones azules y las calzas blancas. A la derecha del patio se alineaba un pelotón de guardias urbanos con muchas medallas y junto a ellos un piquete de la guardia de finanzas; en el lado opuesto se encontraban los bomberos, con uniforme de gala, y muchos soldados libres de servicio que habían acudido a presenciar la ceremonia: soldados de caballería, *bersaglieri,* artilleros. En derredor suyo se apiñaban señores, gente del pueblo, algunos oficiales, mujeres y niños. Nosotros nos apretujamos en un ángulo donde ya se aglomeraban muchos alumnos de otras escuelas con sus maestros; cerca de nosotros había un grupo de muchachos del pueblo, entre los diez y los dieciocho años, que reían y hablaban fuerte, y se notaba que todos eran de Borgo Po, compañeros o conocidos del que iba a ser condecorado. Arriba, en todas las ventanas, estaban asomados los empleados del ayuntamiento; la galería de la biblioteca también se veía llena de gente que se agolpaba contra la balaustrada, y en la del lado opuesto, en la que está sobre el portal de entrada, había niñas de las escuelas públicas y muchas *Hijas de los militares,* con sus bonitos velos celestes. Parecía un teatro. Todos charlaban con animación,

211

mirando repetidamente hacia la mesa roja para ver si comparecía alguien. La banda tocaba suavemente en el fondo del pórtico. Sobre los altos muros daba el sol. Era hermoso.

De repente todos empezaron a aplaudir, desde el patio, las galerías y las ventanas.

Me puse de puntillas para ver mejor.

La multitud que se hallaba detrás de la mesa roja había dejado paso a un hombre y a una mujer. El hombre tomaba de la mano a un chico.

Era el que había salvado al niño.

El hombre era su padre, un albañil, vestido de fiesta. Su mujer, pequeña y rubia, llevaba un vestido negro. El chico, también rubio y bajo, vestía una chaqueta gris.

Al ver a toda aquella gente y ante ese estrépito de aplausos, los tres se detuvieron, sin atreverse a mirar ni a moverse. Un ujier los llevó hasta el lado de la derecha de la mesa.

Por unos momentos se guardó silencio y luego estallaron nuevamente los aplausos por todas partes. El chico miró hacia arriba, las ventanas y después la galería de las *Hijas de los militares;* tenía el sombrero en las manos y parecía no comprender bien dónde estaba. De rostro se parecía un poco a Coretti, aunque tenía la tez más encarnada. Sus padres permanecían con los ojos clavados en la mesa.

Mientras tanto, los muchachos de Borgo Po que estaban cerca de nosotros se adelantaban y hacían señas a su amigo para que los viera, llamándole en voz baja: «¡Pin! ¡Pin! ¡Pinot!» A fuerza de llamarlo se hicieron oír. El chico los miró y escondió la sonrisa detrás del sombrero.

En cierto momento todos los guardias tomaron la posición de firme.

Entró el alcalde, acompañado por muchos señores.

Vestía de blanco, con una gran faja tricolor, y se quedó

de pie ante la mesa; todos los demás se situaron a su espalda y a los lados.

La banda dejó de tocar, el alcalde hizo una señal y todos callaron.

Empezó a hablar. No pude oír bien las primeras palabras; pero entendí que narraba la acción del muchacho. Luego, su voz se elevó y se difundió tan clara y sonora por todo el patio que no perdí una palabra.

—... cuando desde la orilla vio a su compañero debatirse en el río, preso ya del terror de la muerte, él se arrancó las ropas y acudió sin titubear un momento. Le gritaron: «¡Te ahogarás!», no respondió; lo sujetaron, se libró; lo llamaron, pero ya estaba en el agua. El río estaba crecido, el peligro era terrible, aun para un hombre. Pero él se lanzó contra la muerte con toda la fuerza de su pequeño cuerpo y de su gran corazón; alcanzó y asió a tiempo al desgraciado, que ya estaba bajo el agua, y lo sacó a flote; luchó furiosamente con la corriente que quería arrastrarlo y con el compañero que intentaba ceñírsele; varias veces desapareció de la superficie y volvió a surgir con un esfuerzo desesperado; obstinado, invencible en su santo propósito, no como un muchacho que quiere salvar a otro muchacho, sino como un hombre que lucha para salvar a un hijo que es su esperanza y su vida. Finalmente, Dios no permitió que una proeza tan generosa resultase inútil. El nadador niño arrancó la víctima al río gigante, la llevó a tierra y le prodigó aún, con otros, los primeros auxilios, tras lo cual regresó a su casa solo y tranquilo a narrar ingenuamente su acción. ¡Señores!, hermoso y venerable es el heroísmo en el hombre. Pero en el niño, en quien todavía no es posible ningún propósito de ambición u otro interés, que tanta más audacia debe tener cuanta menos fuerza posee, a quien nada exigimos, que a nada está obligado, que nos parece ya tan noble y amable comprendiendo y reconociendo el sacrificio de otros, el heroísmo en el niño es una cosa divina. No diré más, señores. No quiero adornar con elogios superfluos una grandeza tan simple. He aquí, delante de vosotros, al salvador valeroso y noble. Soldados, saludadlo como a un hermano; madres, bendecidlo como a un hijo; niños, recordad su nombre, grabad en vuestra mente su rostro, que no se borre más de vuestra memoria y de vuestro corazón. Acércate, muchacho. En nombre del rey de Italia te impongo la medalla al valor civil.

Un viva fortísimo, lanzado simultáneamente por muchas gargantas, retumbó en el palacio.

El alcalde tomó de la mesa la medalla y la prendió en el pecho del niño. Luego lo abrazó y lo besó.

La madre se cubrió los ojos con la mano, el padre tenía la barbilla sobre el pecho.

El alcalde les estrechó la mano a ambos y tomando el decreto de la condecoración, que estaba atado con una cinta, se lo entregó a la mujer.

Después se volvió hacia el chico y dijo:

—Que el recuerdo de este día tan glorioso para ti y tan feliz para tus padres te mantenga durante toda la vida en la senda de la virtud y del honor. ¡Adiós!

El alcalde salió, empezó a sonar la banda y todo parecía terminado cuando el piquete de bomberos se abrió para dejar paso a un niño de ocho o nueve años, empujado hacia adelante por una mujer que en seguida se ocultó. El niño se lanzó hacia el condecorado y se echó en sus brazos.

Otro estallido de vítores y aplausos aturdió el patio; todos habían comprendido inmediatamente que se trataba del niño librado del Po que venía a dar las gracias a su salvador. Después de besarlo se le colgó de un brazo para acompañarlo fuera. Los dos, seguidos del padre y la madre, se dirigieron hacia la salida avanzando trabajosamente entre el gentío que se agolpaba a su paso, guardias, muchachos, soldados, mujeres. Todos se lanzaban hacia adelante o se ponían de puntillas para ver al muchacho. Los que estaban cerca le tocaban la mano. Cuando pasó ante los chicos de las escuelas, todos agitaron sus gorras en el aire. Los de Borgo Po armaron mucha algazara, tirándole de los brazos y de la chaqueta, gritando: «¡Pin! ¡Viva Pin! ¡Bravo, Pinot!» Pasó junto a mí. Tenía la cara encendida, contenta, la medalla colgaba de una cinta blanca, roja y verde. Su madre lloraba y reía; el padre se retorcía el bigote con una mano que temblaba como si tuviese fiebre. Arriba, en las ventanas y las galerías, continuaban asomándose y aplaudiendo. De pronto, cuando estaban por entrar bajo el pórtico, desde la galería de las *Hijas de los militares* se precipitó una verdadera lluvia de margaritas, pensamientos y ramitos de violetas que cayeron sobre las cabezas del muchacho y sus padres y se esparcieron por el suelo. Muchos empezaron a recogerlas apresuradamente y se las ofrecían a la madre. La banda, en el fondo del patio, tocaba muy quedo una bella melodía que parecía el canto de muchas voces argentinas alejándose con lentitud por las orillas de un río.

MAYO

Los niños raquíticos

Viernes 5

Hoy no he ido al colegio porque no me encontraba bien y he acompañado a mi madre al instituto de los niños raquíticos, donde debía recomendar a la niña del portero; pero no me ha dejado entrar...

¿No has comprendido, Enrico, por qué no te dejé entrar? Para no poner ante esos desventurados, allí en medio de la escuela, casi como un modelo, a un chico sano y robusto; ¡demasiadas ocasiones tienen ya para hacer comparaciones dolorosas! ¡Qué triste es aquello! Me brotaba el llanto del corazón estando allí dentro. Habría unos sesenta, entre niños y niñas... ¡Pobres huesos torturados! ¡Pobres manos, pobres piececitos encogidos y deformes! ¡Tristes cuerpos contrahechos! Pronto vi muchos rostros delicados, miradas llenas de inteligencia y de afecto; había una carita de chiquilla con la nariz afilada y el mentón pronunciado que parecía la de una viejecita, pero tenía una sonrisa de suavidad celestial. Algunos, vistos por delante, son agraciados y parecen carecer de defectos, pero se vuelven... y te estremecen el alma. Estaba el médico, visitándolos. Los ponía de pie sobre los bancos y les subía las ropas para palpar los vientres hinchados y las articulaciones engrosadas; pero ellos de ningún modo se avergonzaban, pobres criaturas; se notaba que eran niños acostumbrados a ser desvestidos,

examinados, vueltos por todos los lados. ¡Y pensar que ahora están
en el mejor período de su enfermedad, que ya casi no sufren! ¡Pero
quién puede saber lo que padecieron durante las primeras
deformaciones, cuando con el crecimiento de su enfermedad veían
disminuir el afecto en torno a ellos, pobres chiquillos, solos durante
horas y horas en el rincón de una habitación o de un patio, mal
nutridos, encarnecidos a veces, o atormentados por meses de
vendajes y aparatos ortopédicos inútiles! Ahora, gracias a los
cuidados, la buena alimentación y los ejercicios, muchos mejoran.
La maestra les hizo hacer gimnasia. ¡Daba lástima, ante ciertas
órdenes, verlos extender bajo los bancos esas piernas fajadas,
oprimidas por varillas, nudosas y deformadas, piernas que uno
habría cubierto de besos! Muchos no podían levantarse del banco, y
permanecían allí, con la cabeza apoyada sobre el brazo, acari-
ciando las muletas con la mano; otros, al tomar impulso con los
brazos para erguirse, sentía que les faltaba la respiración y caían
sentados, pálidos, pero sonriendo para disimular su ahogo. ¡Ah,
Enrico, muchos de vosotros no sabéis apreciar la buena salud de que
gozáis! Yo pensaba en aquellos guapos niños, fuertes y lozanos, que
las madres pasean como en triunfo, orgullosas de su belleza, y
habría estrechado desesperadamente todas estas cabezas sobre mi
corazón; les habría dicho, si no hubiese tenido una familia: «De
aquí ya no me voy, quiero consagrar mi vida a vosotros, serviros a
todos como una madre, hasta mis últimos días...» Entre tanto ellos
cantaban; cantaban con vocecillas tenues, dulces, tristes, que
llegaban al alma. La maestra los elogió y se pusieron contentos, y
mientras pasaba entre los bancos, le besaban las manos y los
brazos, porque sienten mucha gratitud hacia quienes se portan
bien con ellos y son muy cariñosos. También son inteligentes esos
angelitos, y estudian, me dijo la maestra. Una maestra joven y
noble, que en el rostro lleno de bondad tiene una cierta expresión de
pesadumbre, como un reflejo de las desdichas que ella acaricia y
consuela. ¡Querida muchacha! ¡Entre todos los que se ganan la vida
con su trabajo no hay nadie que lo haga más sensatamente que tú,
hija mía!

TU MADRE

Sacrificio

Mi madre es muy buena y mi hermana Silvia es como ella, tiene el mismo corazón grande y noble. Anoche yo estaba copiando una parte del cuento mensual, *De los Apeninos a los Andes,* tarea que el maestro ha distribuido entre todos porque es un relato muy largo, cuando Silvia entró de puntillas y me dijo rápidamente, en voz baja:

—Ven conmigo, vamos a hablar con mamá. Esta mañana los he oído conversar. A papá le ha salido mal un negocio; estaba afligido y mamá le daba ánimos. Estamos en un apuro, ¿comprendes? No hay dinero. Papá decía que será preciso hacer sacrificios para reponerse. Yo creo que también nosotros debemos hacerlos, ¿verdad? ¿Estás dispuesto? Bueno, yo hablo con mamá, tú asentirás y le prometerás por tu honor hacer lo que yo le proponga.

Dicho esto, me tomó de la mano y me llevó hasta nuestra madre, que estaba cosiendo, pensativa; nos sentamos en el sofá a uno y otro lado, junto a ella. Silvia dijo inmediatamente:

—Oye, mamá, tengo que hablarte. Los dos tenemos que hablar contigo.

Mamá nos miró asombrada. Silvia empezó:

—Papá está sin dinero, ¿verdad?

—¿Qué dices? —repuso mamá ruborizándose—. ¡No es verdad! ¿Qué sabes tú? ¿Quién te ha dicho eso?

—Lo sé —dijo Silvia resueltamente—. Pues bien, oye, mamá; nosotros también debemos hacer sacrificios. Tú me habías prometido un abanico para finales de mayo y Enrico esperaba una caja de lápices de colores; bueno, no queremos ya nada, no queremos que se malgaste el dinero; y por ello no dejaremos de estar contentos, ¿me entiendes?

Mamá intentó hablar, pero Silvia prosiguió:

—No, no, tiene que ser así. Lo hemos decidido. Mientras papá no tenga dinero no queremos fruta ni otras cosas, nos bastará con el potaje, y para desayunar será suficiente con el pan; así se gastará menos en comer, que ya gastamos bastante, y te prometemos que nos verás tan contentos como siempre, ¿no es verdad, Enrico?

Yo respondí que sí.

—Estaremos tan contentos como siempre —repitió Silvia, tapando la boca a mamá con una mano—; y si son necesarios otros sacrificios, en el vestir o en otras cosas, nosotros los haremos de buena gana. También podemos vender nuestros regalos; yo puedo desprenderme de mis cosas, te serviré de criada, o encargaremos trabajos fuera de casa, trabajaré contigo todo el día, haré lo que quieras.

Y echando los brazos al cuello de mi madre, exclamó:

—¡Estoy dispuesta a todo! ¡A todo! ¡Para que papá y tú no tengáis más disgustos, para volver a veros tranquilos, de buen humor, como antes, junto a nosotros, que os queremos tanto que daríamos nuestra vida por vosotros!

¡Ah!, nunca vi a mi madre tan contenta como en ese momento, oyendo esas palabras; jamás nos besó en la frente de ese modo, llorando y riendo, sin poder hablar. Después le aseguró a Silvia que había entendido mal, que por fortuna no estábamos tan apurados como ella creía, nos dio mil veces las gracias y estuvo alegre tòda la tarde, hasta que regresó papá, a quien se lo contó todo. El no abrió la boca, ¡pobre padre mío! Pero hoy al mediodía, al sentarnos a la mesa..., sentí mucha alegría y al mismo tiempo una gran tristeza cuando encontré bajo la servilleta mi caja de colores y Silvia su abanico.

El incendio

Esta mañana había terminado de copiar mi parte del cuento *De los Apeninos a los Andes,* y estaba buscando un tema para la composición libre que nos ha encomendado el maestro, cuando oí un vocerío desacostumbrado en la escalera. Poco después entraron en casa dos bomberos que pidieron permiso a mi padre para examinar las estufas y los hogares, porque salía mucho humo de una chimenea en los tejados y no se sabía de dónde provenía. Mi padre les dijo que podían pasar y aunque no teníamos fuego encendido en ninguna parte, ellos recorrían todas las habitaciones y pegaban la oreja a las paredes para tratar de oír el ruido del fuego dentro de los tubos de chimenea.

Mientras andaban por las habitaciones, mi padre me dijo:

—Enrico, aquí tienes un tema para tu composición: los bomberos. Trata de escribir sobre lo que te contaré. Hace dos años yo los vi actuar, una noche a hora avanzada, cuando salía del teatro Balbo. Al entrar en la calle de Roma vi un resplandor insólito y mucha gente que corría. Estaba ardiendo una casa. Lenguas de fuego y nubes de humo brotaban de las ventanas y del tejado; sobre los antepechos se asomaban y desaparecían hombres y mujeres dando alaridos desesperados; había un gran tumulto ante el portal; la multitud gritaba: «¡Se queman vivos! ¡Socorro! ¡Los bomberos!» En aquel momento llegó un carro; saltaron a tierra cuatro bomberos, los primeros que habían sido encontrados en el ayuntamiento, y se precipitaron al interior del edificio. Apenas habían entrado, cuando se vio algo horrible: una mujer se asomó gritando a una ventana del tercer piso, se aferró a la barandilla, pasó sobre ella y permaneció así, agarrada a la parte externa, casi suspendida en el vacío, de espaldas a la calle, encorvada bajo el humo y las llamas que surgiendo de la habitación casi le lamían la cabeza. La muchedumbre lanzó un grito de espanto. Los bomberos, detenidos equivocadamente en el segundo piso por los inquilinos aterrorizados, ya habían derribado una pared y penetrado en una habitación, cuando cientos de voces les advirtieron: «¡Al tercer piso! ¡Al tercer piso!» Fueron volando hacia el tercero. Aquello era una ruina infernal: vigas del techo que se derrumbaban, pasillos invadidos por las llamas, un humo sofocante. Para llegar hasta las habitaciones donde estaban encerrados los inquilinos no quedaba otro camino que el tejado. Se lanzaron en seguida hacia arriba y, al cabo de un minuto, vieron una especie de fantasma negro brincando sobre las tejas, entre el humo. Era el cabo, que había precedido a los otros. Mas para ir a la parte del tejado que correspondía al pequeño apartamento cercado por el fuego era necesario adelantarse por un estrechísimo paso comprendido entre una claraboya y el alero; todo lo demás ardía; ese pequeño espacio estaba cubierto de nieve y de hielo y no había nada a lo cual agarrarse. «¡Es imposible que pase!», exclamaba el gentío, abajo. El cabo avanzó por el borde del tejado. Todos se estremecieron y miraban conteniendo la respiración. «¡Ha pasado!» Una apoteósica exclamación se elevó hacia el cielo. El cabo reanudó la carrera y en cuanto llegó al punto amenazado empezó a romper furiosamente tejas y viguetas con su pico para abrir un agujero por donde bajar. Mientras tanto la mujer seguía colgada fuera de la ventana; el fuego arreciaba cerca de su cabeza; un minuto más y caería. El agujero fue abierto; se vio al cabo quitarse la bandolera e introducirse en él; los otros bomberos, que lo habían alcanzado, lo siguieron. En ese mismo momento, una altísima escalera Porta, que acababa de llegar, se apoyó en la cornisa de la casa, delante

de las ventanas de las que salían llamas y gritos enloque-
cidos. Creíamos que ya era demasiado tarde. «¡Ya no hay
salvación para nadie!», gritaba la gente. «¡Los bomberos
arden! ¡Se ha acabado! ¡Están todos muertos!» Pero de
pronto se vio aparecer en la ventana la figura negra del
cabo iluminada por las llamas; la mujer se colgó de su
cuello, él la aferró por la cintura con sus dos brazos, la
alzó y la depositó dentro de la habitación. De mil gargantas brotó un grito que ahogó el crepitar de incendio.
Pero ¿y los otros? ¿Y cómo bajar? La escalera apoyada en
el tejado, delante de una alta ventana, estaba a cierta distancia del antepecho. ¿Cómo llegarían hasta ella? Mientras la gente se hacía estas preguntas, uno de los
bomberos se encaramó en la ventana, apoyó el pie derecho sobre el alféizar y el izquierdo en la escalera, y así,
erguido sobre el vacío, abrazando uno a uno a los inquilinos que le alcanzaban desde dentro, los pasaba a un compañero que había subido por la escalera, quien ayudado
por otros bomberos los hacía descender con cuidado,
uno tras otro. Pasó la mujer de la barandilla, una niña,
otra mujer, un anciano. Todos estaban a salvo. Después
del anciano bajaron los bomberos que habían quedado
dentro; el último en descender fue el cabo, el que había
sido el primero en acudir. La muchedumbre los acogió a
todos con una tempestad de aplausos, pero cuando apareció el último, vanguardia de los salvadores, ese que
había afrontado el abismo antes que los demás, el que
habría muerto, de haber tenido que morir alguno, la
gente lo saludó como a un triunfador, gritando y exten-
diendo los brazos en un impulso de admiración y gratitud; en pocos momentos su nombre oscuro, Giuseppe
Robbino, estuvo en boca de todos... ¿Has comprendido,
hijo? Eso es el coraje, el valor del corazón, que no
razona, que no titubea, que va ciego, como un rayo,
hacia donde grita la vida en peligro. Un día te llevaré a
ver los ejercicios de los bomberos y te presentaré al cabo

Robbino, porque te gustaría conocerlo, ¿no es verdad?

Le dije que sí.

—Aquí lo tienes —dijo mi padre.

Me volví bruscamente. Los dos bomberos, terminada la inspección, atravesaban la habitación para marcharse. Mi padre me señaló al más bajo, que llevaba galones, y me dijo:

—Estrecha la mano al cabo Robbino.

El cabo se detuvo y me tendió la mano, sonriendo; se la estreché, me hizo un saludo y salió.

—Recuérdalo bien —dijo mi padre—, porque entre los millares de manos que estrecharás en tu vida, no habrá, tal vez, diez que valgan lo que la suya.

DE LOS APENINOS A LOS ANDES
(Cuento mensual)

Hace ya bastante tiempo, un chico genovés de trece años, hijo de un obrero, partió solo desde Génova con rumbo a América en busca de su madre.

Esta se había marchado dos años antes a Buenos Aires, capital de la República Argentina, para tratar de servir en alguna casa adinerada y ganar así, en poco tiempo, lo necesario para remediar la situación de la familia, que a causa de varias desgracias había caído en la pobreza y en las deudas. No son pocas las mujeres valerosas que hacen un viaje tan largo con ese propósito y que, gracias a las buenas pagas que recibe allá la gente de servicio, regresan a la patria, al cabo de pocos años, con algunos miles de liras. La pobre madre había derramado lágrimas de sangre al separarse de sus hijos, uno de dieciocho años y otro de once; pero había partido animosa y llena de esperanza. El viaje tuvo un resultado feliz, ya que ape-

224

nas llegó a Buenos Aires encontró, por intermedio de un primo de su marido, comerciente genovés establecido allí desde muchos años atrás, una buena familia argentina que le pagaba mucho y la trataba bien. Durante algún tiempo mantuvo con los suyos una correspondencia regular. Según lo que habían acordado, el marido dirigía las cartas a su primo, éste las entregaba a la mujer y remitía a Génova las que ella le daba, añadiendo algunas líneas suyas. Como ganaba ochenta liras por mes y no tenía gastos, la mujer, cada tres meses, mandaba a casa una buena suma, con la cual el marido, hombre honrado, iba pagando poco a poco las deudas más urgentes, recuperando así su buena reputación. Mientras tanto, él trabajaba; estaba contento de la marcha de sus asuntos y confiaba en un pronto regreso de su mujer, ya que sin ella la casa parecía vacía y el hijo menor, que la quería muchísimo, se entristecía sin poder resignarse a su lejanía.

Pero transcurrido un año desde su partida, después de una breve carta donde decía que no se encontraba bien de salud, no volvieron a recibir más noticias. Escribieron dos veces al primo; éste no contestó. Escribieron a la familia argentina donde trabajaba la mujer, pero, probablemente por haber anotado una dirección equivocada, tampoco tuvieron respuesta. Temiendo una desgracia, escribieron al consulado italiano de Buenos Aires para que indagara, y después de tres meses el cónsul les informó que, no obstante el anuncio publicado en los periódicos, nadie se había presentado, ni aun para dar alguna noticia. Y no podía ser de otro modo, además de otras razones, ya que la mujer, con la idea de salvar el decoro de los suyos, que le parecía mancharlo trabajando como criada, no había dado su verdadero nombre a la familia argentina. Transcurrieron otros tres meses sin ninguna noticia. El padre y los hijos estaban consternados, el más pequeño oprimido por una tristeza a la que no podía sobreponerse. ¿Qué hacer? ¿A quién recurrir? La primera idea del padre había sido partir, ir a América en busca de su mujer. Pero ¿y su trabajo? ¿Quién mantendría a sus hijos? Tampoco podía partir el hijo mayor, que precisamente por entonces empezaba a ganar algo y era necesario a la familia. Con estas angustias vivían, repitiendo todos los días los mismos dolorosos argumentos o mirándose unos a otros en silencio, cuando una noche, Marco, el menor, dijo resueltamente:

—Iré yo a América a buscar a mamá.

El padre dejó caer la cabeza con tristeza y no respondió. Era una idea dictada por el amor pero imposible de realizar. ¡A los trece años, solo, hacer un viaje a América, adonde se tardaba un mes en llegar! Pero el chico siguió insistiendo, pacientemente. Insistió aquel día, el siguiente, todos los días, con calma, razonando con la sensatez propia de un hombre.

—Otros han ido —decía—, y más pequeños que yo. Una vez que esté sobre el barco llegaré allá como cualquier otro. En Buenos Aires no tengo más que buscar la tienda del primo. Hay por allá tantos italianos que alguno me indicará la calle. Y una vez encontrado el primo, habré hallado a mi madre. Y si no doy con él, acudiré al cónsul, buscaré a la familia argentina. Pase lo que pase, allá hay trabajo para todos; también yo conseguiré una faena, y ganaré al menos lo suficiente para poder regresar.

Y así, poco a poco, casi logró persuadir a su padre. Este lo apreciaba, sabía que era juicioso y valiente, acostumbrado a las privaciones, a los sacrificios, y que con aquel santo propósito de encontrar a la madre que adoraba se duplicarían las fuerzas de todas esas buenas cualidades. A esto se añadió el hecho de que un capitán de barco amigo de un conocido de la familia, habiendo oído hablar del asunto, se comprometió a proporcionarle gratuitamente un billete de tercera clase para Argentina. Entonces, después de algunas vacilaciones, el padre consintió y el viaje quedó decidido. Le llenaron un saco con ropas, le metieron en los bolsillos unos escudos, le anotaron la dirección del primo y una hermosa tarde de abril lo embarcaron.

—Hijo mío, Marco, ten valor —le dijo el padre con lágrimas en los ojos, dándole el último beso en la escalerilla del barco que estaba por zarpar—. Partes con un santo fin y Dios te ayudará.

¡Pobre Marco! Tenía el corazón fuerte y preparado para soportar las más duras pruebas de aquel viaje, pero cuando vio desaparecer en el horizonte a su bella Génova y se encontró en alta mar en aquel gran vapor abarrotado de campesinos emigrantes, solo, sin conocer a nadie, con aquel pequeño saco que encerraba toda su fortuna, lo invadió un súbito desaliento. Durante dos días estuvo acurrucado a proa como un perro, casi sin comer, agobiado por una gran necesidad de llorar. Toda clase de pensamientos tristes pasaban por su mente, y el más funesto, el más terrible de todos era el que más se obstinaba en perseguirlo: el temor de que su madre hubiese muerto. En sus sueños entrecortados y penosos veía siempre la cara de un desconocido que lo miraba con aire de compasión y luego le decía al oído: «Tu madre ha muerto.» Y se despertaba sofocando un grito. Sin embargo, pasado el estrecho de Gibraltar, ante la primera visión del océano Atlántico, recobró un poco de ánimo y de esperanza. Pero fue un breve alivio. Aquel inmenso mar siempre igual, el calor creciente, la tristeza de toda esa pobre gente que lo rodeaba, el sentimiento de su propia soledad, volvieron a abatirlo. Los días se sucedían vacíos y monótonos y se confundían en su memoria, como ocurre a los enfermos. Le parecía que llevaba un año en el mar, y cada mañana, al despertarse, se asombraba de estar allí, solo, en medio de aquella inmensidad de agua, en viaje hacia América. Los bellos peces voladores que de vez en cuando caían sobre la cubierta, los maravillosos crepúsculos de los trópicos, con enormes nubes de color de las brasas y de la sangre, esas fosforescencias nocturnas que encienden el océano como un mar de lava, no le parecían cosas reales, sino prodigios vistos en sueños. Hubo jornadas de mal tiempo durante las cuales permaneció continuamente encerrado en el dormitorio, donde todo bailaba y caía, en medio de un coro espantoso de lamentos e imprecaciones; y él creía que había llegado su última hora. Otros días fueron de mar calmo y amarillento, de calor insoportable, de aburrimiento infinito; horas interminables y siniestras en las cuales los pasajeros, extenuados, tendidos inmóviles sobre las planchas, parecían todos muertos. Y el viaje no terminaba nunca; mar y cielo, cielo y mar, hoy como ayer, mañana igual que hoy, una vez más, siempre, eternamente. Durante largas horas permanecía apoyado en la borda mirando aquel mar sin fin, aturdido, pensando vagamente en su madre hasta que los ojos se le cerraban y la cabeza se le caía de sueño; entonces volvía a ver aquel rostro desconocido que lo miraba con piedad y le repetía al oído: «¡Tu madre ha muerto!» Al oír esa voz se despertaba sobresaltado, y otra vez empezaba a soñar con los ojos abiertos y a mirar el horizonte inmutable.

¡Veintisiete días duró el viaje! Pero los últimos fueron los mejores. El tiempo era hermoso y el aire fresco. Había entablado amistad con un buen anciano lombardo que iba a América a reunirse con su hijo, que cultivaba la tierra cerca de la ciudad de Rosario; le había contado todo lo relacionado con su familia y el anciano le daba a veces unas palmadas en la nuca, repitiéndole:

—Animo, muchacho; encontrarás a tu madre sana y contenta.

Esta compañía lo confortaba, sus presentimientos se habían tornado alegres. Sentado a proa junto al viejo cam-

228

pesino que fumaba su pipa, bajo un magnífico cielo estrellado, entre los grupos de emigrantes que cantaban, se representaban cientos de veces en la imaginación su arribo a Buenos Aires, se veía en cierta calle, encontraba la tienda, se lanzaba al encuentro del primo: «¿Cómo está mi madre? ¿Dónde está? ¡Vamos en seguida!» Corrían juntos, subían una escalera, se abría una puerta... Aquí su fantasía se detenía, su imaginación se perdía en un sentimiento de indecible ternura que le hacía sacar a escondidas una pequeña medalla que llevaba al cuello y murmurar sus oraciones besándola.

Llegaron tras veintisiete días de navegación. Era un rojo amanecer de mayo cuando el barco echaba el ancla en el inmenso río de la Plata, a orillas del cual se extiende la vasta ciudad de Buenos Aires. Aquel tiempo espléndido le pareció un buen augurio. Estaba fuera de sí de alegría y de impaciencia. ¡Su madre se hallaba a pocas millas de distancia! ¡Dentro de pocas horas la vería! ¡Se encontraba en América, en el nuevo mundo, y había tenido la audacia de venir solo! Le parecía que todo aquel larguísimo viaje había pasado en un soplo, como si hubiera volado soñando y en ese momento despertase. Se sentía tan feliz que casi no sintió sorpresa ni aflicción cuando hurgó en los bolsillos y no encontró ya una de las partes en que había dividido su pequeño tesoro para estar seguro de no perderlo todo. Se la habían robado, no le quedaban más que unas pocas liras; pero ¿qué le importaba ahora que estaba cerca de su madre? Con su saco en la mano, junto a muchos otros italianos, descendió a un vaporcito que los llevó hasta poca distancia de la costa; pasó del vaporcito a una lancha que llevaba el nombre *Andrea Doria,* desembarcó en el muelle, saludó al viejo lombardo y se encaminó a largos pasos hacia la ciudad.

Cuando llegó a la entrada de la primera calle detuvo a un hombre que pasaba y le preguntó por la calle de las

Artes. El hombre era precisamente un trabajor italiano; lo miró con curiosidad y le preguntó si sabía leer. El chico dijo que sí.

—Pues bien —le dijo el obrero señalándole la calle de la que acababan de salir—; sigue siempre derecho, leyendo los nombres de las calles en todas las esquinas hasta que encuentres la que buscas.

El chico le dio las gracias y empezó a andar por la calle que se extendía ante él.

Era recta e interminable, aunque estrecha, flanqueada por casas bajas y blancas parecidas a casitas de campo, llena de gente, de coches, de grandes carros, que producían un estrépito ensordecedor; aquí y allá colgaban enormes banderas de diversos colores que anunciaban con grandes caracteres la partida de barcos hacia ciudades desconocidas. A intervalos regulares, volviéndose a derecha e izquierda, veía otras dos calles que huían rígidas hasta donde alcanzaba la vista, también bordeadas de chatas casas blancas, atiborradas de gente y de carros, y cortadas al fondo por la línea recta de la ilimitada llanura americana, semejante al horizonte del mar. La ciudad le parecía infinita; pensaba que se podría caminar días y semanas enteros viendo siempre, por doquier, esas calles, y que toda América estaba cubierta de ellas. Se fijaba atentamente en los nombres, nombres extraños que leía con esfuerzo. A cada nueva calle el corazón le latía de prisa, esperando que fuese la suya. Miraba a todas las mujeres con la idea de encontrar a su madre. Vio a una, delante de él, que le hizo palpitar el corazón, la alcanzó, la miró; era una negra. Y caminaba, caminaba, apresurando el paso. Llegó a una encrucijada, leyó y quedó como petrificado sobre la acera. Era la calle de las Artes. Dobló la esquina, vio el número 117, la tienda del primo estaba en el 175. Apretó más el paso aún, casi corría; frente al número 171 debió detenerse para recuperar el aliento. Dijo entre sí: «¡Oh, madre mía, madre

mía! ¿Será verdad que te veré dentro de un momento?»
Avanzó corriendo, llegó ante una pequeña tienda de
mercería. Era aquélla. Se asomó. Vio a una mujer de
cabellos grises, con gafas.

—¿Qué quieres, muchacho? —le preguntó la mujer en
castellano.

El chico hizo un esfuerzo para poder hablar:

—¿No es ésta la tienda de Francesco Merelli?

—Francesco Merelli ha muerto —repuso la mujer
en italiano.

El chico creyó haber recibido un golpe en el pecho.

—¿Cuándo murió?

—Oh, hace tiempo. Varios meses. Hizo malos negocios y se marchó. Dicen que se fue a Bahía Blanca, muy
lejos de aquí, y que murió poco después. La tienda es
mía.

El muchacho palideció.

Luego dijo rápidamente:

—Merelli conocía a mi madre, que estaba aquí sir-
viendo en casa del señor Mequínez. Sólo él podía
decirme dónde está. Yo he venido a América a buscarla.
Merelli le entregaba nuestras cartas. ¡Tengo que encontrar a mi madre!

—¡Pobre niño, yo no sé nada! —repuso la mujer—.
Puedo preguntarle al chico del patio. El conocía al
muchacho que hacía los recados para Merelli. Puede ser
que sepa algo.

Fue hasta el fondo de la tienda y llamó al chico, que
vino inmediatamente.

—Dime —le preguntó la tendera—, ¿recuerdas si el
dependiente de Merelli iba algunas veces a entregar cartas a una mujer que servía en una casa de gente de
aquí?

—A la casa del señor Mequínez —repuso el chico—; sí
señora, algunas veces. Está al final de esta calle.

—¡Ah, señora, gracias! —gritó Marco—. Dígame el

número, por favor..., ¿no lo sabe? ¡Dígale que me acompañe! ¡Acompáñame tú, chico, en seguida! ¡Aún me queda un poco de dinero!

Dijo esto con tanto calor que, sin esperar la respuesta de la mujer, el chico repuso:

—Vamos —y salió con paso vivo.

Casi corriendo, sin decir una palabra, anduvieron hasta el final de la larguísima calle, atravesaron el zaguán de una pequeña casa blanca y se detuvieron ante una hermosa cancela de hierro, desde la que se veía un patiecito lleno de macetas con flores. Mario dio un campanillazo.

Apareció una joven.

—Aquí vive la familia Mequínez, ¿verdad? —preguntó Mario ansiosamente.

—Vivía —repuso la joven, pronunciando el italiano a la española—. Ahora vivimos nosotros, la familia Zeballos.

—¿Y adónde han ido los Mequínez? —preguntó el muchacho, desasosegado.

—Se han ido a Córdoba.

—¡Córdoba! —exclamó Marco—. ¿Dónde está Córdoba? ¿Y la mujer que tenía a su servicio? ¡La mujer, mi madre! ¡La criada era mi madre! ¿Es que mi madre se ha ido con ellos?

La joven lo miró y dijo:

—No lo sé. Quizá lo sepa mi padre, que los vio cuando partían. Esperad un momento.

Se marchó y poco después regresó con su padre, un señor alto, con la barba gris, que miró un momento con atención a ese simpático tipo de marinerito genovés, de cabellos rubios y nariz aguileña, y luego le preguntó, en pésimo italiano:

—¿Tu madre es genovesa?

Marco contestó afirmativamente.

232

—Pues bien, la criada genovesa se ha marchado con ellos, lo sé con certeza.

—¿Adónde?

—A Córdoba, una ciudad.

El chico lanzó un suspiro; luego dijo con resignación:

—Entonces iré a Córdoba.

—¡Ay, pobre niño! —exclamó el hombre mirándolo con aire de lástima—. ¡Pobre muchacho! ¡Córdoba está a cientos de kilómetros de aquí!

Marco se puso pálido como un muerto y se apoyó con una mano en la cancela.

—Veamos, veamos —dijo entonces el señor, movido a compasión, abriendo la puerta—; ven, entra un momento, veremos si se puede hacer algo.

Se sentaron y el hombre le hizo contar su historia, lo escuchó con mucha atención, permaneció un rato pensativo; después le dijo resueltamente:

—Tú no tienes dinero, ¿no es verdad?

—Tengo todavía..., poco —repuso Marco.

El señor se quedó cavilando durante unos minutos, luego se sentó a un escritorio, escribió una carta, la cerró y, entregándosela al muchacho, le dijo:

—Oye, italianito. Irás con esta carta a la Boca. Es una pequeña ciudad, mitad genovesa, a dos horas de aquí. Ve allá y busca a este señor, a quien dirijo la carta y que todos conocen. Se la entregas. El te hará partir mañana hacia Rosario y te recomendará a alguien de aquella ciudad que se ocupará de hacerte proseguir el viaje hasta Córdoba, donde encontrarás a la familia Mequínez y a tu madre. Entre tanto, toma esto —y le puso en la mano algunas liras—. Anda, y no te desanimes, que encontrarás paisanos tuyos por todas partes, no vas a quedar abandonado. Adiós.

El chico le dijo: «Gracias», sin encontrar otras palabras; salió con su saco y, tras despedirse de su pequeño guía, se puso lentamente en camino hacia la Boca, lleno de tristeza y estupor, a través de la gran ciudad bulliciosa.

Todo lo que ocurrió desde ese momento hasta la noche del día siguiente quedó después en su memoria confuso e incierto, como el desvarío de un calenturiento; tanto era su cansancio, su desconcierto y su desánimo. Al día siguiente, al oscurecer, después de haber dormido en el cuartucho de una casa de la Boca junto a un cargador del puerto y de haber pasado toda la jornada sentado sobre una pila de maderos, como en un sueño, frente a millares de barcos, gabarras y lanchas, se encontraba a popa de una barcaza de vela cargada de frutas que partía hacia Rosario, conducida por tres genoveses robustos y morenos por el sol, cuyas voces y el amado dialecto que hablaban le dieron un poco de consuelo.

Partieron; el viaje duró tres días y cuatro noches y fue de continuo asombro para el pequeño pasajero. Tres días y cuatro noches remontando aquel maravilloso río Paraná, comparado con el cual nuestro gran Po no es más que un arroyuelo y la longitud de Italia necesita cuadruplicarse para alcanzar la de su curso. La barcaza avanzaba lentamente contra aquella desmesurada corriente de agua. Pasaba entre largas islas, otrora nidos de serpientes y de tigres, cubiertas de naranjos y de sauces, como bosques flotantes; ora se introducía en estrechos canales de los que parecía imposible salir, ora desembocaba en dilatadas extensiones de agua con aspecto de grandes lagos tranquilos; después, nuevamente entre las islas, por los canales intrincados de un archipiélago, en medio de enormes masas de vegetación. Reinaba un silencio profundo. Durante largos trechos, las orillas y las aguas, solitarias y vastas, daban la impresión de un río desconocido en el cual esa pobre barcaza era la primera en aventurarse. Cuanto más avanzaba, tanto más lo espantaba ese monstruoso río. Imaginaba que su madre

234

se encontraba en las fuentes y que la navegación duraría años. Dos veces al día comía un poco de pan y de carne salada con los barqueros, quienes, viéndolo triste, no le dirigían nunca la palabra. Durante la noche dormía sobre la cubierta y de vez en cuando se despertaba bruscamente, pasmado por la límpida luz de la luna que blanqueaba las aguas inmensas y las orillas lejanas; entonces le palpitaba el corazón. ¡Córdoba! ¡Córdoba! Repetía ese nombre como el de una de aquellas ciudades misteriosas de las que había oído hablar en los cuentos. Pero luego pensaba: «Mi madre ha pasado por aquí, ha visto estas islas, esas orillas.» Entonces ya no le parecían tan extraños y solitarios aquellos lugares sobre los que se había posado la mirada de su madre... Por las noches, uno de los barqueros cantaba. Esa voz le recordaba las canciones de su madre cuando de niño lo dormía. La última noche, al oír aquel canto, sollozó. El barquero se interrumpió. Luego le gritó:

—¡Animo, ánimo, hijo! ¡Qué diablos! ¡Un genovés que llora porque está lejos de su casa! ¡Los genoveses dan la vuelta al mundo gloriosos y triunfantes!

Ante aquellas palabras se estremeció, sintió la voz de la sangre genovesa y levantó la frente con altivez, golpeando con el puño sobre el timón. «Pues sí —dijo para sus adentros—, también yo debería dar la vuelta al mundo, viajar todavía años y años y hacer cientos de millas a pie. Seguiré adelante hasta que encuentre a mi madre. ¡Con tal de volver a verla, llegaría exhausto y caería muerto a sus pies!» Y con ese ánimo, cuando despuntaba una mañana rosada y fría, llegó ante la ciudad de Rosario, situada en la costa alta del Paraná; en las aguas se reflejaban los palos embanderados de centenares de barcos de todos los países.

Poco después desembarcó y subió a la ciudad con su saco al hombro, en busca de un señor argentino a quien su protector de la Boca enviaba una tarjeta de visita con

235

algunas palabras de recomendación. A medida que avanzaba le parecía entrar en una ciudad ya conocida. Aquellas calles interminables, rectas, bordeadas de casas bajas y blancas, atravesadas en todas direcciones, sobre los tejados, por grandes haces de hilos telegráficos y telefónicos, como enormes telarañas; y un gran tropel de gente, caballos y carros. Su cabeza se trastornaba; creyó que volvía a entrar en Buenos Aires y que debía buscar una vez más al primo. Estuvo andando una hora, dando vueltas y más vueltas, pareciéndole que siempre volvía a la misma calle, hasta que a fuerza de preguntar encontró la casa de su nuevo protector. Tiró de la campanilla. Se asomó a la puerta un hombre rubio y corpulento con aire de administrador, ceñudo, que le preguntó rudamente con pronunciación extranjera:

—¿Qué quieres?

El chico dijo el nombre del patrón.

—El patrón —repuso el administrador— se marchó ayer por la tarde a Buenos Aires con toda su familia.

El muchacho se quedó sin habla. Después balbuceó:

—¡Pero yo... no conozco a nadie aquí! ¡Estoy solo!

Y le tendió la tarjeta. El administrador la cogió, la leyó y dijo con aspereza:

—Yo nada puedo hacer. Se la daré dentro de un mes, cuando regrese.

—¡Pero yo..., yo estoy solo!¡Necesito ayuda! —exclamó el niño con voz suplicante.

—¡Vaya! —dijo el otro—. ¿Es que no nos bastan con las malas hierbas de tu país que hay aquí en Rosario? ¡Vete a mendigar a Italia!

Y le dio con la puerta en las narices. El chico se quedó allí como petrificado.

Luego recogió lentamente su saco y salió con el corazón angustiado, con la cabeza aturdida, asaltado de pronto por mil pensamientos apremiantes. ¿Qué hacer? ¿Adónde ir? De Rosario a Córdoba había un día de tren.

No tenía más que unas pocas liras. Descontando lo que tendría que gastar ese día no le quedaba casi nada. ¿Dónde conseguir el dinero para pagarse el viaje? Podría trabajar. Pero ¿en qué, y a quién recurrir? ¿Pedir limosna? ¡Ah, no; ser rechazado, insultado, humillado como hacía un instante, no, nunca más, mejor morir! Ante aquella idea y al ver frente a sí la larga calle que se perdía a lo lejos en la llanura ilimitada, sintió que de nuevo le faltaba el valor; dejó caer el saco sobre la acera, se sentó sobre él apoyando la espalda en el muro y reclinó la cabeza entre las manos, sin llanto, desolado.

La gente al pasar tropezaba con sus pies; los carros inundaban la calle de ruido y algunos chicos se detuvieron para observarlo. Permaneció así largo rato.

Lo sobresaltó una voz que le preguntaba, mitad en italiano, mitad en lombardo:

—¿Qué te pasa, pequeño?

Al oír aquellas palabras alzó la cabeza. Se puso de pie de un salto, exclamando maravillado:

—¡Usted aquí!

Era el viejo campesino lombardo con el que había hecho amistad en el viaje.

El asombro del anciano no fue menor que el suyo. Pero el chico no le dio tiempo para que lo interrogara, contándole rápidamente sus peripecias.

—Ahora estoy sin dinero; necesito trabajar; trate de conseguirme una faena para poder reunir algunas liras; yo puedo hacer cualquier cosa, llevar bultos, barrer las calles, hacer recados y hasta faenas del campo; me conformo con pan negro; lo que quiero es partir pronto y encontrar a mi madre; hágame usted este favor, búsqueme trabajo, ¡por el amor de Dios, que ya no resisto más!

—¡Diablos! —dijo el anciano mirando a su alrededor y rascándose la barbilla—. ¡Qué situación...! ¡Trabajar...! Eso se dice fácilmente... Veamos un poco. ¿Es posible que no se pueda conseguir treinta liras entre tantos compatriotas?

El chico lo miraba, animado por un rayo de esperanza.

—Ven conmigo —le dijo el anciano.

—¿Adónde? —preguntó el chico cogiendo el saco.

—Ven conmigo.

El campesino se puso en marcha, Marco lo siguió; anduvieron un largo trecho sin hablar. El lombardo se detuvo ante la puerta de una taberna que tenía un letrero con una estrella bajo la que se leía: «La estrella de Italia»; se asomó al interior y, volviéndose hacia el chico, dijo alegremente:

—Hemos llegado en buen momento.

Entraron en un salón donde había varias mesas y muchos hombres sentados que bebían, hablando en voz alta. El lombardo se acercó a la primera mesa; por la forma como saludó a los seis parroquianos que estaban en torno a ella, se notaba que había estado en su compañía poco antes. Tenían las caras encendidas y hacían sonar los vasos, voceando y riendo.

—Camaradas —dijo sin más el lombardo, permaneciendo de pie y señalando a Marco—, este compatriota es un pobre muchacho que ha venido solo de Génova a Buenos Aires en busca de su madre. En Buenos Aires le dijeron: «No está aquí, sino en Córdoba.» Vino en una barcaza hasta Rosario, tres días y tres noches, con unas líneas de recomendación; presenta la tarjeta y lo mandan a paseo. No tiene un céntimo. Está aquí solo y desesperado. Es un buen chico. Veamos un poco. ¿No podrá reunir lo suficiente para pagarse un billete a Córdoba y encontrar a su madre? ¿Lo abandonaremos aquí como a un perro?

—¡Por nada del mundo! ¡Nunca podrá decirse eso de nosotros! —gritaron todos a la vez, golpeando la mesa con los puños—. ¡Un compatriota! ¡Acércate, pequeño!

¡Aquí estamos nosotros, los emigrantes! ¡Mira qué guapo pilluelo! ¡Aflojad el bolsillo, soltad los cuartos, camaradas! ¡Bravo, ha venido solo! ¡Tienes agallas! ¡Bebe un trago, compatriota! ¡Te haremos llegar hasta tu madre, no te preocupes!

Y uno le pellizcaba las mejillas, otro le palmeaba el hombro, un tercero lo liberaba del saco. Otros emigrantes de las mesas vecinas se levantaron y se acercaron; la historia del muchacho corrió por toda la taberna; desde la sala contigua acudieron tres parroquianos argentinos, y en menos de diez minutos el campesino lombardo, que tendía el sombrero, reunió cuarenta y dos liras.

—¿Has visto —dijo entonces, volviéndose hacia el chico— qué pronto se consiguen las cosas en América?

—¡Bebe! —gritó otro, ofreciéndole un vaso de vino—. ¡A la salud de tu madre!

Todos alzaron los vasos. Marco repitió:

—A la salud... —pero un sollozo de alegría le cerró la garganta, y dejando el vaso sobre la mesa se echó al cuello de su viejo amigo.

A la mañana siguiente, al despuntar el día, ya había partido hacia Córdoba, resuelto y risueño, lleno de presentimientos felices. Pero no hay alegría duradera frente a ciertos aspectos siniestros de la naturaleza. El cielo estaba cubierto, gris; el tren, casi vacío, corría a través de una inmensa llanura carente de toda señal de vida. Se hallaba solo en un vagón larguísimo, semejante a los que transportan heridos. Miraba a derecha e izquierda y no veía más que una soledad sin fin, salpicada de pequeños árboles deformes, de troncos y ramas retorcidos en actitudes que jamás había visto, como de ira y de angustia; una vegetación oscura, rala y triste que daba a la llanura el aspecto de un inmenso cementerio. Dormitaba media hora y volvía a mirar: siempre el mismo espectáculo. Las estaciones estaban solitarias como moradas de ermitaños, y cuando el tren se detenía no se oía ninguna voz. Le parecía estar solo en un tren, perdido, abandonado en medio del desierto. Cada estación se le antojaba la última, para entrar después en las tierras misteriosas y aterradoras de los salvajes. Una brisa helada le mordía la cara. Al embarcarlo en Génova, a finales de abril, los suyos no habían pensado que en América encontraría el invierno y lo habían vestido de verano. Al cabo de algunas horas empezó a sufrir el frío, y con el frío la fatiga de los días pasados, llenos de emociones violentas, de noches insomnes y atormentadas. Se durmió; durmió mucho tiempo y se despertó aterido; se sentía mal. Lo invadió entonces un vago terror a caer enfermo, a morir en el viaje y ser arrojado allí, en medio de aquella llanura desolada, donde su cadáver sería destrozado por los perros y las aves de rapiñas, como algunos cuerpos de caballos y de vacas que veía de vez en cuando junto a la vía y de los que apartaba la vista con horror. Con aquel malestar lleno de inquietud y en medio del tétrico silencio de la naturaleza, su imaginación se excitaba y se ensombrecía. ¿Qué seguridad tenía, después de todo, de encontrar a su madre en Córdoba? ¿Y si no estuviese allí? ¿Y si el señor de la calle de las Artes se hubiese equivocado? ¿Y si hubiese muerto? Con estos pensamientos volvió a dormirse; soñó que estaba en Córdoba, era de noche y desde todas las puertas y ventanas le gritaban: «¡No está! ¡No está! ¡No está!» Se despertó aterrorizado, dando un respingo, y vio en el fondo del vagón a tres hombres barbudos, envueltos en mantas de muchos colores, que lo observaban hablando en voz baja. Lo asaltó la sospecha de que fueran asesinos y quisieran matarlo para robarle. A su malestar se añadía ahora el miedo; su mente turbada se trastornó. Los tres hombres no dejaban de mirarlo fijamente; uno de ellos se movió hacia él. Entonces perdió la cabeza y corrió a su encuentro con los brazos abiertos, gritando:

—¡No tengo nada! Soy un pobre chico. ¡Vengo de Italia, voy a buscar a mi madre, estoy solo; no me hagáis daño!

Los hombres comprendieron de inmediato y tuvieron piedad de él; lo acariciaron y lo tranquilizaron, diciéndole muchas palabras que no entendía; y al ver que le castañeteaban los dientes por el frío le pusieron una de sus mantas y lo hicieron sentar para que se durmiera. Y volvió a dormirse mientras afuera anochecía. Cuando lo despertaron habían llegado a Córdoba.

¡Ah, qué suspiro lanzó y con qué ímpetu se precipitó fuera del vagón! Preguntó a un empleado de la estación por la casa del ingeniero Mequínez y le dieron el nombre de una iglesia, junto a la cual estaba la casa. El muchacho se marchó deprisa. Era de noche. Entró en la ciudad y le pareció estar otra vez en Rosario al ver las calles derechas ribeteadas de casitas blancas y cruzadas asimismo por otras calles rectas y largas. Pero había poca gente, y bajo la claridad de los escasos faroles tropezaba con caras extrañas, de un color desconocido, entre negruzco y verdoso. Alzando la mirada veía a veces iglesias de arquitectura extravagante que se dibujaban enormes y negras sobre el firmamento. La ciudad estaba oscura y silenciosa, pero después de haber atravesado aquel interminable desierto se le antojaba alegre. Interrogó a un cura, halló rápidamente la iglesia y la casa, tiró de la campanilla con mano temblorosa mientras se oprimía el pecho para aquietar los latidos del corazón que se le escapaba por la boca.

Le abrió una anciana que sostenía un farol.

El chico no consiguió hablar.

—¿A quién buscas? —preguntó en castellano la mujer.

—Al ingeniero Mequínez —dijo Marco.

La anciana cruzó los brazos sobre el pecho y respondió meneando la cabeza:

—¡También tú preguntando por el ingeniero Mequínez! ¡Me parece que ya es hora de que esto se acabe!

¡Hace tres meses que nos molestan! ¡Por lo visto no basta que lo hayan publicado los periódicos! ¡Habrá que poner carteles en las esquinas diciendo que el señor Mequínez se ha trasladado a Tucumán!

El chico hizo un gesto de desesperación. Luego tuvo un estallido de rabia.

—¡Es una maldición, entonces! ¿Debo morir por el camino sin encontrar a mi madre? ¡Yo me vuelvo loco, terminará matándome! ¡Dios mío! ¿Cómo se llama esa ciudad? ¿Dónde está? ¿A qué distancia?

—¡Ay, pobre niño! —repuso la anciana, compadecida—. ¡Una friolera! Está a quinientos o seiscientos kilómetros, por lo menos.

El chico se cubrió la cara con las manos; después preguntó con un sollozo:

—Y ahora..., ¿qué hago?

—¿Qué quieres que te diga, hijo? —repuso la mujer—; no lo sé.

Pero se le ocurrió una idea y añadió rápidamente:

—Oye, ahora que pienso. Haz una cosa. Tuerce a la derecha; en la tercera puerta verás un patio; allí encontrarás a un capataz que parte mañana hacia Tucumán con sus carretas y sus bueyes; ofrécele tus servicios y quizá te conceda un puesto en una carreta; ve inmediatamente.

El chico aferró el saco, dio las gracias, salió a escape y unos minutos después se hallaba en un gran patio alumbrado por faroles donde varios hombres cargaban de sacos de trigo unos carros enormes, similares a los carromatos de los saltimbanquis, con el techo abovedado y las ruedas altísimas. Un hombre envuelto en una especie de capa de cuadritos blancos y negros, alto y bigotudo, con grandes botas, dirigía el trabajo. El muchacho se acercó a él y tímidamente le formuló su pedido, diciendo que venía de Italia y que iba en busca de su madre. El capataz, jefe de aquella caravana de carretas, lo miró de arriba abajo y respondió secamente:

—No hay sitio.

—Tengo quince liras —suplicó el muchacho—; le doy mis quince liras. Durante el viaje puedo trabajar. Me ocuparé del agua y del pienso para los animales, haré cualquier tarea. Para comer me basta un poco de pan. ¡Concédame un sitio, señor!

El capataz volvió a observarlo y repuso con mejor talante:

—No hay sitio...; además, nosotros no vamos a Tucumán, sino a otra ciudad, Santiago del Estero. Al llegar a cierto punto deberíamos dejarte y te quedaría aún mucho camino por recorrer a pie.

—¡Oh, andaré lo que sea preciso! —exclamó Marco—; caminaré, no se preocupe; llegaré de cualquier manera. ¡Déjeme un sitio, señor! ¡Por favor! ¡Por caridad, no me deje aquí solo!

—¡Ten en cuenta que es un viaje de veinte días!

—No importa.

—¡Y muy duro!

—¡Lo soportaré todo!

—¡Después tendrás que viajar solo!

—¡Con tal de encontrar a mi madre, no le tengo miedo a nada! ¡Tenga compasión!

El capataz le acercó un farol a la cara y lo miró. Luego dijo:

—Está bien.

El chico le besó la mano.

—Esta noche dormirás en un carro —añadió el capataz—; a las cuatro de la madrugada te despertaré. Buenas noches.

A las cuatro, a la luz de las estrellas, la larga fila de carretas se puso en movimiento con gran estrépito; cada carro iba tirado por seis bueyes, y todos eran seguidos

243

por un gran número de animales de refresco. El chico, al que habían despertado y metido dentro de una de las carretas, sobre los sacos, volvió a dormirse en seguida, profundamente. Cuando despertó, la caravana se había detenido en un lugar solitario, bajo el sol, y todos los peones estaban sentados en círculo alrededor de un cuarto de ternero que se asaba al aire libre ensartado en una especie de espadón clavado en el suelo, junto a un gran fuego agitado por el viento. Comieron todos juntos, durmieron y reanudaron el camino; y así continuó el viaje, regulado como una marcha de soldados. Todas las mañanas partían a las cinco y se detenían a las nueve, se volvía a partir a las cinco de la tarde y a las diez cesaba la marcha. Los peones iban a caballo y aguijaban los bueyes con largas cañas. El niño encendía el fuego para el asado, daba de comer a los animales, limpiaba los faroles, llevaba agua para beber. El país pasaba ante él como una visión confusa: bosques de arbolillos oscuros; pueblos de pocas casas dispersas con las fachadas rojas y almenadas; dilatados espacios blancos de sal hasta donde alcanzaba la vista, quizá antiguos lechos de grandes lagos salados; y por todas partes, siempre, llanura, soledad, silencio. Raramente, encontraban dos o tres viajeros a caballo, seguidos de un hato de caballos sueltos que pasaban al galope, como un torbellino. Los días eran todos iguales, como en el mar, tediosos e interminables. Pero hacía un tiempo hermoso. Desgraciadamente, los peones día a día se mostraban más exigentes, como si el chico fuese su sirviente obligado; algunos lo trataban brutalmente, con amenazas; todos se hacían servir sin miramientos; lo obligaban a llevar grandes cargas de forraje; lo mandaban a recoger agua a largas distancias. Quebrantado por el cansancio, ni siquiera podía dormir durante la noche, turbado continuamente por las sacudidas violentas de la carreta y el rechinar ensordecedor de las ruedas y los ejes de madera. Además, cuando soplaba el viento, una tierra fina, rojiza y arcillosa que lo envolvía todo entraba en la carreta, penetraba entre sus ropas, le inundaba los ojos y la boca, le impedía ver y respirar, continua, opresiva, insoportable. Extenuado por los trabajos y el insomnio, harapiento y sucio, reprendido y maltratado de la mañana a la noche, el pobre chico se abatía cada día más, y habría cedido del todo si el capataz no le hubiese dirigido de vez en cuando una palabra cariñosa. A menudo, a escondidas en un rincón de la carreta, lloraba con el rostro hundido en su saco, que ya no contenía más que andrajos. Cada mañana se levantaba más débil y descorazonado, y mirando el campo, siempre aquella llanura ilimitada e implacable como un océano de tierra, decía para sí: «¡Oh, no llegaré a la noche, no llegaré a la noche! ¡Hoy moriré en el camino!» El trabajo se hacía más pesado y los malos tratos se redoblababan. Una mañana, en ausencia del capataz, uno de los hombres le pegó porque se había retrasado con el agua. Entonces empezaron a hacerlo por costumbre; cuando le daban una orden le propinaban un pescozón, diciendo: «¡Ensaca esto, haragán! ¡Lleva esto a tu madre!» El corazón iba a estallarle; enfermó, estuvo tres días en la carreta temblando de fiebre con una manta encima, sin ver a nadie, salvo al capataz, que venía a darle de beber y a tomarle el pulso. Entonces se creyó perdido; invocaba desesperadamente a su madre, llamándola sin cesar: «¡Oh, madre mía, madre mía! ¡Ayúdame! ¡Ven a buscarme, que me muero! ¡Ay, pobre madre mía, me encontrarás muerto por el camino!» Juntaba las manos sobre el pecho y rezaba. Luego mejoró, gracias a los cuidados del capataz, y sanó. Mas con la curación sobrevino el día más terrible de su viaje, el día en que debía quedarse solo. Hacia ya más de dos semanas que viajaban. Cuando llegaron al punto donde el camino a Tucumán se aparta del que va a Santiago del Estero, el capataz le anunció que debían separarse. Le dio algunas indicaciones sobre la ruta, le amarró el saco sobre los hombros, de manera que no le molestase al andar, y abreviando, como si temiera conmoverse, lo saludó. El chico apenas tuvo tiempo para besarlo en un brazo. También los otros hombres, que tan duramente lo habían maltratado, parecieron sentir un poco de piedad al verlo quedarse tan solo, y le hicieron un gesto de saludo mientras se alejaban. El chico devolvió el saludo con la mano y se quedó mirando la caravana hasta que se perdió en la polvareda roja de la llanura; luego se puso en camino, tristemente.

Hubo algo, sin embargo, que desde el principio le dio un poco de consuelo. Después de tantos días de viaje a través de aquella planicie interminable y siempre igual, veía ahora ante sí una cadena de montañas altísimas y azules, con las cimas blancas, que le recordaban los Alpes y le daban una sensación de acercamiento a su tierra. Eran los Andes, la espina dorsal del continente americano, la cadena inmensa que se extiende desde la Tierra del Fuego hasta el mar glacial del polo norte a lo largo de ciento diez grados de latitud. También se reanimaba al notar que el aire se hacía cada vez más cálido, ya que en su marcha hacia el Norte se aproximaba a las regiones tropicales. Separados por grandes distancias encontraba pequeños caseríos con una tienducha, donde compraba algo para comer. Solían pasar hombres a caballo; de cuando en cuando veía mujeres y niños sentados en el suelo, inmóviles y serios, facciones del todo nuevas para él, del color de la tierra, con ojos oblicuos y pómulos salientes, que lo miraban con fijeza y lo acompañaban con la mirada girando lentamente la cabeza, como autómatas. Eran indios. El primer día marchó mientras se lo permitieron las fuerzas y durmió bajo un árbol. El segundo día caminó mucho menos y con menos frío. Tenía los zapatos rotos, los pies desollados y el estómago debilitado por la mala alimentación. Hacia la noche empezaba a asustarse. En Italia había oído decir que en aquellas regiones había serpientes; creía percibir que se arrastraban; se detenía, echaba a correr, sentía escalofríos en los huesos. A veces lo invadía una gran compasión de sí mismo y lloraba en silencio mientras caminaba. Luego pensaba: «¡Cuánto sufriría mi madre si supiese que tengo tanto miedo!» Este pensamiento volvía a darle ánimos. Después, para distraerse del miedo, recordaba muchas cosas de ella: sus palabras cuando partió de Génova, el gesto con que solía acomodarle las mantas bajo la barbilla, en la cama, y cuando lo cogía en sus brazos, siendo un chiquillo, diciéndole: «Quédate un rato conmigo», y permanecía mucho tiempo con la cabeza apoyada en la suya, pensando y pensando. Le decía entre sí: «¿Volveré a verte algún día, querida mamá? ¿Llegaré al fin de mi viaje, madre mía?» Caminaba y caminaba entre árboles desconocidos, vastas plantaciones de caña de azúcar y praderas sin fin, siempre con esas grandes montañas azules frente a sí, recortando el cielo sereno con sus conos altísimos. Pasaron cuatro días, cinco, una semana. Sus fuerzas disminuían, los pies le sangraban. Finalmente, una tarde, al caer el sol, le dijeron: «Tucumán está a dos leguas de aquí.» Lanzó un grito de júbilo y apresuró el paso, como si hubiese recuperado de pronto todo el vigor perdido. Mas fue una breve ilusión. Las fuerzas lo abandonaron en seguida y se dejó caer al borde de una zanja, agotado. Pero el corazon le palpitaba de alegría. El cielo colmado de estrellas espléndidas nunca le había parecido tan bello. Lo contemplaba, echado sobre la hierba para dormirse, y pensaba que tal vez en ese mismo momento su madre también miraba las estrellas. Y se decía: «¿Dónde estás, madre mía? ¿Qué estás haciendo en este instante? ¿Piensas en mí? ¿Piensas en tu Marco, que tan cerca está de ti?»

¡Pobre Marco! Si hubiera podido ver en qué estado se encontraba su madre en aquel momento habría hecho un esfuerzo sobrehumano para seguir andando y llegar hasta ella sin demora. Estaba enferma, en cama, en una habitación de la planta baja de la casa señorial donde vivía toda la familia Mequínez, que le había tomado mucho afecto y la asistía con solicitud. La pobre mujer estaba ya algo enferma cuando el ingeniero Mequínez hubo de partir de improviso de Buenos Aires, cuando aún no se había repuesto a pesar del buen clima de Córdoba. Después, sus cartas sin respuesta, ni del marido ni del primo, el presentimiento siempre vivo de alguna gran desgracia, la continua ansiedad en la que había vivido, vacilando entre partir o quedarse, esperando todos los días una noticia funesta, le habían hecho empeorar de modo extraordinario. Por último, se le había manifestado una grave enfermedad, una hernia intestinal estrangulada. Llevaba quince días en cama. Era necesaria una operación para salvarle la vida. Y precisamente en el momento en que Marco la invocaba, estaban junto a su lecho los señores de la casa tratando con mucha dulzura de persuadirla a que se dejase operar. Un buen médico de Tucumán ya había venido inútilmente la semana anterior.

—No, queridos señores —decía ella—, no vale la pena, ya no tengo fuerzas para resistir y moriría en la operación. Es mejor que me dejen morir así. Ya no tengo apego a la vida. Todo se ha acabado para mí. Es mejor que muera antes de saber lo que le ha ocurrido a mi familia.

Los señores le decían que no se desanimara, que tuviese valor, que pronto tendrían contestación las últimas cartas enviadas directamente a Génova, que se dejara operar, que lo hiciese por sus hijos. Pero el recuerdo de sus hijos no hacía más que aumentar la angustia y el descorazonamiento profundo que la postraban. Ante aquellas palabras prorrumpía en llanto.

—¡Oh, mis hijos, mis hijos! —exclamaba juntando las manos—. ¡Quizá ya no existen! ¡Es mejor que también yo muera! ¡Les quedo muy agradecida, buenos señores, les doy las gracias de todo corazón! ¡Pero más vale que muera! ¡De todos modos, no sanaré ni aun con la operación, estoy segura! ¡Gracias por tantos cuidados, señores; es inútil que el médico regrese pasado mañana! ¡El destino ha querido que yo muera aquí! Lo he decidido.

Y ellos seguían todavía consolándola, repitiéndole: «¡No, no diga eso!», y le cogían las manos para suplicarle. Pero ella, entonces, cerraba los ojos exhausta, y caía en un sopor de muerta. Y sus patrones permanecían allí un rato, a la débil luz de un farolillo, mirando con mucha compasión a aquella madre admirable que por salvar a su familia había venido a morir a miles de kilómetros de su patria, después de haber penado tanto, pobre mujer, tan honesta y desventurada.

Al día siguiente, muy temprano, encorvado y cojeando con su saco sobre los hombros, pero muy animoso, Marco entraba en Tucumán, una de las más jóvenes y floridas ciudades de la Argentina. Le pareció volver a ver Córdoba, Rosario, Buenos Aires; eran las mismas calles rectas y larguísimas, las casas bajas y blancas; pero por todas partes había una vegetación nueva y magnífica, un aire perfumado, una luz maravillosa, un cielo límpido y profundo como jamás había visto, ni siquiera en Italia. Caminando por las calles lo invadió otra vez la agitación febril que había sentido en Buenos Aires; observaba las ventanas y las puertas de todas las casas; miraba a todas las mujeres que pasaban con una esperanza ansiosa de encontrar a su madre; habría querido interrogar a todo el mundo y no se atrevía a detener a nadie. Todos se volvían para mirar a aquel pobre chico harapiento y lleno de polvo que evidentemente venía de muy lejos.

Buscaba entre la gente un rostro que le inspirase confianza para dirigirle esa tremenda pregunta cuando sus ojos tropezaron con el letrero de una tienda en el que aparecía un nombre italiano. En el interior había un hombre con gafas y dos mujeres. Se acercó lentamente a la puerta y, armándose de resolución, preguntó:

—¿Podrían ustedes decirme, señores, dónde vive la familia Mequínez?

—¿El *ingeniero* Mequínez? —preguntó a su vez el comerciante.

—Sí, el ingeniero Mequínez —repuso el muchacho con un hilo de voz.

—La familia Mequínez no está en Tucumán —dijo el tendero.

Un grito de dolor desesperado, como el de una persona apuñalada, hizo eco a esas palabras.

El tendero y las mujeres se pusieron en pie, acudieron algunos vecinos.

—¿Qué pasa, qué te ocurre, muchacho? —dijo el comerciante haciéndolo entrar y sentarse—. ¡No hay que desesperarse, qué diablos! ¡Los Mequínez no viven lejos de aquí, están a pocas horas de Tucumán!

—¿Dónde? ¿Dónde? —gritó Marco, levantándose de un salto, como un resucitado.

—A unos veinticinco kilómetros de aquí —respondió el tendero—, a orillas del Saladillo, en un lugar donde están construyendo una gran fábrica de azúcar. Hay un grupo de casas y allí está el señor Mequínez. Todos lo conocen. Llegarás en pocas horas.

—He estado allí hace un mes —dijo un joven que había acudido al oír el grito.

Marco lo miró con los ojos desorbitados y le preguntó precipitadamente, mientras palidecía:

—¿Ha visto a la criada del señor Mequínez, a la italiana?

—¿La genovesa? Sí, la he visto.

Marco prorrumpió en un sollozo convulso, mezcla de risa y de llanto. Luego, con un impulso de decisión violenta, exclamó:

—¿Por dónde se va? ¡Pronto, indicadme el camino! ¡Parto en seguida! ¿Cuál es el camino?

—¡Pero hay una jornada de marcha! —le dijeron todos—. Estás fatigado. Debes descansar. Partirás mañana temprano.

—¡Imposible! ¡Imposible! —repuso el chico—. ¡Decidme por dónde debo ir! ¡No espero ni un minuto más! ¡Me marcho en seguida, aunque caiga muerto por el camino!

Viéndolo tan obstinado, no se opusieron más.

—¡Que Dios te acompañe! —le dijeron—. Anda con cuidado por el camino del bosque. ¡Buen viaje, italianito!

Un hombre lo acompañó hasta las afueras de la ciudad, le indicó el camino, le dio algunos consejos y se quedó mirando cómo se alejaba. Al cabo de pocos minutos el chico desapareció, cojeando, con su saco sobre los hombros, detrás de los gruesos árboles que bordeaban la ruta.

Aquella noche fue tremenda para la pobre enferma. Sentía dolores atroces que le arrancaban terribles gritos y la sumían en momentos de delirio. Las mujeres que la asistían perdían la cabeza. La señora acudía de vez en cuando, espantada. Todos empezaron a temer que aun cuando se decidiera a dejarse operar, el médico, que debía venir la mañana siguiente, llegaría demasiado tarde. En los momentos en que no deliraba se advertía que su mayor tormento no eran los dolores del cuerpo, sino el pensar en la familia lejana. Macilenta, deshecha, con el rostro alterado, crispaba las manos sobre los cabellos con un gesto de desesperación que traspasaba el alma y gritaba:

—¡Dios mío! ¡Dios mío! ¡Morir tan lejos, morir sin volver a verlos! ¡Mis pobres niños que se quedan sin madre, criaturas mías, mi pobre sangre! ¡Pobre Marco, aún tan pequeño, tan bueno y cariñoso! ¡No sabéis qué chico era! ¡Si usted supiese, señora! ¡No podía arrancármelo del cuello cuando partí, daba compasión ver cómo sollozaba; parecía darse cuenta de que no volveríamos a vernos, pobre Marco, pobre chiquillo mío! ¡Creí que se me rompía el corazón! ¡Ah, ojalá hubiese muerto entonces, mientras me decía adiós, ojalá hubiese caído allí fulminada! ¡Sin madre, pobre niño, él que me quería tanto, que me necesitaba tanto, sin madre, en la miseria! ¡Deberá mendigar, pobre Marco, tendiendo la mano, hambriento! ¡Oh, Dios eterno! ¡No! ¡No quiero morir! ¡El médico! ¡Llamadlo en seguida! ¡Que venga, que me corte, que me desgarre el vientre, que me haga enloquecer, pero que me salve la vida! ¡Quiero curarme, quiero vivir, marcharme, escapar cuanto antes, mañana! ¡El médico! ¡Socorro! ¡Socorro!

Las mujeres le aferraban las manos, suplicaban y le hacían volver en sí poco a poco; le hablaban de Dios y de esperanza. Ella, entonces, recaía en un abatimiento mortal, lloraba con las manos entre sus cabellos grises, gemía como una niña, con un lamento largo y prolongado, murmurando de vez en cuando:

—¡Génova mía! ¡Mi casa! ¡Todo aquel mar...! ¡Marco, mi pobre Marco! ¿Dónde estará ahora, pobre criatura mía!

Era medianoche y su pobre Marco, después de haber pasado muchas horas a orillas de una zanja, desfallecido, caminaba entonces a través de un bosque inmenso de árboles gigantescos, monstruos de la vegetación con troncos desmesurados, semejantes a pilares de catedrales, que entrelazaban a una altura prodigiosa sus enormes copas plateadas por la luna. Vagamente, en aquella semioscuridad, veía miríadas de troncos de todas las formas, erguidos, inclinados, retorcidos, entrecruzados en extrañas actitudes de amenaza y de lucha; algunos tumbados en el suelo como torres caídas en una sola pieza y cubiertos de una vegetación densa y confusa que parecía una muchedumbre enfurecida que se los disputaba palmo a palmo; otros reunidos en grandes grupos, verticales y apretados como haces de lanzas titánicas cuyas puntas tocaban las nubes. Una grandeza soberbia, un desorden prodigioso de formas colosales, el espectáculo más terriblemente majestuoso que jamás le había ofrecido la naturaleza vegetal. Por momentos lo sobrecogía un gran estupor. Pero en seguida su alma volvía a lanzarse en pos de su madre. Le sangraban los pies, estaba exhausto y solo en medio de aquel formidable bosque donde, raramente, a largos trechos, veía unas viviendas que al pie de aquellos árboles parecían pequeños hormigueros, y algún búfalo dormido al borde del camino; estaba agotado pero no sentía el cansancio, estaba solo pero no tenía miedo. La majestad del bosque dilataba su alma; la proximidad de su madre le daba la fuerza y el atrevimiento de un hombre; el recuerdo del océano, de los terrores, de los dolores sufridos y vencidos, de las largas fatigas, de la férrea constancia desplegada, le hacían alzar la frente; toda su noble y fuerte sangre genovesa le afluía al rostro en una oleada ardiente de altivez y de audacia. Y algo nuevo ocurría en él: hasta entonces, debido a aquellos dos años de separación, había llevado en su mente una imagen un poco oscura y desdibujada de su madre, pero en ese momento la imagen se aclaraba, volvía a ver su rostro íntegro y nítido, como en mucho tiempo no lo había contemplado; lo veía cercano, iluminado, elocuente; veía otra vez los movimientos más fugaces de sus ojos y de sus labios, todas sus actitudes, todos sus gestos, las sombras de sus pensamientos; y empujado por esos recuerdos acuciantes apretaba el paso; y un nuevo afecto, una ternura indecible crecía en su corazón, haciéndole correr por la cara lágrimas dulces y tranquilas, y mientras marchaba entre las tinieblas le hablaba, con las palabras que le murmuraría al oído dentro de poco: «¡Estoy aquí, madre mía, aquí me tienes, no te dejaré nunca más; regresaremos juntos a casa; estaré siempre a tu lado en el barco, pegado a ti, y nadie me arrancará ya de tu lado, nadie, nunca más, mientras vivas!» Y no se daba cuenta, mientras tanto, de que sobre las cúspides de los árboles gigantescos iba muriendo la luz argentina de la luna en la blancura delicada del alba.

A las ocho de la mañana el médico de Tucumán, un joven argentino, estaba junto al lecho de la enferma acompañado por un ayudante para intentar por última vez que se dejase operar. El ingeniero Mequínez y su esposa unían sus calurosos requerimientos a los del médico. Pero todo era inútil. La mujer, sintiéndose privada de fuerzas, no tenía ya fe en la operación; estaba convencida de morir durante la misma o de sobrevivir unas pocas horas, después de haber sufrido en vano dolores más atroces que aquellos que debían matarla naturalmente. El médico no se cansaba de decirle:

—La operación no es peligrosa y le aseguro que usted se salvará, con tal que se arme de un poco de valor. También es cierta su muerte si se niega.

Eran palabras pronunciadas en vano.

—No —contestaba ella con voz débil—, todavía tengo valor para morir, pero no para sufrir inútilmente. Gracias, señor doctor. El destino quiere que sea así. Déjeme morir tranquila.

El médico, desanimado, desistió. Nadie volvió ya a insistir. Entonces la mujer miró a la señora y con voz de moribunda le hizo sus últimas súplicas.

—Querida y bondadosa señora —dijo fatigosamente, sollozando—, envíe usted esos pocos dineros y mis cosas a mi familia, por intermedio del señor cónsul. Espero que estén todos vivos. Mi corazón presiente cosas buenas en estos últimos momentos. Me hará usted el favor de escribir... que siempre he pensado en ellos, que

254

siempre he trabajado para ellos..., para mis hijos..., y que mi único dolor ha sido no poder volver a verlos..., pero que me muero con entereza..., resignada..., bendiciéndolos; y que confío a mi marido... y a mi hijo mayor... el más pequeño, mi pobre Marco..., ¡que ha estado en mi corazón hasta el último momento...!

Y exaltándose de repente, gritó juntando las manos:

—¡Mi Marco! ¡Mi niño! ¡Vida mía...!

Pero girando los ojos inundados de lágrimas, vio que la señora había desaparecido; la habían llamado furtivamente. Buscó al ingeniero; tampoco estaba allí. No quedaban más que las dos enfermeras y el ayudante. En la habitación vecina se oía un rumor precipitado de pasos, un murmullo de voces apresuradas y contenidas, exclamaciones ahogadas. La enferma clavó los ojos velados en la puerta, esperando. Después de algunos minutos vio aparecer al médico con una expresión extraña; luego a los señores, también ellos con el rostro alterado. Los tres la miraron de una manera singular e intercambiaron algunas palabras en voz baja. Le pareció que el médico decía a la señora:

—Es mejor en seguida.

La enferma no comprendía.

—Josefa —le dijo la señora con voz temblorosa—; tengo que darle una buena noticia. Prepárese para una buena noticia.

La mujer la miró atentamente.

—Una noticia —continuó, cada vez más agitada— que le causará una inmensa alegría.

La enferma abrió mucho los ojos.

—Dispóngase a ver a una persona... que usted quiere mucho.

Con un impulso vigoroso la mujer alzó la cabeza y empezó a mirar rápidamente ora a la señora, ora la puerta, con ojos fulgurantes.

255

—Una persona —añadió la señora palideciendo— que acaba de llegar..., inesperadamente.

—¿Quién es? —gritó la mujer con voz estrangulada y extraña, como llena de espanto.

Un instante después alzó un grito agudo y de un salto quedó sentada en la cama, permaneciendo inmóvil, con los ojos desorbitados y las manos en las sienes, como ante una aparición sobrenatural.

Marco, andrajoso y polvoriento, estaba ahí, de pie en el umbral. El doctor lo sujetaba por un brazo.

La mujer gritó tres veces:

—¡Dios! ¡Dios! ¡Dios mío!

Marco se lanzó hacia adelante, ella extendió los brazos descarnados y, apretándolo contra su pecho con la fuerza de una tigresa, estalló en una risa violenta quebrada por profundos sollozos sin lágrimas que la hicieron caer sofocada sobre la almohada.

Pero se recobró súbitamente y gritó loca de alegría, abrumando con besos la cabeza del niño:

—¿Cómo estás aquí? ¿Por qué? ¿Eres tú? ¡Cómo has crecido! ¿Quién te ha traído? ¿Estás solo? ¿No estás enfermo? ¿Eres tú, Marco? ¡No es un sueño! ¡Dios mío! ¡Dime algo!

Luego, cambiando bruscamente de tono, dijo:

—¡No, calla! ¡Espera!

Y volviéndose hacia el médico dijo precipitadamente:

—¡Pronto, rápido, doctor! ¡Quiero curarme! ¡Estoy dispuesta! ¡No pierda un instante! ¡Llevaos a Marco para que no oiga! Marco, querido, no es nada. Después me contarás tus cosas. Dame otro beso. Vete. ¡Aquí me tiene, doctor!

Se llevaron a Marco. Los señores salieron de prisa; quedaron el cirujano y su ayudante, que cerraron la puerta.

El señor Mequínez trató de conducir a Marco a una

habitación alejada, pero fue imposible; parecía clavado en el suelo.

—¿Qué pasa? —preguntó—. ¿Qué tiene mi madre? ¿Qué le están haciendo?

Entonces Mequínez, con calma, siempre intentando alejarlo, le dijo:

—Mira. Oye, ahora te lo explicaré. Tu madre está enferma, es necesario hacerle una pequeña operación. Te lo explicaré mejor, ven conmigo.

—No —repuso el chico, resistiéndose—, quiero quedarme aquí. Explíquemelo aquí.

El ingeniero acumulaba palabras, tratando de apartarlo; el chico empezaba a asustarse y a temblar.

De pronto, un grito agudísimo, como el grito de un herido de muerte, resonó en toda la casa.

El chico respondió con otro grito desesperado:

—¡Mi madre ha muerto!

El médico apareció en la puerta y dijo:

—Tu madre está salvada.

El chico lo miró un momento y después se arrojó a sus pies, sollozando:

—¡Gracias, doctor!

Pero el médico lo puso de pie inmediatamente, diciéndole:

—¡Levántate...! ¡Eres tú, heroico muchacho, quien ha salvado a tu madre!

Verano

Miércoles 24

Marco, el genovés, es el penúltimo héroe que conocemos este año; sólo resta uno, en el mes de junio. No quedan más que dos exámenes mensuales, veintiséis días de

clase, seis jueves y cinco domingos. Ya se respira el aire
de finales de curso. Los árboles del jardín, frondosos y
floridos, arrojan una magnífica sombra sobre los aparatos de gimnasia. Los chicos ya visten de verano. ¡Qué
divertido es presenciar ahora la salida de clase, cómo ha
cambiado todo! Las cabelleras que tocaban los hombros
han desaparecido, todas las cabezas están rapadas; se ven
piernas y cuellos desnudos; sombreritos de paja de todas
las formas, con cintas que bajan hasta la espalda; camisas
y corbatas de todos los colores; los más pequeños, todos
llevan encima alguna menudencia roja o azul, un ribete,
una borla, cualquier tirilla de color vivo, con tal que la
haya cosido la madre, para lucir bien, aun los más
pobres; muchos vienen al colegio sin sombrero, como si
se hubiesen escapado de su casa. Algunos llevan el traje
blanco de gimnasia. Hay un chico de la clase de la maestra Delcati que va todo de rojo, de la cabeza a los pies,
como un cangrejo cocido. Muchos van vestidos de marinero. Pero el más hermoso es el albañilito, con un som-
brerote de paja que le da el aspecto de una media candela
con la pantalla, y da mucha risa verlo hacer el morro de
liebre allí debajo. Coretti también ha dejado su gorra de
piel de gato y lleva un viejo gorro de viaje de seda gris.
Votini viste una especie de traje a la escocesa, muy pul-
cro; Crossi muestra el pecho desnudo; Precossi baila
dentro de un blusón azul de herrero. ¿Y Garoffi? Ahora
que ha debido dejar la caja que escondía su comercio,
quedan al descubierto los bolsillos repletos de toda clase
de baratijas de chamarilero y le asoman las listas de sus
rifas. Ahora todos dejan ver aquello que llevan: abanicos
hechos con medio periódico, trozos de caña, flechas
para tirar a los pájaros, hierbas, abejorros que brotan de
los bolsillos y suben pasito a pasito por las chaquetas.
Muchos de los más pequeños traen ramitos de flores a las
maestras. También ellas llevan vestidos veraniegos de
colores alegres, salvo la «monjita», que siempre va de

negro; la maestrita de la pluma roja lleva siempre su pluma, y un lazo rosa al cuello muy maltratado por las garras de sus alumnos, que continuamente la hacen reír y correr. Es el tiempo de las cerezas, de las mariposas, de la música por las calles y de los paseos campestres. Muchos chicos de cuarto se escapan para ir a bañarse en el Po; todos tienen su pensamiento puesto en las vacaciones; cada día se sale de la escuela más impaciente y contento que el día anterior. Sólo que me da pena ver a Garrone con su luto y a mi pobre maestra de primero cada vez más consumida y pálida, tosiendo siempre más fuerte. Ahora camina encorvada y me saluda tristemente.

Poesía

Viernes 26

Comienzas a entender la poesía de la escuela, Enrico; pero por ahora no ves la escuela más que desde dentro; te parecerá mucho más hermosa y poética dentro de treinta años, cuando acompañes a tus hijos y la veas desde fuera, como yo. Esperando que salgáis, paseo por las calles silenciosas en torno al edifico y aguzo el oído cerca de las ventanas de la planta baja cerradas por persianas. En una ventana oigo la voz de una maestra que dice: «¡Ah, este rasgo de la t...! ¡No está bien, hijo mío! ¿Qué diría de él tu padre...?» De la ventana vecina sale la gruesa voz de un maestro que dicta lentamente: «Compró cincuenta metros de tela... a cuatro liras cincuenta el metro... la revendió...» Más allá es la maestrita de la pluma roja que lee en voz alta: «Entonces Pietro Micca, con la mecha encendida...» Del aula contigua surge el gorjeo apresurado de muchos pájaros, lo que quiere decir que el maestro ha salido por un momento. Sigo adelante y a la vuelta de la esquina oigo a un chico que llora y la voz de la maestra que lo reprende y lo consuela. De otras ventanas brotan versos, apellidos de hombres ilustres y buenos, fragmentos de sentencias que aconsejan la virtud, el amor a la patria, el valor. Luego hay momentos de silencio en los cuales se diría que el edificio está vacío y parece imposible que haya allí dentro setecientos muchachos; después se oyen estallidos ruidosos de hilaridad por la broma de algún maestro de buen humor... La gente que pasa se detiene a escuchar, y todos dirigen una mirada de simpatía a ese edificio noble que encierra tanta juventud y tantas esperanzas. Finalmente se oye un repentino estrépito sordo, un golpear de libros y de carpetas, un rumor de pasos y un zumbido que se propaga de aula en aula y desde abajo hacia arriba, como si se difundiera de improviso una buena noticia: es el bedel que va anunciando el finis. *Al oír aquel ruido una multitud de mujeres, hombres, muchachas y jovencitos se apretujan a uno y otro lado de la puerta, esperando a hijos, hermanos y sobrinos. Mientras tanto, desde las aulas brotan hacia el gran salón de la planta baja borbollones de chiquillos en busca de sus capitas y sombreros, haciendo con ellos un revoltijo en el suelo y farfullando sin cesar hasta que el bedel vuelve a meterlos en las aulas uno a uno. Finalmente salen en largas filas y marcando el paso. Entonces, desde los familiares empieza a caer una lluvia de preguntas: «¿Te has sabido la lección? ¿Cuánta tarea te ha puesto? ¿Qué tenéis para mañana? ¿Cuándo es el examen mensual?» Las pobres madres que no saben leer también abren los cuadernos, miran los problemas, preguntan por las notas: «¿Solamente ocho? ¿Diez con felicitaciones? ¿Nueve de lección?» Y se inquietan, se alegran, interrogan a los maestros y hablan de programas y de exámenes. ¡Qué hermoso es todo esto y qué gran promesa para el mundo!*

Tu Padre

La sordomuda

No podía acabar mejor el mes de mayo después de la visita de esta mañana. Oímos un campanillazo y acudimos todos. Oigo a mi padre que dice asombrado:

—¡Usted aquí, Giorgio!

Era Giorgio, nuestro jardinero de Chieri, que ahora tiene su familia en Condove. Después de trabajar tres años en los ferrocarriles de Grecia había desembarcado ayer en Génova. Traía un grueso fardo entre los brazos. Está un poco envejecido, pero sigue jovial y con la cara roja, como siempre.

Mi padre quería que entrase, pero él se negó y preguntó inmediatamente, con expresión seria:

—¿Cómo está mi familia? ¿Y Gigia?

—Hace muy pocos días estaba muy bien —repuso mi madre.

Giorgio lanzó un gran suspiro.

—¡Oh, alabado sea Dios! No tenía valor para ir a los Sordomudos sin tener antes alguna noticia de ella. Dejo aquí el bulto y voy corriendo a buscarla. ¡Hace tres años que no veo a mi pobre hija! ¡Tres años sin ver a ninguno de los míos!

Mi padre me dijo:

—Acompáñalo.

—Otra cosa, todavía, perdóneme —dijo el jardinero en el rellano.

Pero mi padre lo interrumpió:

—¿Cómo le han ido las cosas?

—Bien —repuso—, gracias a Dios. Algún dinero he traído. Pero quería preguntar, ¿cómo va la educación de la mudita?, dígame algo. Cuando la dejé era un pobre animalito, pobre criatura. Yo no tengo ya mucha fe en esas escuelas. ¿Ha aprendido a hacer las señas? Mi mujer me escribía que estaba aprendiendo a hablar y hacía progresos. Pero, decía yo, ¿de qué vale que ella aprenda a hablar si yo no sé hacer las señas? ¿Cómo haremos para entendernos, pobre pequeña? Eso es bueno para que se entiendan entre ellos, un desgraciado con otro. ¿Cómo está, pues? ¿Cómo va?

Mi padre sonrió y contestó:

—Yo no le digo nada, usted mismo lo verá; vaya, vaya, no pierda un minuto más.

Salimos; el instituto está cerca. Por el camino, andando a zancadas, el jardinero me hablaba entristecido:

—¡Ay, mi pobre Gigia! ¡Nacer con esa desgracia! ¡Pensar que nunca la he oído llamarme *padre,* que ella jamás me ha oído llamarla *hijita,* pobrecilla, sin decir ni oír nunca una palabra en su vida! Afortunadamente, he encontrado a un señor caritativo que ha costeado los gastos del instituto. Pero... no ha podido ir antes de los ocho años. Hace tres años que no está en casa. Ahora va a cumplir once. ¿Ha crecido?, dígame. ¿Ha crecido? ¿Está de buen humor?

—Ahora lo verá, ya lo verá —repuse apresurando el paso.

—Pero ¿dónde está ese instituto? —preguntó—. Mi mujer la llevó cuando yo había ya partido. Me parece que debe estar por aquí.

Precisamente acabábamos de llegar. Entramos en seguida en el locutorio. Se nos acercó un portero.

—Soy el padre de Gigia Voggi —dijo el jardinero—; quiero ver a mi hija, ahora mismo, inmediatamente.

—Está en el recreo —repuso el portero—. Voy a avisar a la maestra.

Y se marchó.

El jardinero no podía ni hablar ni quedarse quieto; miraba los cuadros de las paredes sin ver nada.

La puerta se abrió, entró una maestra vestida de negro con una chica de la mano.

262

Padre e hija se miraron un instante y luego se echaron uno en brazos del otro, lanzando un grito.

La niña iba vestida de rayadillo blanco y rosado con un delantal blanco. Era más alta que yo. Lloraba y estrechaba a su padre por el cuello.

El jardinero se soltó, se puso a mirarla de hito en hito con lágrimas en los ojos, jadeando como si hubiese hecho una larga carrera, y exclamó:

—¡Cómo ha crecido! ¡Qué guapa se ha puesto! ¡Mi querida, mi pobre Gigia! ¡Mi pobre mudita! ¿Es usted, señora, la maestra? Dígale, por favor, que me haga sus señas, que algo entenderé; luego aprenderé, poco a poco. Que me diga algo, con gestos.

La maestra sonrió y dijo en voz baja a la niña:

—¿Quién es este hombre que ha venido a verte?

La niña con voz muy gruesa y extraña, desafinada, como la de un salvaje que hablase por primera vez nuestra lengua, pero pronunciando con claridad y sonriendo, contestó:

—Es mi pa-dre.

El jardinero dio un paso atrás y gritó como un loco:

—¡Habla! ¡Pero es posible! ¡Cómo es posible! ¿Habla? ¿Hablas, niña mía, de verdad? Dime, ¿hablas?

Volvió a abrazarla y la besó tres veces en la frente.

—Pero..., señora maestra, ¿no hablan con gestos, con los dedos, así? ¿Qué significa esto?

—No, señor Voggi —repuso la maestra—, no con gestos. Ese era el sistema antiguo. Aquí se enseña con el método nuevo, el método oral. ¡Cómo!, ¿es que no lo sabía usted?

—¡Yo no sabía nada! —repuso el jardinero, pasmado—. ¡Hace tres años que estoy fuera! ¡Soy un cabeza de alcornoque! ¡O, hija mía! ¿Tú me entiendes, entonces? ¿Oyes mi voz? Contéstame, por favor, ¿me oyes? ¿Oyes lo que te digo?

—No, buen hombre —dijo la maestra—; no oye la voz porque es sorda. Ella comprende por los movimientos de su boca las palabras que usted pronuncia, ésa es la verdad; pero no las oye, ni aun las que ella dice. Las pronuncia porque le hemos enseñado, letra a letra, cómo debe poner los labios y mover la lengua, y la fuerza que debe hacer con el pecho y la garganta para emitir la voz.

El jardinero no comprendía y permanecía con la boca abierta, sin creer todavía en todo aquello.

—Dime, Gigia —preguntó a su hija, hablándole al oído—, ¿estás contenta de que tu padre haya vuelto?

Levantó la cabeza y se quedó esperando la respuesta.

La chica lo miró, pensativa, sin decir nada.

El padre se quedó turbado.

La maestra se echó a reír. Luego dijo:

—Mire usted, buen hombre; no le contesta porque no ha visto los movimientos de sus labios; ¡le ha hablado usted al oído! Repita la pregunta manteniendo la cara frente a la de ella.

El padre, mirándola fijamente, repitió:

—¿Estás contenta de que tu padre haya vuelto? ¿De que no vuelva ya a marcharse?

La niña, que había mirado atentamente sus labios, tratando incluso de ver el interior de su boca, le contestó con franqueza:

—Sí, es-toy con-ten-ta de que ha-yas re-gre-sa-do, de que no te va-yas nun-ca más.

El padre la abrazó con vehemencia y luego, para cerciorarse mejor, la abrumó con preguntas, apresurado y frenético:

—¿Cómo se llama mamá?

—An-to-nia.

—¿Cómo se llama tu hermana pequeña?

—A-de-lai-de.

—¿Cómo se llama esta escuela?

—De sor-do-mu-dos.

264

—¿Cuánto es diez por dos?

—Vein-te.

Esperábamos que el padre riese de alegría, pero bruscamente se echó a llorar. Mas también aquello era alegría.

—¡Animo! —le dijo la maestra—. ¡Tiene usted motivos para alegrarse, no para llorar! ¿No ve usted que hace llorar también a su hija? Bueno, está contento, ¿verdad?

El jardinero aferró la mano de la maestra y la besó dos o tres veces, diciendo:

—¡Gracias, gracias, mil veces gracias, querida señora maestra! ¡Y perdone que no sepa decirle otra cosa!

—Pero no sólo habla —le dijo la maestra—; su hija también sabe escribir. Sabe hacer cuentas. Conoce el nombre de todos los objetos corrientes. Sabe un poco de historia y de geografía. Ahora está en la clase normal. Cuando haya cursado las otras dos clases, sabrá mucho, mucho más. Saldrá de aquí capacitada para emprender una profesión. Hay ya sordomudos que están en las tiendas atendiendo a los clientes y se desenvuelven tan bien como cualquiera.

El jardinero quedó nuevamente maravillado. Parecía que se le confundían las ideas una vez más. Miró a su hija y se rascó la frente. Su cara pedía aún una explicación.

La maestra se volvió hacia el portero y le dijo:

—Traiga usted a una niña de la clase preparatoria.

El portero regresó poco después con una sordomuda de ocho o nueve años que había ingresado en el instituto pocos días antes.

—Esta —dijo la maestra— es una de las niñas a las que enseñamos los primeros pasos. Fíjese usted cómo se hace. Quiero hacerle decir *e.* Preste usted atención.

La maestra abrió la boca como se hace para pronunciar la vocal *e,* y le indicó a la niña que abriese la boca de la misma manera. La niña obedeció. Entonces la maestra hizo señal de que pronunciase. Así lo hizo, pero en lugar de una *e* emitió una *o*.

—No —dijo la maestra—, no es así.

Y cogiendo las dos manos de la chiquilla, apoyó una sobre la garganta, la otra sobre el pecho, y repitió: «*e*».

La niña, después de haber percibido con las manos el movimiento de la garganta y del pecho de la maestra, volvió a abrir la boca como antes y pronunció correctamente: «*e*». Del mismo modo la maestra le hizo decir *c* y *d,* siempre teniendo las dos pequeñas manos sobre su garganta y sobre su pecho.

—¿Ha comprendido, ahora? —preguntó.

El padre había comprendido, pero parecía más admirado que antes.

—¿Enseña a hablar de esa manera? —preguntó después de un momento de reflexión, mirando a la maestra—. ¿Tienen ustedes la paciencia de enseñar a hablar de este modo, poco a poco, a todos? ¿Uno a uno...? ¿Durante años y años...? ¡Pero ustedes son santos! ¡Son ángeles del paraíso! ¡No hay nada en el mundo con que recompensarlos! ¡No sé qué decir...! Por favor, ¿puede ahora dejarme unos momentos con mi hija? Quiero tenerla conmigo cinco minutos, para mí solo.

Y llevándola aparte la hizo sentar, comenzó a interrogarla y ella a responderle; él reía, los ojos relucientes, golpeándose las rodillas con los puños, cogía las manos de su hija y la miraba fuera de sí de alegría mientras la oía hablar, como si fuera una voz que viniese del cielo; después preguntó a la maestra:

—¿Podría darle las gracias al señor director?

—El director no está —repuso la maestra—. Pero hay otra persona a quien usted debería dar las gracias. Aquí cada niña pequeña es puesta al cuidado de una compañera de más edad, que le sirve de hermana, de madre. La suya ha sido confiada a una sordomuda de diecisiete años, hija de un panadero, que es buena y la quiere mucho. Hace dos años que la ayuda a vestirse todas las mañanas, la peina, le enseña a coser, le acomoda las cosas, le hace compañía. Luigia, ¿cómo se llama tu mamá del instituto?

La niña sonrió y respondió:

—Ca-te-ri-na Gior-da-no.

Y dirigiéndose a su padre, añadió:

—Muy, muy bue-na.

El portero, que había salido a una señal de la maestra, volvió en seguida con una sordomuda rubia, robusta, de rostro alegre, vestida también de rayadillo rosado, con un delantal gris. Permaneció en el umbral ruborizada, luego inclinó la cabeza, riendo. Tenía el cuerpo de una mujer y parecía una niña.

La hija de Giorgio corrió hacia ella, la cogió de un brazo, como a una niña, y la llevó ante su padre, diciendo con su voz ronca:

—Ca-te-ri-na Gior-da-no.

—¡Ah, buena muchacha! —exclamó el padre y tendió la mano para acariciarla, pero la retiró en seguida, y repitió—: ¡Santa muchacha, que Dios la bendiga, que le dé mucha suerte y felicidad a usted y a los suyos; una muchacha así, Dios la bendiga! ¡Se lo desea de todo corazón un honrado obrero, un pobre padre de familia!

La muchacha acariciaba a Gigia, siempre con los ojos bajos y sonriendo; el jardinero la miraba arrobado.

—Hoy puede usted llevarse a su hija —dijo la maestra.

—¡Claro que me la llevo! —respondió el jardinero—. Me la llevo a Condove y la traigo mañana por la mañana. ¡Cómo no habría de llevármela!

La niña corrió a vestirse.

—¡Despueś de tres años sin verla! —continuó el jardinero—. ¡Ahora que habla! ¡Me la llevo en seguida a Condove! ¡Pero antes daré un paseo por Turín del brazo de mi mudita; que todos la vean; y visitaré a algunos amigos para que la oigan! ¡Ah, qué gran día! ¡Esto sí que es un consuelo! ¡Aquí tienes el brazo de tu padre, Gigia mía!

La niña, que había regresado con una capa y una cofia, le dio el brazo.

—¡Gracias a todos! —dijo el padre desde la puerta—. ¡Gracias de todo corazón! ¡Volveré para darles las gracias a todos una vez más!

Se quedó un momento pensativo, luego se separó bruscamente de su hija, volvió al locutorio hurgando con una mano en el chaleco y gritó fogosamente:

—¡Pues bien, soy un pobre diablo, pero aquí tenéis veinte liras para el instituto, os dejo un marengo de oro, hermoso y nuevo!

Y dando un golpe sobre la mesa, dejó el marengo.

—¡No, no, buen hombre! —dijo la maestra conmovida—. Recoja su dinero. Yo no puedo aceptarlo. Recójalo. No me corresponde. Venga cuando esté el director. Pero tampoco él lo aceptará, estoy segura. Le ha costado a usted mucho esfuerzo ganarlo, pobre hombre. De todos modos, le quedamos muy agradecidos.

—No, yo lo dejo —repuso el jardinero, obstinadamente—; luego..., ya veremos.

Pero la maestra le puso la moneda en el bolsillo sin darle tiempo a rechazarla.

Entonces se resignó, bajando la cabeza; luego, rápidamente, enviando un beso con la mano a la maestra y a la muchacha, dio el brazo a su hija y atravesó la puerta diciendo:

—¡Ven, ven, hija mía, pobre mudita mía, tesoro mío!

La hija exclamó con su voz ronca:

—¡Oh, qué her-mo-so sol!

JUNIO

Garibaldi

3 de junio. Mañana es la fiesta nacional

Hoy está de luto la nación. Anoche murió Garibaldi. ¿Sabes quién era? El liberó a diez millones de italianos de la tiranía de los Borbones. Ha muerto a los setenta y cinco años. Había nacido en Niza, hijo de un capitán de barco. A los ocho años salvó la vida a una mujer; a los trece puso a salvo una barca llena de compañeros que naufragaba; en Marsella, a los veintisiete, libró de las aguas a un jovencito que se ahogaba; a los cuarenta y uno, sofocó el incendio de un barco en el océano. Luchó en América durante diez años por la libertad de un pueblo extranjero; combatió en tres guerras contra los austriacos por la liberación de Lombardía y Trentino; defendió a Roma de los franceses en 1849; liberó a Palermo y a Nápoles en 1860; volvió a combatir por Roma en 1867 y luchó en 1870 contra los alemanes, en defensa de Francia. Poseía la llama del heroísmo y el genio de la guerra. Participó en cuarenta batallas y venció en treinta y siete. Cuando no combatía trabajaba para vivir o se retiraba a una isla solitaria para cultivar la tierra. Fue maestro, marinero, obrero, comerciante, soldado, general, dictador. Era grande,, simple y bueno. Odiaba a los opresores, amaba a todos los pueblos, protegía a los débiles; no tenía otra aspiración que el bien, rechazaba los honores, despreciaba la muerte y adoraba a Italia. Cuando lanzaba un grito de guerra, legiones de

269

valientes acudían a él desde todas partes. Para ir a combatir al sol de su gloria, los señores dejaban sus palacios, los obreros sus talleres y los jóvenes las escuelas. En la guerra llevaba una camisa roja. Era fuerte, rubio, hermoso. En los campos de batalla era un rayo, en los afectos un niño, en los dolores un santo. Miles de italianos que dieron la vida por la patria murieron felices viéndolo pasar a lo lejos, victorioso; millares se habrían hecho matar por él; millones lo bendijeron y lo bendecirán. Ha muerto. El mundo entero lo llora. Por ahora tú no lo comprendes. Pero leerás sus gestas, oirás hablar continuamente de él a lo largo de tu vida, y a medida que crezcas su imagen también crecerá en ti; cuando seas un hombre lo verás gigantesco, y cuando ya no estés en el mundo, cuando también hayan desaparecido los hijos de tus hijos y los nacidos de ellos, las generaciones seguirán viendo en lo alto de su cabeza luminosa de redentor de pueblos coronada con los nombres de sus victorias como por un círculo de estrellas, y resplandecerá la frente y el alma de todos los italianos al pronunciar su nombre.

TU PADRE

El ejército

Domingo 11. Fiesta nacional. Retrasada siete días por la muerte de Garibaldi

Hemos ido a la plaza Castello a ver la revista militar de los soldados, que desfilaron ante el comandante del Cuerpo de Ejército entre dos gruesos cordones de gente. A medida que pasaban, al son de las charangas y las bandas, mi padre me señalaba los regimientos y las glorias de las banderas. Primeramente aparecieron los alumnos de la Academia, los que serán oficiales de ingenieros y de artillería, cerca de trescientos, vestidos de negro; pasaron con una elegancia atrevida y desen-

270

vuelta, propia de soldados y estudiantes. Luego desfiló la infantería: la brigada Aosta, que combatió en Goito y en San Martino, y la brigada Bergamo, que luchó en Castelfidardo, cuatro regimientos, compañía tras compañía, millares de borlas rojas que parecían larguísimas guirnaldas de flores de color sangre llevadas entre la multitud, tensas y temblorosas entre los extremos. Después de la infantería avanzaron las tropas de ingenieros, los obreros de la guerra, con penachos de crines negras y galones carmesíes, y mientras pasaban se veía aparecer detrás de ellos centenares de largas plumas enhiestas que sobrepasaban las cabezas de los espectadores: eran los alpinos, los defensores de las puertas de Italia, todos altos, sonrosados y fuertes, con sombreros a la calabresa y distintivos de un hermoso verde vivo, color de la hierba de sus montañas. Desfilaban aún los alpinos cuando un estremecimiento corrió por la multitud: venían los *bersaglieri,* el antiguo 12.º batallón, los primeros que entraron en Roma por la brecha de Porta Pia. Agiles, vivaces, con los penachos ondulantes, pasaron como la oleada de un torrente negro, haciendo retumbar la plaza con agudos toques de trompeta que parecían gritos de alegría. Pero su charanga fue cubierta por un estrépito entrecortado y sombrío que anunció a la artillería de campaña; entonces pasaron altivos, sentados sobre los altos armones, magníficos soldados con cordones amarillos, y los largos cañones de bronce y de acero, relucientes sobre las ligeras cureñas que saltaban y resonaban haciendo retemblar el pavimento. Después apareció lenta y grave, hermosa en su apariencia pesada y ruda, la artillería de montaña, con sus altos soldados y sus potentes mulas, la artillería que lleva el espanto y la muerte hasta donde sube el pie del hombre. Finalmente pasó al galope el regimiento *Genova cavalleria,* con los yelmos al sol, las lanzas erectas y las banderas al viento, centelleando de plata y oro, llenando el aire de

271

tintineos y de relinchos, regimiento que fue un torbellino en diez campos de batalla, desde Santa Lucía a Villafranca.

—¡Qué hermoso es! —exclamé.

Pero mi padre casi me lo reprochó, diciéndome:

—No consideres el ejército como un bello espectáculo. Todos estos jóvenes llenos de fuerza y de esperanza pueden ser llamados de un día a otro a defender nuestro país y quedar en pocas horas destrozados por las balas y la metralla. Cada vez que oigas gritar en una fiesta: «¡Viva el ejército, viva Italia!», imagínate más allá de los regimientos que pasan un campo cubierto de cadáveres y anegado de sangre; entonces los vítores al ejército te surgirán de los más pronfundo del corazón y la imagen de Italia se te aparecerá más severa y grandiosa.

Italia

Martes 13

Sañuda así a la patria en su día de fiesta: Italia, patria mía, noble y querida tierra, donde mis padres nacieron y serán sepultados, donde yo espero vivir y morir, donde mis hijos crecerán y morirán; hermosa Italia, grande y gloriosa desde hace muchos siglos, unida y libre desde hace pocos años; que esparciste la luz de intelectos excelsos sobre el mundo y por quien infinidad de valientes murieron en los campos de batalla y muchos héroes sobre el patíbulo; madre augusta de trescientas ciudades y de treinta millones de hijos; yo, un niño, que aún no te comprendo ni te conozco enteramente, te venero y te amo con toda mi alma, estoy orgulloso de haber nacido de ti y de llamarme hijo tuyo. Amo tus mares espléndidos y tus Alpes sublimes, amo tus monumentos solemnes y tus memorias inmortales, amo tu gloria y tu belleza. Te amo y te

272

venero toda como a aquella adorada parte de ti donde por primera vez vi la luz y oí tu nombre. Os amo a todas con el mismo afecto e igual gratitud, Turín valerosa, Génova soberbia, docta Bolonia, Venecia encantadora, Milán poderosa; os amo con igual reverencia filial, Florencia gentil y Palermo terrible, Nápoles inmensa y bella, Roma maravillosa y eterna. ¡Te amo, sagrada patria! Y te juro que amaré a todos tus hijos como hermanos; que siempre honraré en mi corazón a tus ilustres hombres, vivos y muertos, que seré un ciudadano laborioso y honesto, dedicado a ennoblecerme para ser digno de ti, para contribuir con todas mis fuerzas a que desaparezcan de tu faz la miseria, la ignorancia, la injusticia y el delito, y que puedas vivir y desarrollarte tranquila en la majestad de tu derecho y de tu fuerza. Juro que te serviré como me sea permitido, con la inteligencia, con el brazo, con el corazón, humilde y valerosamente; y que si llega un día en que deba dar por ti mi sangre y mi vida, moriré gritando al cielo tu santo nombre y enviando mi último beso a tu bandera bendita.

Treinta y dos grados

Viernes 16

En los cinco días transcurridos desde la fiesta nacional el calor ha aumentado tres grados. Ahora estamos en pleno verano; todos empiezan a sentirse cansados y han perdido la hermosa tez sonrosada que les dio la primavera; los cuellos y las piernas se adelgazan, las cabezas se bambolean y los ojos se cierran. El pobre Nelli sufre mucho por el calor; su rostro parece de cera y a veces se duerme profundamente sobre el cuaderno; pero Garrone, que siempre está atento, le pone delante un libro abierto y vertical para que el maestro no lo vea. Crossi reclina su cabeza pelirroja de tal manera que parece separada del busto y abandonada allí sobre el pupitre. Nobis se lamenta de que somos muchos y le viciamos el aire. ¡Ah, cuánta voluntad se necesita ahora para estudiar! Miro desde las ventanas de mi casa esos árboles hermosos que dan una sombra tan oscura, bajo los cuales iría a correr de buena gana, y me entra tristeza y rabia de tener que ir a encerrarme entre los pupitres. Pero después me animo cuando mi buena madre, a la salida de la escuela, me observa para ver si estoy pálido; a cada página de tarea me pregunta: «¿Te sientes cansado?», y todas las mañanas, a las seis, cuando me despierta para las lecciones, me dice:

—¡Animo! Faltan pocos días, después quedarás libre y descansarás, irás a divertirte a la sombra de la alamedas.

Sí, ella tiene sobrada razón en recordarme los muchachos que trabajan en los campos bajo el azote del sol o entre la grava blanca de los ríos que enceguece y quema, y los que en las fábricas de vidrio están todo el día inmóviles con la cara inclinada sobre una llama de gas; todos ellos se levantan antes que nosotros y no tienen vacaciones. ¡Animo, pues! También en esto Derossi es el primero; no sufre por el calor ni por el sueño, se lo ve siempre vivaz, alegre, con sus rizos rubios, igual que en el invierno; estudia sin esfuerzo y mantiene despiertos a todos los que lo rodean, como si refrescase el aire con su voz. También hay otros dos siempre despiertos y atentos: el tozudo de Stardi, que se muerde los labios para no dormirse y que cuanto más cansado y agobiado está por el calor, tanto más aprieta los dientes y abre los ojos, como si quisiera comerse al maestro; y el traficante de Garoffi, completamente atareado fabricando abanicos de papel rojo adornados con cromos de cajas de cerillas que vende a dos céntimos. Pero el más valiente es Coretti. ¡Pobre Coretti! ¡Se levanta a las cinco para ayudar a su padre a cargar leña! A las once, en la escuela, no puede ya mantener los ojos abiertos y se le cae la cabeza sobre el pecho. Sin embargo, se sacude, se da palmadas en la nuca, pide permiso para salir y se moja la cara, se hace zarandear y pellizcar por sus vecinos. Pero esta mañana no pudo resistir y se durmió profundamente. El maestro lo llamo en voz alta:

—¡Coretti!

El no lo oía.

El maestro, irritado, repitió:

—¡Coretti!

Entonces el hijo del carbonero, que vive al lado de su casa, se puso en pie y dijo:

—Ha estado trabajando desde las cinco hasta las siete, llevando haces de leña.

El maestro lo dejó dormir y continuó con la lección durante media hora. Luego se acercó al pupitre de Coretti y, suavemente, soplándole en la cara, lo despertó. Al verse ante el maestro se inclinó hacia atrás, asustado. Pero el maestro le tomó la cabeza, lo beso en los cabellos y le dijo:

—No te lo reprocho, hijo mío. El tuyo no es en absoluto el sueño de la pereza, es el sueño del trabajo.

Mi padre

Sábado 17

Por cierto que ni tu compañero Coretti ni Garrone contestarían nunca a sus padres como lo has hecho tú esta tarde. ¡Enrico! ¿Cómo es posible? Debes jurarme que esto no volverá a ocurrir jamás mientras yo viva. Cada vez que ante un reproche de tu padre te suba a los labios una mala réplica, piensa en ese día, que sobrevendrá inevitablemente, en que él te llamará junto a su lecho para decirte: «Enrico, tengo que dejarte.» ¡Ay, hijo mío!, cuando oigas su voz por última vez, y aún mucho tiempo después, cuando llores solo en su cuarto abandonado, entre aquellos libros que él no volverá a abrir, entonces, acordándote de las veces en que le faltaste al respeto, te preguntarás también tú: «¿Cómo es posible?» Comprenderás entonces que él había sido tu mejor amigo, que cuando se veía obligado a castigarte, sufría más que tú, y que si te había hecho llorar algunas veces era porque procuraba tu bien; entonces te arrepentirás y besarás llorando ese escritorio sobre el que tanto trabajó, sobre el cual consumió su vida por sus hijos. Ahora no comprendes; él te oculta todo lo suyo, salvo su bondad y su amor. ¡Tú no sabes que a veces se siente quebrantado por el cansancio y cree que le quedan pocos días de vida, y que en esos momentos sólo habla de ti; no tiene otro temor en el corazón que el de dejarte pobre y sin protección! ¡En cuántas ocasiones, pensando en esto, entra en tu cuarto mientras duermes, se queda allí con la lámpara en la mano, mirándote; después hace un esfuerzo y, cansado y triste como está, vuelve al trabajo! Tampoco sabes que a menudo él te busca y permanece contigo porque tiene una amargura en el corazón, disgustos, de esos que a todos los hombres les toca experimentar, y te busca como amigo para reconfortarse y olvidar, tiene necesidad de refugiarse en tu cariño para volver a encontrar la serenidad y el valor. ¡Qué dolor debe sentir entonces cuando en lugar de encontrar en ti el afecto encuentra frialdad e irreverencia! ¡No te manches nunca más con esta horrible ingratitud! Piensa que aunque fueses bueno como un santo no podrías nunca compensarlo suficientemente por aquello que ha hecho y hace siempre por ti. Piensa también que con la vida no se puede contar: una desgracia podría arrebatarte tu padre mientras eres todavía un muchacho, dentro de dos años, tres meses o mañana. ¡Ah, pobre Enrico mío, cuán vacía y desolada te parecería la casa, con tu pobre madre vestida de luto! Anda, hijo, ve junto a tu padre, él está en su despacho trabajando, ve de puntillas, que no te oiga entrar, pon tu frente sobre sus rodillas y dile que te perdone y te bendiga.

Tu Madre

En el campo

Mi buen padre me perdonó una vez más y me dejó ir a la excursión que habíamos proyectado el miércoles con el padre de Coretti, el vendedor de leña. Todos teníamos necesidad de una bocanada de aire de las colinas. Fue un placer. Nos reunimos ayer a las dos en la plaza del Statuto, Derossi, Garrone, Garoffi, Precossi, Coretti, su padre y yo, con nuestras provisiones de fruta, chorizos y huevos duros; teníamos vasos de hojalata y botitas para beber; Garrone llevaba una calabaza con vino blanco; Coretti, la cantimplora de soldado de su padre llena de vino tinto, y el pequeño Precossi, con su blusón de herrero, traía bajo el brazo una hogaza de dos kilos. Fuimos en tranvía hasta la Gran Madre di Dio y luego trepamos con presteza por las colinas. ¡Qué verde, qué sombra, cuánta frescura! Nos revolcábamos en la hierba, metíamos la cara en los arroyuelos y saltábamos a través de los setos. El padre de Coretti nos seguía desde lejos con la chaqueta al hombro, fumando en su pipa de arcilla, y de vez en cuando nos amenazaba con la mano para que no nos rasgásemos los pantalones. Precossi silbaba; era la primera vez que lo oía. Coretti hijo iba muy atareado por el camino; sabe hacer cualquier cosa con su navajita de resorte, que no es más larga que un dedo: ruedecillas de molino, tenedores, jeringuillas; también ayudaba a los otros llevándoles cosas e iba tan cargado que chorreaba sudor; pero siempre ágil como un corzo. Derossi se detenía a cada momento para decirnos los nombres de las plantas y de los insectos; no sé cómo se las arregla para saber tantas cosas. Garrone iba comiendo pan, en silencio; pero ahora, pobre Garrone, ya no le da aquellos mordiscos alegres de otras veces. Sin embargo, continúa siendo tan bueno como

277

antes; cuando alguno de nosotros tomaba carrerilla para saltar sobre un foso, corría al otro lado para tenderle las manos, y como Precossi tenía miedo de las vacas, que de pequeño lo habían embestido, cada vez que pasaba una lo protegía con su cuerpo. Subimos hasta Santa Margherita y después ¡a bajar por la pendiente!, a saltos, rodando o despellejándonos las asentaderas. Precossi, tropezando con unas matas, se hizo un rasgón en la blusa y se quedó allí avergonzado, con su jirón colgando; pero Garoffi, que siempre lleva alfileres en la chaqueta, se lo sujetó de manera que no se notaba, mientras el otro le decía: «Perdona, perdona», y luego reanudó la carrera. Garoffi no perdía su tiempo mientras andaba, recogía hierbas para la ensalada, caracoles y toda piedra que reluciese un poco se la metía en el bolsillo, pensando que escondían dentro oro o plata. Y siempre adelante corriendo, rodando, trepando, al sol y a la sombra, subiendo y bajando, por todas las elevaciones y los atajos, hasta que llegamos excitados y sin aliento a la cima de una colina, donde nos sentamos sobre la hierba. Se veía una llanura inmensa y todos los Alpes azules con las cumbres blancas. Estábamos tan hambrientos que el pan parecía evaporarse. El padre de Coretti nos alcanzaba las porciones de chorizo sobre hojas de calabaza. Empezamos a hablar todos a la vez de los maestros, de los compañeros que no habían podido venir y de los exámenes. Precossi se avergonzaba un poco al comer y Garrone le metía en la boca por la fuerza lo mejor de sus provisiones. Coretti estaba sentado al lado de su padre con las piernas cruzadas; parecían más bien dos hermanos que padre e hijo, viéndolos así, uno junto al otro, colorados y sonrientes, con esa dentadura tan blanca. El padre empinaba el codo con gusto, vaciaba también las botitas y los vasos que nosotros dejábamos mediados y exclamaba:

—¡A vosotros que estudiáis el vino os hace daño; son

los vendedores de leña los que tienen necesidad de él!

Después cogía a su hijo por la nariz, lo zarandeaba y decía:

—¡Muchachos, quered mucho a éste, que es un hombre de bien, os lo digo yo!

Todos reían, salvo Garrone. El padre de Coretti seguía bebiendo.

—¡Qué lástima! —prosiguió—. Ahora estáis todos juntos como buenos camaradas, pero dentro de pocos años, ¡quién sabe! Enrico y Derossi serán abogados, profesores o qué sé yo, y vosotros cuatro en una tienda o en un oficio, o Dios sabe en qué. Entonces, ¡adiós camaradería!

—¡Qué dice usted! —replicó Derossi—. Para mí, Garrone será siempre Garrone, Precossi será siempre Precossi y los demás lo mismo, aunque me hicieran emperador de las Rusias; adonde ellos estén, iré yo.

—¡Bendito seas! —exclamó el padre de Coretti alzando la cantimplora—. ¡Así se habla, qué demonio! ¡Brindemos! ¡Vivan los buenos compañeros y viva también la escuela que hace una sola familia de los que tienen y los que no tienen!

Todos tocamos la cantimplora con nuestros vasos y bebimos el último sorbo.

Y él:

—¡Viva el cuadro del cuarenta y nueve! —gritó poniéndose de pie y apurando el último trago—. ¡Si alguna vez os toca también luchar en cuadro, manteneos firmes como nosotros, muchachos!

Ya era tarde. Bajamos corriendo y cantando, marchamos largos trechos del brazo y llegamos al Po cuando oscurecía y volaban millares de luciérnagas. Nos separamos en la plaza del Statuto después de haber acordado ir juntos el domingo a ver el reparto de los premios a los alumnos de las escuelas nocturnas en el Vittorio Emanuele. ¡Que hermosa jornada! ¡Qué contento habría regresado a casa si no hubiese encontrado a mi pobre maestra! La vi cuando bajaba la escalera de casa, casi en la oscuridad. En cuanto me reconoció me cogió las manos y me dijo al oído:

—¡Adiós, Enrico, acuérdate de mí!

Noté que lloraba. Subí y se lo dije a mi madre:

—He encontrado a mi maestra.

—Va a meterse en cama —repuso mi madre, que tenía los ojos enrojecidos.

Luego, mirándome fijamente, añadió con mucha tristeza:

—Tu pobre maestra... está muy mal.

El reparto de premios a los obreros

Domingo 25

Como habíamos convenido, fuimos todos juntos al teatro Vittorio Emanuele a ver el reparto de premios. El teatro estaba adornado como el 14 de marzo y lleno de bote en bote, pero casi todo de familias de obreros. La platea estaba ocupada por los alumnos de la escuela de canto coral; interpretaron un himno a los soldados muertos en Crimea, tan bello que cuando hubo terminado todos se levantaron aplaudiendo y gritando y tuvieron que repetirlo. Inmediatamente después empezaron a desfilar los premiados ante el alcalde, el gobernador y muchos otros señores que entregaban libros, libretas de la Caja de Ahorros, diplomas y medallas. En un ángulo de la platea vi al albañilito sentado junto a su madre; más allá estaba el director y detrás de él la cabeza pelirroja de mi maestro de segundo. Pasaron en primer lugar los alumnos de las escuelas nocturnas de dibujo, orfebres, canteros, litógrafos y también carpinteros y albañiles; luego los de la escuela de comercio; después los del liceo musical, entre los cuales había muchas chicas, obreras vestidas de fiesta que fueron saludadas con un gran aplauso; ellas reían. Finalmente llegaron los alumnos de las escuelas nocturnas elementales y entonces el espectáculo fue digno de verse. Eran de todas las edades y de todos los oficios, y vestidos de las más diversas maneras; hombres de cabellos grises, chicos de los talleres, obreros con grandes barbas negras. Los pequeños se mostraban desenvueltos, pero los hombres un poco embarazados. La gente aplaudía a los más viejos y a los más jóvenes. Pero entre los espectadores, al contrario de lo que ocurrió en nuestra fiesta, nadie reía; todos estaban atentos y serios. Muchos de los premiados tenían en la platea a su mujer y a sus hijos; había niños que cuando veían pasar al padre por el escenario lo llamaban en voz alta y lo señalaban con la mano riendo alegremente. Desfilaron campesinos y mozos de cordel; pertenecían a la escuela Buoncompagni. De la escuela de la Cittadella pasó un limpiabotas que mi padre conoce; el gobernador le dio un diploma. Después de él se adelantó un hombre alto como un gigante que me parecía haber visto ya otras veces... ¡Era el padre del albañilito que recibía el segundo premio! Me acordaba de cuando lo vi en el desván junto a su hijo enfermo y busqué con la mirada al niño. ¡Pobre albañilito!, miraba a su padre con los ojos húmedos y para ocultar la emoción hacía el morro de liebre. En aquel momento oí un estallido de aplausos, miré hacia el escenario: era un pequeño deshollinador, con la cara lavada pero con las ropas del trabajo, y el alcalde le hablaba cogiéndole una mano. Después del deshollinador vino un cocinero. A continuación se adelantó para recibir su medalla un barrendero municipal de la escuela Ranieri. Yo sentía

281

no sé qué en el corazón, algo así como un gran cariño y un gran respeto pensando en lo que habían costado esos premios a todos aquellos trabajadores, padres de familia llenos de preocupaciones. ¡Cuántos esfuerzos añadidos a sus fatigas habituales, cuántas horas robadas al sueño, del cual tienen tanta necesidad, y cuánto denuedo de la inteligencia no acostumbrada al estudio y de las manos gruesas, deformadas por el trabajo! Pasó un aprendiz de taller a quien, evidentemente, su padre le había prestado la chaqueta para aquella ocasión; tanto le colgaban las mangas que debió arremangárselas allí mismo, sobre el escenario, para poder coger su premio; muchos rieron, pero la risa fue pronto sofocada por los aplausos. Luego vino un anciano con la cabeza calva y la barba blanca. Pasaron dos soldados de artillería, de los que venían a las clases nocturnas de mi escuela; siguieron guardias de finanzas y guardias urbanos como los que prestan servicio en nuestra escuela. Finalmente, los alumnos de la escuela nocturna volvieron a cantar el himno a los muertos de Crimea; pero esta vez lo hicieron con tanto ímpetu, con una pasión que surgía tan limpiamente del corazón, que el público casi no aplaudió, salieron lentamente, conmovidos y en silencio. En pocos momentos la calle quedó invadida de gente. Ante la puerta del teatro estaba el deshollinador con su libro de premio encuadernado en rojo, rodeado de señores que le hablaban. Muchos se saludaban de una parte a otra de la calle, obreros, chicos, maestros, guardias. Mi maestro de segundo salió entre dos soldados de artillería. Se veían mujeres de obreros con sus pequeños en brazos que tenían entre las manecitas el diploma del padre y lo mostraban a la gente, orgullosos.

Ha muerto mi maestra

Mientras estábamos en el teatro Vittorio Emanuele moría mi pobre maestra. Murió a las dos, siete días después de haber visitado a mi madre. El director vino ayer por la mañana a comunicarnos la noticia. Dijo:

—Todos los que habéis sido sus alumnos sabéis lo buena que era y cómo quería a los niños; era una madre para ellos. Ahora ya no está entre nosotros. Una terrible enfermedad la consumía desde hace mucho tiempo. Si no hubiese debido trabajar para ganarse el pan habría podido cuidarse y quizá sanar. Al menos habría prolongado su vida durante algunos meses si hubiese solicitado un permiso. Pero ella quiso estar entre sus niños hasta el último día. El sábado 17, por la tarde, se despidió de ellos con la certeza de que ya no volvería a verlos, les dio aún buenos consejos, los besó a todos y se marchó sollozando. Ahora nadie volverá a verla. Acordaos de ella, hijos.

El pequeño Precossi, que había sido su alumno en primero superior, inclinó la cabeza sobre el pupitre y se puso a llorar.

Ayer por la tarde, después de la clase, fuimos todos juntos a la casa de la muerta para acompañarla hasta la iglesia. En la calle esperaba ya un coche fúnebre con dos caballos y mucha gente que hablaba en voz baja. Estaban el director, todos nuestros maestros y maestras y también los de otras escuelas donde ella había enseñado años atrás; vi a casi todos los niños de su clase de la mano de las madres, llevando antorchas, muchísimos de otros cursos y unas cincuenta alumnas de la escuela Baretti, algunas con coronas y otras con ramitos de flores en las manos. Muchos ramos de flores ya estaban sobre el carro fúnebre; también se había colgado una gran corona de aromo con una inscripción en letras negras: *A su maestra, las antiguas alumnas de cuarto.* Debajo de esa corona había otra más pequeña de sus alumnos. Entre la multitud se veían muchas criadas con cirios enviadas por sus amos y también dos lacayos de librea con una antorcha encendida; un señor rico, padre de uno de sus alumnos, había hecho venir su carroza, forrada de seda azul. Todos se apiñaban ante la puerta. Muchas niñas se enjugaban las lágrimas. Esperamos largo rato en silencio. Finalmente bajaron el ataúd. Algunos niños se pusieron a llorar muy fuerte cuando vieron colocar el féretro dentro del carro y uno empezó a gritar, como si sólo entonces comprendiera que su maestra había muerto; tan convulsivo era su llanto que debieron llevárselo. La comitiva se ordenó lentamente y se puso en movimiento. En primer término marchaban las Hijas del Retiro de la Concepción, vestidas de verde; luego las Hijas de María, todas de blanco con una cinta azul; después los curas. Detrás del carro fúnebre iban los maestros, las maestras, los niños de primero superior, todos los demás alumnos y, por último, la multitud. La gente se asomaba a las ventanas y a las puertas y al ver a todos aquellos niños y las coronas decían: «Es una maestra.» Algunas de las señoras que acompañaban a los pequeños lloraban. Cuando llegamos a la iglesia sacaron el ataúd del carro y lo llevaron hasta el centro de la nave, frente al altar mayor. Las maestras depositaron las coronas sobre la caja y los niños la cubrieron de flores. Alrededor, en la iglesia grande y oscura, la gente con los cirios encendidos empezó a cantar las plegarias. Después, de improviso, cuando el cura dijo el último *amén,* los cirios se apagaron, todos salieron de prisa y la maestra quedó sola. ¡Pobre maestra! ¡Fue tan buena conmigo, tenía mucha paciencia, trabajó tantos años! Dejó sus pocos libros a los alumnos, a éste un tintero, a aquél un cuadrito, todo lo que poseía. Dos días antes de morir pidió al director que no dejase ir a los más pequeños a su entierro porque no quería que llorasen. Ha hecho el bien, ha sufrido, está muerta. ¡Pobre maestra; se ha quedado sola en la iglesia oscura! ¡Adiós, adiós para siempre, mi buena amiga, dulce y triste recuerdo de mi infancia!

Gracias

Miércoles 28

Mi pobre maestra quiso terminar su año escolar; se marchó sólo tres días antes de que terminaran las clases. Pasado mañana iremos a clase para oír la lectura del último cuento mensual: *Naufragio;* después... se acabó. El sabado primero de julio, los exámenes... ¡Pues bien, un año más, el cuarto, ha pasado! De no haber muerto mi maestra, habría pasado felizmente. Recordando lo que sabía en octubre hoy me parece saber mucho más. ¡Tengo tantas cosas nuevas en la mente! Puedo decir y escribir mejor que entonces lo que pienso; podría hacer cuentas para muchos adultos que no saben y ayudarlos en sus negocios; y comprendo mucho más, comprendo casi todo lo que leo. Estoy contento... ¡Pero cuántos me han estimulado y ayudado a aprender, quién de un modo, quién de otro, en casa, en la escuela, en la calle, en todos los sitios adonde he ido y donde he visto algo! Ahora les doy las gracias a todos. En primer lugar, te doy las gracias a ti, mi buen maestro, que has sido tan indulgente y cariñoso conmigo y para quien ha representado mucho esfuerzo cada nuevo conocimiento que he adquirido, de los cuales ahora me alegro y me enorgullezco. Te doy las gracias a ti, Derossi, mi admirable compañero, que con tus explicaciones diligentes y amables me has hecho comprender muchas veces cosas difíciles y superar los obstáculos en los exámenes. A ti también, Stardi, valeroso y fuerte, que me has demostrado cómo una voluntad de hierro es capaz de todo. A ti, Garrone, bueno y generoso, que haces igualmente generosos y buenos a todos los que te conocen. También a vosotros, Precossi y Coretti, que me habéis dado ejemplo de coraje en los padecimientos y de serenidad en el trabajo. Os doy las gracias a vosotros y a todos los demás. Pero, sobre todo, gracias, padre mío, a ti, mi primer maestro, mi primer amigo, que me has dado tantos buenos consejos y me has enseñado tantas cosas mientras trabajabas para mí, ocultándome siempre tus penas y procurando por todos los medios hacerme más fácil el estudio y más hermosa la vida. Y a ti, dulce madre mía, mi ángel custodio amado y bendito, que has gozado con todas mis alegrías y sufrido con todas mis amarguras, que has estudiado, trabajado y llorado conmigo, acariciándome la frente con una mano y señalándome el cielo con la otra. Me arrodillo ante vosotros como cuando era niño y os doy las gracias con toda la ternura que habéis puesto en mi alma en doce años de sacrificio y de amor.

NAUFRAGIO
(Ultimo cuento mensual)

Hace muchos años, una mañana del mes de diciembre, zarpaba del puerto de Liverpool un gran vapor que llevaba a bordo más de doscientas personas, contando entre ellas setenta hombres de tripulación. El capitán y casi todos los marinos eran ingleses. Entre los pasajeros había varios italianos: tres caballeros, un cura, una compañía de músicos. El barco se dirigía a la isla de Malta. El tiempo estaba tormentoso.

En medio de los viajeros de tercera clase, a proa, se encontraba un chico italiano de unos doce años, bajo para su edad pero robusto, con un hermoso rostro osado y severo de siciliano. Estaba solo cerca del trinquete, sentado sobre un rollo de cuerdas junto a una maleta estropeada que contenía sus cosas y sobre la que apoyaba su mano. Su tez era morena y los cabellos negros y ondulados casi le llegaban hasta los hombros. Iba vestido pobremente, con una capa desgarrada y una vieja bolsa de cuero en bandolera. Miraba a su alrededor, pensativo, los pasajeros, el barco, los marineros que pasaban corriendo y el mar inquieto. Tenía el aspecto de un muchacho recién salido de una gran desgracia familiar, el rostro de un niño y la expresión de un hombre.

Poco después de la partida uno de los marineros, un italiano de cabellos grises, apareció en la proa llevando de la mano a una muchachita y, deteniéndose ante el pequeño siciliano, le dijo:

—Mario, aquí tienes a una compañera de viaje.

Luego se marchó.

La chica se sentó sobre las cuerdas junto al muchacho.

Se miraron.

—¿Adónde vas? —le preguntó el siciliano.

—A Malta, y después a Nápoles.

Luego añadió:

—Voy a reunirme con mis padres, que me esperan. Me llamo Giulietta Faggiani.

El muchacho no dijo nada.

Al cabo de un rato sacó de la bolsa pan y frutas secas; la chica tenía galletas. Comieron.

—¡Alegraos! —gritó el marinero italiano pasando rápidamente—. ¡Ahora empieza el baile!

El viento iba creciendo y el barco se balanceaba con fuerza. Pero los dos chicos, que no sufrían mareos, no se inquietaban. La muchachita sonreía. Tenía poco más o menos la edad de su compañero, pero era bastante más alta, morena, delgada, algo demacrada y vestía más modestamente. Llevaba los cabellos cortos y rizados, un pañuelo rojo en la cabeza y dos aretes de plata en las orejas.

Mientras comían se contaron sus cosas. El muchacho no tenía ya padres. Pocos días antes el padre, un obrero, había muerto en Liverpool dejándolo solo, y el cónsul italiano lo mandaba a su tierra, a Palermo, donde le quedaban parientes lejanos. A la niña la habían llevado el año anterior a Londres a casa de una tía viuda que la quería mucho. Los padres, muy pobres, le dejaban la niña por algún tiempo, confiando en la promesa de una herencia. Pero pocos meses después la tía había muerto arrollada por un tranvía, sin dejar un céntimo; entonces también ella había recurrido al cónsul, que la embarcó con rumbo a Italia. Ambos habían sido recomendados al marinero italiano.

—De modo que mis padres creían que regresaría rica —concluyó la niña—; en cambio, vuelvo pobre. Pero de todos modos me quieren lo mismo; y mis hermanos también. Tengo cuatro, todos pequeños. Yo soy la mayor. Los ayudo a vestirse. Se pondrán muy contentos cuando me vean. Entraré de puntillas... El mar está muy feo.

Luego preguntó al muchacho:

—¿Y tú? ¿Te quedarás a vivir con tus parientes?

—Sí..., si ellos quieren —repuso.

—¿Es que no te quieren?

—No lo sé.

—Cumplo trece años en Navidad —dijo la niña.

Luego empezaron a hablar del mar y de la gente que tenían a su alrededor. Durante todo el día estuvieron juntos, cambiando de cuando en cuando algunas palabras.

Los pasajeros los tomaban por hermanos. La chica hacía calceta, el muchacho pensaba, la mar estaba cada vez más gruesa. Por la noche, en el momento en que se separaban para ir a dormir, la niña dijo a Mario:

—Que duermas bien.

—Nadie dormirá bien, hijos míos —exclamó el marinero italiano, que pasaba a la carrera, llamado por el capitán.

El muchacho estaba por responder a su amiga cuando una ola inesperada lo embistió con violencia y lo arrojó contra un banco.

—¡Madre mía, estás sangrando! —gritó la chica corriendo hacia él.

Los pasarejos se daban prisa en bajar y no les prestaron atención. La niña se arrodilló junto a Mario, aturdido por el golpe, le limpió la frente que sangraba y, quitándose el pañuelo rojo, se lo ciñó en torno de la cabeza; para anudarlo apoyó la cabeza de Mario en su pecho y así se manchó de sangre el vestido amarillo por encima de la cintura. Mario se recobró y se puso en pie.

—¿Te sientes mejor? —le preguntó la niña.

—Ya no tengo nada —repuso.

—Que duermas bien —dijo Giulietta.

—Buenas noches —repuso Mario.

Bajaron por dos escalerillas vecinas hacia sus dormitorios.

La predicción del marinero había sido acertada. Aún no se habían dormido cuando se desencadenó una tempestad espantosa. Fue un asalto brusco de olas furiosas del mar embravecido que en pocos momentos despedazaron un mástil y se llevaron como hojas tres de las barcas colgadas de las grúas y cuatro bueyes que estaban a proa. En el interior del barco se desató la confusión y el espanto, un estrépito de gritos, llantos y plegarias como para poner los pelos de punta. La furia de la tempestad fue en aumento durante toda la noche. Al despuntar el día seguía arreciando. Las olas formidables azotaban el barco de costado, irrumpían sobre la cubierta, desbarataban, barrían y arrojaban al mar todo lo que encontraban. La plataforma que cubría la sala de máquinas se hundió y el agua se precipitó adentro con un ruido tremendo; se apagaron los fuegos y los maquinistas huyeron; gruesos e impetuosos chorros penetraron por todas partes. Una voz de trueno gritó:

—¡A las bombas!

Era la voz del capitán. Los marineros se lanzaron hacia las bombas. Pero un súbito golpe de mar embistiendo el barco por detrás deshizo parapetos y portillos y arrojó adentro un torrente.

Todos los pasajeros, más muertos que vivos, se habían refugiado en la sala grande.

En cierto momento apareció el capitán.

—¡Capitán! ¡Capitán! —gritaron todos al unísono—. ¿Qué hacemos? ¿Cómo estamos? ¿Hay esperanzas? ¡Sálvenos!

El capitán esperó que callaran y dijo fríamente:

—Resignémonos.

Sólo una mujer lanzó un grito:

—¡Piedad!

Nadie más pudo articular palabra. El pánico los paralizaba. Pasó mucho tiempo así, en un silencio sepulcral. Todos se miraban, los rostros pálidos. El mar seguía enfurecido, horrible. El barco se balanceaba pesadamente. En un momento dado el capitán intentó lanzar al mar una lancha de salvamento; entraron en ella cinco marineros; la bajaron, pero las olas la volcaron y dos marineros se ahogaron; uno de ellos era el italiano; los demás a duras penas lograron aferrarse a los cabos y subir a bordo.

Después de esto incluso los marineros perdieron el valor. Dos horas más tarde el barco ya estaba hundido casi hasta las mesas de guarnición.

Mientras tanto, la cubierta ofrecía un pavoroso espectáculo. Las madres estrechaban desesperadamente a sus hijos contra el pecho, los amigos se abrazaban y se decían adiós, algunos bajaban a los camarotes para morir sin ver el mar. Un pasajero se disparó en la cabeza con una pistola y se desplomó de bruces sobre la escalera del dormitorio, donde murió. Muchos se aferraban frenéticamente unos a otros, las mujeres se retorcían en convulsiones horrendas y otros estaban de rodillas en torno al cura. Se oía un coro de sollozos, de lamentos infantiles, de voces agudas y extrañas, y se veían aquí y allá personas inmóviles como estatuas, estupefactas, con los ojos dilatados y la mirada perdida, rostros de cadáveres y de locos. Los dos chicos, Mario y Giulietta, ceñidos a un mástil del barco, miraban el mar con ojos fijos, como dementes.

El mar se había aquietado un poco, pero el barco continuaba hundiéndose lentamente. Sólo le quedaban pocos minutos.

—¡La lancha al agua! —gritó el capitán.

Una lancha, la última que quedaba, fue lanzada al agua y catorce marineros y tres pasajeros descendieron a ella.

El capitán permaneció a bordo.

—¡Baje con nosotros! —le gritaron desde abajo.

—Yo debo morir en mi puesto —repuso el capitán.

—¡Encontraremos un barco! —le gritaron los marineros—. ¡Nos salvaremos! ¡Baje! ¡Está perdido!

—Yo me quedo.

—¡Aún queda un sitio! —gritaron entonces desde la lancha dirigiéndose a los pasajeros—. ¡Una mujer!

Una mujer se adelantó sostenida por el capitán; pero cuando vio la distancia que la separaba de la barca no tuvo valor para dar el salto y se dejó caer sobre la cubierta. Las otras mujeres estaban ya casi todas desvanecidas, como moribundas.

—¡Un niño! —gritaron los marineros.

Al oír aquel grito el chico siciliano y su compañera,

que hasta ese momento habían permanecido como petrificados por un estupor sobrehumano, fueron despertados bruscamente por el violento instinto de vivir, se apartaron del mástil y se lanzaron hacia la borda, gritando a la vez:

—¡Yo! ¡Yo!

Y se rechazaban mutuamente hacia atrás, como dos animales furiosos.

—¡El más pequeño! —gritaron los marineros— ¡La barca está sobrecargada! ¡El más pequeño!

Cuando oyó esas palabras la niña, como fulminada, dejó caer los brazos y se quedó inmóvil mirando a Mario con ojos sin vida.

Mario la miró un instante, vio la mancha de sangre en el pecho, se acordó, el relámpago de un impulso sublime pasó por su rostro.

—¡El más pequeño! —gritaron a coro los marineros, impacientes—. ¡Nos vamos!

Mario, entonces, con una voz que ya no parecía la suya, gritó:

—¡Ella pesa menos! ¡Ve tú, Giulietta! ¡Tú tienes padres! ¡Yo estoy solo! ¡Te cedo mi puesto! ¡Arrójate!

—¡Echala al mar! —gritaron los marineros.

Mario cogió a Giulietta por la cintura y la lanzó al mar.

La chica dio un grito y se zambulló; un marinero la aferró por un brazo y la subió a la barca.

El chico permaneció erguido sobre la borda del barco, con la frente alta y los cabellos al viento, inmóvil y tranquilo, sublime.

La lancha empezó a moverse y apenas si tuvo tiempo para librarse del vertiginoso remolino de agua producido por el barco al hundirse y que amenazó arrastrarla.

La niña, hasta ese momento, sin sentido, alzó los ojos hacia el muchacho y rompió a llorar.

292

—¡Adiós, Mario! —le gritó entre sollozos con los brazos tendidos hacia él—. ¡Adiós! ¡Adiós! ¡Adiós!

—¡Adiós! —contestó el chico levantando la mano.

La lancha se alejaba velozmente sobre la mar agitada, bajo el tétrico cielo. Nadie gritaba ya en el barco. El agua lamía los bordes de la cubierta.

De pronto el muchacho cayó de rodillas con las manos juntas y los ojos alzados hacia el cielo.

La niña se cubrió la cara.

Cuando volvió a levantar la cabeza, lanzó una mirada sobre el mar. El barco ya no estaba.

JULIO

La última página de mi madre

Sábado 1

Pues bien, el año escolar ha terminado, Enrico. Bien está que te quede como recuerdo del último día de clase la imagen del niño sublime que dio la vida por su amiga. Ahora estás por separarte de tus maestros y de tus compañeros y debo darte una triste noticia. La separación no durará solamente tres meses, será para siempre. Por razones de su profesión tu padre debe marcharse de Turín, y todos nosotros con él. Nos iremos el próximo otoño. Tendrás que ingresar en una escuela nueva. Esto te disgusta, ¿verdad? Porque estoy segura de que amas tu vieja escuela, donde a lo largo de cuatro años, dos veces al día, has conocido la alegría de trabajar y donde has frecuentado durante tanto tiempo los mismos chicos, los mismos maestros, los mismos padres y nos has visto, a la salida, esperarte sonriendo. Tu vieja escuela donde se ha desarrollado tu inteligencia y has encontrado tantos buenos compañeros, donde cada palabra que has oído decir tenía como propósito tu bien y donde no has experimentado un disgusto que no te haya sido útil. Llévate contigo, pues, este afecto y di adiós con todo tu corazón a todos esos niños. Algunos conocerán desgracias, perderán tempranamente al padre o a la madre; algunos morirán jóvenes; otros, quizá, derramarán generosamente su sangre en las guerras; muchos serán buenos y honestos obreros, padres de familias laboriosas y honradas

294

como ellos; y quién sabe si no habrá alguno que prestará grandes servicios a su país y dará gloria a su nombre. Por lo tanto, sepárate de ellos afectuosamente. Dejo algo de tu alma en esa gran familia en la que entraste niño y de la que sales mozo, a la cual tus padres aman tanto porque allí te amaron mucho. La escuela es una madre, Enrico mío. Ella te sacó de mis brazos cuando apenas hablabas y ahora te restituye grande, fuerte, bueno y estudioso. ¡Bendita sea! ¡No la olvides jamás, hijo mío! ¡Oh, es imposible que tú la olvides! Te harás hombre, irás por el mundo, verás ciudades inmensas y monumentos maravillosos, y de muchos de ellos te olvidarás; pero aquel modesto edificio blanco de persianas cerradas, aquel pequeño jardín donde despuntó la primera flor de tu inteligencia, lo verás hasta el último día de tu vida, así como yo veré la casa en la que oí tu voz por primera vez.

TU MADRE

Los exámenes

Martes 4

Han llegado, finalmente, los exámenes. Por las calles en torno a la escuela no se oye hablar de otra cosa a chicos, padres, madres y hasta amas de llaves; exámenes, notas, temas, promedios, suspendido, aprobado; todos pronuncian las mismas palabras. Ayer por la mañana fue la redacción, esta mañana la aritmética. Resultaba conmovedor ver a los padres que llevaban a sus hijos a la escuela dándoles los últimos consejos por la calle; muchas madres acompañaban a sus niños hasta los pupitres para ver si había tinta en el tintero y para probar la pluma, y cuando se marchaban, ya en la puerta, se volvían aún para decir:

—¡Animo! ¡Ten cuidado! ¡Te lo ruego...!

295

El maestro que vigilaba nuestro examen era Coatti, el de la gran barba negra que remeda el rugido del león y jamás castiga a nadie. Había chicos pálidos de miedo. Cuando el maestro quitó el sello al sobre del Ayuntamiento y sacó el problema, no se oía volar una mosca. Lo dictó con voz fuerte, mirándonos a unos y otros con una expresión terrible; pero sabíamos que si hubiese podido dictar también la solución para que todos aprobáramos, eso le habría proporcionado un gran placer. ¡Al cabo de una hora de trabajo muchos empezaban a angustiarse porque el problema era difícil! Uno lloraba. Crossi se daba puñetazos en la cabeza. ¡Pobres chicos! Muchos no tienen la culpa; no han tenido bastante tiempo para estudiar y sus padres no los han ayudado. Pero estaba la providencia: ¡Era digno de verse cómo se afanaba Derossi por ayudarlos, cómo se las ingeniaba para pasar una cifra o para sugerir una operación sin que lo descubrieran! ¡Tan diligente con todos que parecía él nuestro maestro! También Garrone, que está fuerte en aritmética, ayudaba a quien podía, y lo hizo hasta con Nobis, que hallándose en apuros estaba muy amable. Stardi permaneció más de una hora con los ojos fijos en el problema y los puños en las sienes; luego resolvió todo en cinco minutos. El maestro caminaba entre los bancos, diciendo:

—¡Calma! ¡Calma! ¡Os recomiendo calma!

Y cuando veía a alguno desalentado abría la boca como para devorarlo, imitando al león, para hacerlo reír y darle ánimos. Hacia las once, mirando a través de la persiana, vi a muchos padres impacientes que iban y venían por la calle; estaba el padre de Precossi, con su blusón azul, que había escapado del taller y tenía la cara ennegrecida; la verdulera Crossi y la madre de Nelli, vestida de negro, que no podía quedarse quieta. Poco antes del mediodía llegó mi padre y alzó los ojos hacia mi ventana, ¡querido papá! A mediodía todos habíamos acabado. La salida fue un buen espectáculo. Todos se lanzaron al encuentro de los chicos para preguntar, hojear los cuadernos y hacer confrontaciones con los resultados de los otros.

—¿Cuántas operaciones? ¿Y la resta? ¿Cuál es el total? ¿Y la respuesta? ¿Y la coma de los decimales?

Los maestros iban de aquí para allá reclamados desde todas partes. Mi padre me quitó inmediatamente de las manos el borrador, miró y dijo:

—Está bien.

A nuestro lado estaba el herrero Precossi, que también examinaba el trabajo de su hijo, un poco inquieto, sin acertar a entenderlo. Se dirigió a mi padre:

—¿Tendría usted la bondad de decirme el resultado?

Mi padre se lo leyó. El otro miró; coincidía.

—¡Muy bien, pequeño! —exclamó muy contento.

El y mi padre se miraron sonriendo durante un instante, como dos buenos amigos; mi padre le tendió la mano y él se la estrechó. Y se separaron diciendo:

—Hasta los orales.

Habíamos dado pocos pasos cuando oímos una voz de falsete que nos hizo girar la cabeza; era el herrero que cantaba.

El último examen

Viernes 7

Esta mañana tuvimos los exámenes orales. A las ocho estábamos todos en clase y a las ocho y cuarto empezaron a llamarnos. Pasábamos a razón de cuatro por vez al gran salón que rodean las aulas, donde había una mesa grande cubierta con un paño verde en torno a la cual estaban el director y cuatro maestros, entre ellos el nuestro. Yo fui uno de los primeros en ser llamado. ¡Pobre maestro! Esta mañana advertí cuánto nos quiere. Mientras nos interrogaba no tenía ojos más que para nosotros; se turbaba cuando vacilábamos al contestar y se tranquilizaba cuando dábamos una buena respuesta; lo oía todo y nos hacía mil gestos con las manos y la cabeza como diciendo: «Bien. No. Ten cuidado. Más despacio. ¡Animo!» De haber podido hablar nos habría sugerido todas las respuestas. Si en su lugar hubiesen estado uno tras otro todos los padres de los alumnos, no habrían hecho más que él. Le habría gritado mil veces: ¡Gracias!, delante de todos. Cuando los otros maestros me dijeron: «Está bien, puedes marcharte», le chispeaban los ojos de contento. Volví en seguida al aula a esperar a mi padre. Aún estaban allí casi todos. Me senté junto a Garrone. Yo no estaba alegre, por cierto. ¡Pensaba que era la última vez que estábamos juntos! Todavía no le había dicho a Garrone que no haría el cuarto curso con él, que debía irme de Turín con mi padre; él no sabía nada. Estaba allí encorvado, con su abultada cabeza inclinada sobre el pupitre, trazando adornos alrededor de una fotografía de su padre vestido de maquinista, un hombre alto y corpulento con el cuello de un toro y un aire serio y honesto como el de él. Y mientras estaba así, arqueado, con la camisa ligeramente abierta, veía sobre su pecho desnudo y robusto la crucecilla de oro que le regaló la madre de Nelli cuando supo que protegía a su hijo. Pero era preciso que alguna vez le dijese que debía marcharme. Se lo dije.

—Garrone, este otoño mi padre se irá de Turín, para siempre.

Me preguntó si también yo me marchaba. Le contesté que sí.

—¿No harás cuarto con nosotros? —me preguntó.

Le dije que no. Se quedó un rato sin hablar, continuando con su dibujo. Después, sin levantar la cabeza, me preguntó:

—¿Te acordarás más adelante de tus compañeros de tercero?

—Sí —le dije—, de todos; pero de ti... más que de ningún otro. ¿Quién puede olvidarse de ti?

Me miró fijamente, serio, con una mirada que decía muchas cosas; no dijo nada; sólo me tendió la mano izquierda mientras fingía continuar dibujando con la otra; yo estreché entre las mías esa mano fuerte y leal. En aquel momento entró de prisa el maestro, con la cara encendida, y dijo rápidamente, en voz baja y rebosante de alegría:

—¡Bravo, hasta ahora todo va bien, continúen así los que restan! ¡Muy bien, muchachos! ¡Animo! ¡Estoy muy contento!

Y para mostrar su alegría y hacernos reír, al salir apresuradamente fingió que tropezaba y se apoyaba en la pared para no caerse, ¡él, a quien nunca habíamos visto reír! Aquello nos pareció tan extraño que en lugar de reír nos quedamos asombrados; todos sonrieron, ninguno rió. Pues bien, no sé, sentí pena y ternura al mismo tiempo frente a aquella salida propia de un chiquillo. ¡Aquel momento de alegría era todo su premio, la recompensa por meses de bondad, de paciencia y también de sinsabores! ¡Por aquello había trabajado tanto tiempo y venía muchas veces a dar clase enfermo, pobre maestro! ¡Sólo eso pedía a cambio de tanto cariño y tantos cuidados! Ahora me parece que siempre lo veré así, en esa actitud, cada vez que me acuerde de él. Si él vive aún cuando yo sea un hombre, nos encontraremos y se lo diré, le hablaré de esa ocurrencia que me tocó el corazón y besaré su cabeza blanca.

Adiós

Al mediodía nos encontramos todos por última vez en la escuela para conocer los resultados de los exámenes y recoger las libretas de promoción. La calle estaba llena de padres. También habían invadido el salón y muchos hasta entraron en las aulas, apretujándose junto al escritorio del maestro. En la nuestra llenaban todo el espacio comprendio entre la pared y los primeros bancos. Estaban el padre de Garrone, la madre de Derossi, el herrero, Coretti, la señora Nelli, la verdulera, el padre del albañilito, el padre de Stardi y muchos otros a los que yo no había visto nunca. Los murmullos y el hormigueo parecían los de una plaza. Entró el maestro; se hizo un gran silencio.

Traía una lista en la mano y empezó a leerla en seguida:

—Abatucci, aprobado, sesenta; Archini, aprobado, cincuenta y seis...

El albañilito, aprobado; Crossi, aprobado. Luego, alzando la voz, leyó:

—Derossi Ernesto, aprobado, setenta y el primer premio.

Todos los padres que estaban allí lo conocían; exclamaron:

—¡Bien, bravo, Derossi!

El zarandeó sus rizos rubios y sonreía desenvuelto y guapo mirando a su madre que lo saludaba con la mano. Garoffi, Garrone, el calabrés, aprobados. Luego tres o cuatro, uno tras otro, suspendidos, debían repetir curso. Uno de ellos se puso a llorar porque su padre le hizo un gesto de amenaza desde la puerta.

Pero el maestro dijo al padre:

—No, señor, perdone usted, no siempre es culpa del

niño; muchas veces es cuestión de mala suerte, como en el caso de su hijo.

Luego continuó leyendo:

—Nelli, aprobado, sesenta y dos.

Su madre le envió un beso con el abanico. Stardi, aprobado con sesenta y siete. Pero cuando oyó esa magnífica puntuación ni siquiera sonrió y continuó con los puños en las sienes. El último fue Votini, que había venido muy bien vestido y peinado: aprobado. Terminada la lectura el maestro se puso en pie y dijo:

—Muchachos, ésta es la última vez que nos encontramos reunidos. Hemos estado juntos un año y ahora nos despedimos como buenos amigos, ¿no es verdad? Siento mucho esta separación, queridos hijos.

Se interrumpió; luego prosiguió:

—Si alguna vez he perdido la paciencia, si alguna vez, sin quererlo, he sido injusto, demasiado severo, perdonadme.

—No, no —dijeron los padres y muchos alumnos—, no, señor maestro, nunca.

—Perdonadme —repitió— y recordadme con cariño. El año próximo ya no estaréis conmigo, pero volveré a veros. Permaneceréis siempre en mi corazón. ¡Hasta la vista, muchachos!

Dicho esto avanzó hacia nosotros y todos puestos de pie le tendían las manos, lo cogían por los brazos y por los faldones de la chaqueta; muchos lo besaron; cincuenta voces decían a la vez:

—¡Hasta la vista, maestro! ¡Gracias, señor maestro! ¡Que le vaya bien! ¡Acuérdese de nosotros!

Cuando salió parecía embargado por la emoción. Salimos del aula en tropel; también salían de las otras clases. Era una gran confusión, un alboroto de alumnos y padres que se despedían de los maestros y se saludaban entre sí. La maestra de la pluma roja tenía cuatro o cinco chiquillos encima y una veintena a su alrededor que la dejaban sin aliento; a la «monjita» le habían estropeado el sombrero y metido una docena de ramitos en los bolsillos y entre los botones del vestido negro. Muchos felicitaban a Robetti, que justamente aquel día volvía a andar sin muletas. Por todas partes se oía: «¡Hasta el nuevo año! ¡Hasta el veinte de octubre! ¡Nos veremos por Todos los Santos!» Nosotros también nos saludamos. ¡Ah, cómo se olvidaban todas las rencillas en aquel momento! Votini, que siempre se había mostrado tan envidioso de Derossi, fue el primero en ir a su encuentro con los brazos abiertos. Yo saludé al albañilito y lo besé en el preciso momento en que me hacía su último morro de liebre, ¡querido amigo! Saludé a Precossi y a Garoffi; éste me anunció que había obtenido un premio en su última rifa y me entregó un pequeño pisapapeles de mayólica roto por un borde. Dije adiós a todos los demás. Fue emocionante ver cómo el pobre Nelli se abrazaba a Garrone y no podían apartarlo. Todos se agolpaban en torno a Garrone para saludarlo, y zarandeaban y abrazaban a ese santo muchacho; su padre miraba asombrado y sonreía. Fue Garrone el último a quien abracé, ya en la calle, y sofoqué un sollozo contra su pecho; él me besó en la frente. Luego corrí hacia mis padres. Mi padre me preguntó:

—¿Te has despedido de todos tus compañeros?

Le dije que sí.

—Si hay alguno al que hayas ofendido o perjudicado ve a pedirle perdón. ¿Hay alguno?

—Ninguno —repuse.

—Entonces, adiós —dijo con voz conmovida, dirigiendo una última mirada a la escuela.

Mi madre repitió:

—¡Adiós!

Yo no pude decir nada.

Colección Literatura Universal ALBA